Georges-Patrick Gleize



# Un brin d'espérance

ROMAN

Albin Michel

# 1

## *Orage sur la vallée*

Le jour touchait à sa fin et le soleil, au couchant, en ce mois de mai 1934, rosissait maintenant de ses derniers feux les roches de granit gris-bleu qui, telles des murailles antiques et vénérables, armaient les crêtes de la montagne de la Frau, la faisant paraître plus grande que les mille neuf cent quatre-vingt-quinze mètres indiqués sur les cartes. Elles dessinaient, par le jeu de l'ombre et de la lumière finissante, les silhouettes de sentinelles immobiles et millénaires d'un univers minéral et leur grandeur avait veillé sur des générations d'hommes rudes accrochés à la terre comme à leur survie. Le printemps était déjà bien entamé mais il faisait vite froid, ici, dans ces Pyrénées ariégeoises, quand le soleil disparaissant par-delà les crêtes noyait les soulanes dans une pénombre profonde. Sur les pentes raides, parmi les mélèzes et les épicéas, quelques feuillus se paraient de feuilles tendres. Dans le bas de la gorge, au milieu des buis et des houx, la chanson d'un ruisseau clair pépiait entre les cailloux moussus en un frémissement animal. Au creux du talweg, l'Hers coulait, frais et cristallin en toutes saisons, bordé d'un sentier muletier aux pierres usées par le cheminement séculaire des troupeaux. Seules les araignées s'amusaient à le franchir quotidiennement, tissant leur toile par-dessus le gazouillement furtif, dans l'espoir de capturer quelques-uns de ces insectes que les éclosions multipliaient désormais et qui assuraient leur subsistance. La carretière juste carrossable courait tantôt sur la rive droite, tantôt sur la rive gauche, en fonction des obstacles du relief, franchissant ici le ruisseau à travers des ponts sommaires et des gués douteux. Plus bas, passé le hameau de L'Espine, elle s'élargissait pour offrir le profil d'une voie empierrée convenable.

Jean Loubet que tout le monde ici, dans ce haut pays d'Olmes, nommait Tistounet, rentrait chez lui, le béret lui couvrant largement le front pour occulter une calvitie avancée. L'homme aurait pu passer pour un mendigot aux yeux de nombreux citadins s'il n'avait porté une bêche sur l'épaule : la veste épaisse et usée de drap décoloré qu'il arborait en toute saison avait pris l'indéfinissable couleur du temps, passe-muraille. Il l'avait achetée deux bonnes dizaines d'années auparavant, un vendredi matin, sur le marché à Lavelanet et, depuis, elle ne le quittait que pour l'attendre, la nuit, suspendue à un clou derrière la porte de la maison avec d'autres bourgerons, tout aussi fatigués. Son pantalon de coutil était rapiécé aux genoux, accusant lui aussi le poids des ans dans la multitude des fils de couleurs différentes qui l'avaient renforcé.

Le déclin du jour ne gênait pas son cheminement. Il avançait lentement, au rythme de ses sabots ferrés qui éraillaient la terre battue en évitant par habitude les pierres traîtresses au pas inconnu. Ce soir, il venait de buter la petite terre du Garbet, un bout d'essart qu'il avait défriché à l'automne précédent et complanté en pommes de terre en mars dernier, pour agrandir un peu son « hort », ce petit jardin traditionnel jouxtant la maison, lui permettant ainsi de vendre quelques légumes de plus à l'épicier du village, histoire de faire rentrer un peu d'argent frais. Des quatre maisons du hameau de

Pelail, il habitait la plus ancienne et en plus mauvais état. C'était un gros parallélépipède de pierres agglomérées par un mauvais ciment ancien qui s'effritait inexorablement au fil des saisons. Comme dans beaucoup de maisons du pays, le rez-de-chaussée abritait l'étable. Une paire de vaches, la Ménine, la plus vieille, et la Banou, plus jeune et encore un peu fofolle malgré ses cinq ans, constituait l'essentiel de son bien. Au premier, desservie par un court escalier de lauze qui s'ouvrait sur le côté à mi-pente, la salle, avec la chambre mitoyenne, était la partie noble. Le grenier, jadis habité à l'époque où la maisonnée était pleine, ne servait plus qu'à entasser le foin en vrac et la maigre récolte de maïs destinée à nourrir les poules. Jean Loubet pestait chaque année contre ses tuiles qui glissaient un peu plus sur les rails du toit comme lui sur les rails de la vie.

Né pauvre et bossu, du mariage de deux cousins trop proches, sa petite taille et son physique ingrat l'avaient laissé devenir un célibataire endurci. Les filles de sa jeunesse le regardaient en pouffant de rire dans son dos et les mères de famille se gaussaient d'une disgrâce accompagnée de peu de bien. Cependant, cet état ne l'empêchait pas d'avoir eu une vigoureuse libido et, à plus de soixante ans, de nourrir encore des pensées lubriques et secrètes pour une veuve encore fraîche du hameau de la Palanque.

Il se hâtait lentement sachant que de toute façon, comme tous les soirs, il trouverait le cantou froid et la cuisinière sans doute éteinte bien qu'il l'eût soigneusement bourrée avant de partir d'une souche de sapin. Son modeste train de vie ne lui permettait pas d'acheter du charbon ni de faire venir des cannes de chêne comme les notables du village. Il récupérait ici ou là ce qui traînait comme bois de chauffage, notamment les talons de grumes enchâssés de boue que la scierie laissait de côté. Il arrivait presque chez lui, là où la gorge s'élargissait un peu, quand il aperçut au tournant du chemin la silhouette du fils Sagnol qui remontait à grandes enjambées le chemin du village. Jean Loubet s'arrêta, posa sa pioche pour y appuyer ses mains, releva son béret en découvrant un front marqué par de larges rides.

– Hé ! T'es bien pressé, le Pierrot...

– C'est que mon père m'attend pour faire les étables, Tistounet.

– Pourtant, depuis une quinzaine de jours que vous avez le troupeau en pension, c'est bien tous les jours pareil, non ?

– Hé, vous savez, on a celles de Mathieu Chaubet en plus depuis hier soir ! Aussi, on part demain matin pour monter les bêtes avec le père...

– Ça vous en fait combien en tout, alors ?

– Vingt-sept dont douze jeunes, des « braus »... plus les veaux, bien sûr, mais à la fin de l'estive, quand on les rendra, il ne restera que les six nôtres.

– C'est une belle baccade !

– C'est deux fois plus que l'année dernière !

– Et vous les montez où ?

– Au-dessus de Prades.

– Vous passez pas à Camurac, alors ?

– Eh non !...

– Faudra pas trop que vous traîniez en chemin, fit Jean Loubet, en désignant les écharpes de cirrus qui barraient le ciel au-dessus de la Frau. Le temps va changer...

– Le père dit qu'on passera...

– Vous ne voulez pas attendre un peu ?

– C'est qu'on n'a plus de foin avec ces vingt-sept bêtes, père Loubet.

– Vous en avez pas trop pris, cette année ? C'est plus risqué, non ? fit Tistounet.

– Faut bien qu'on rembourse les dettes qu'on a,

répondit le jeune Sagnol qui entendait à table ses parents faire cette remarque.

– Tout le monde est bien pareil ces temps-ci, soupira Tistounet. Vous avez pas travaillé à la scierie, cet hiver ?

– Vous savez bien qu'ils payent pas cher...

– Et les veaux du printemps ?

– Le prix a encore baissé et le père n'a pas voulu les vendre pour rien. Le reste suffit pas pour faire la soudure...

Tistounet hocha la tête, solidaire dans l'adversité qui frappait, tel un mal endémique, les campagnes désormais. Il savait l'époque dure pour tous. Ici, malgré la double activité traditionnelle, bûcheron l'hiver, paysan toute l'année, beaucoup avaient du mal à joindre les deux bouts. Oh certes, on ne mourait pas de faim. Les horts fournissaient leur ration de haricots, de fèves, de carottes, de choux et de pommes de terre. Mais la disparition de la faim, ce fléau millénaire, au siècle dernier, n'avait induit qu'un bien-être éphémère et fragile, aggravé par une surpopulation chronique qui avait conduit à des défrichements ultimes.

Après la saignée terrible de la Grande Guerre qui avait décimé les forces vives d'un peuple rural, couchant sous les rafales sèches des mitrailleuses Maxim et le claquement rauque des coups de Mauser, les fils, souvent uniques, d'une France vieillie, les difficultés de l'immédiat après-guerre avaient sonné l'hallali de la vieille civilisation agro-pastorale des Pyrénées. Dans les familles de métayers ou de petits propriétaires qui tenaient des bordes perdues sur les chemins de l'estive, jalons d'une montagne humanisée et active, bruissante d'hommes et de rires, fructifiée par la sueur d'un travail sans cesse renouvelé, nombreux étaient ceux couchés à jamais dans la boue humide et grasse des tranchées de la Somme, de Champagne ou d'Artois et les champs de blé de la Marne ou de l'Aisne pouvaient rougir tant leur terre avait absorbé le sang des montagnards.

La litanie des noms qui s'égrenaient sur la pierre du monument aux morts résonnait, lugubre, dans l'humidité glacée tous les 11 novembre. La famille de Pierrot Sagnol n'avait pas été épargnée par le malheur : ses deux oncles, aînés de son père, Joseph et Clément, avaient le triste privilège d'avoir leur patronyme gravé en lettres dorées dans la masse de granit gris inaugurée une dizaine d'années auparavant par le préfet de l'Ariège. Comme tous les habitants de la commune, Jean Loubet avait assisté à cette fête patriotique, à ce temps fort de la mémoire, dans la foule des hommes en costume du dimanche et devant les veuves dont les voiles noirs et les regrets humides n'en finissaient pas de perpétuer la peine sans mesure des jours ordinaires. Sous le ciel gris, dans le décor mélancolique des feuilles rouillées à l'image des champs de barbelés qui parsemaient l'est du pays, le préfet, venu de Foix, avait prononcé, avec l'emphase rituelle, le même discours de circonstance, aussi sincère que dans bien d'autres communes du département. Jean Loubet qui avait fait la guerre dans la territoriale à cause de son âge – quarante et un ans en 1914 – se souvenait de chaque mot du représentant de l'État :

« ... C'est là-bas qu'ils sont tombés, ces héros, comme sous la faux les innombrables épis, épars mais non oubliés, tous, les reconnus, les anonymes, ceux que l'on ne reverra plus nulle part et que l'on retrouvera partout, auxquels s'attache sans relâche notre souvenir reconnaissant, engloutis dans les profondeurs d'un immense inconnu, hommes miraculeux grâce à qui germera le bon grain pour rendre à notre race anémiée par son prodigieux effort, sa vigueur et sa force... Ils étaient jeunes, ils étaient beaux, ils étaient forts, l'espoir et la confiance étaient en eux ce 4 août 1914 quand ils s'élancèrent pour cette lutte sacrée d'où l'on ne revient pas mais qui vous confère l'immortalité. À eux la gloire éternelle, à nous le souvenir ! Nos morts, vos morts, ont forgé l'outil de la paix par lequel sera l'avenir et dont nous sommes comptables à leurs yeux... »

C'était beau et, dans le claquement des drapeaux au vent froid de novembre, les survivants de cette guerre civile européenne avaient communié dans l'espoir de la der des der. Mais, cette victoire chèrement payée avait balayé beaucoup de certitudes, servant de tombeau à la Belle Époque et de terreau à un impossible retour en arrière. Certes, la perception du questionnement du temps restait trouble ici, dans ces campagnes pyrénéennes, où chacun s'était efforcé dès lors de reprendre la vie où il l'avait laissée. Mais les propriétaires des scieries qui s'étalaient au fil de l'Hers, utilisant la force motrice de l'eau pour actionner les moteurs électriques, étaient plus que tout autre confrontés à la médiocrité de la conjoncture. Restés en marge de l'illusion de la croissance des « twenties », ils devenaient plus chiches avec leurs ouvriers, prétextant, non sans fondement, que le bûcheronnage et le travail du bois n'étaient qu'un complément à leur vrai métier, le travail de la terre. Aussi, chez de nombreux épargnés de la grande boucherie patriotique, les cadets étant partis les premiers, voyait-on maintenant l'aîné, celui qui était promis à la propriété, prendre à son tour le chemin de la vallée et de la ville pour répondre aux besoins de l'industrie textile qui se développait dans le bassin du pays d'Olmes.

– Adissiats, Tistounet... Demain, c'est ma première estive et le « paire » n'aime pas qu'on soit en retard, fit le jeune Pierre Sagnol en prenant congé du vieux, perdu dans ses pensées dans le déclin du jour comme dans le déclin de sa vie.

La première estive ! Jean Loubet se rappelait lui aussi, cette première montée, quarante-cinq ans auparavant vers ces prairies d'altitude où les fleurs sentent si bon que le lait prend l'odeur du foin coupé. Il gardait intactes ses émotions de jeune homme aux jambes maigres, la main fermement serrée sur le bâton de berger fraîchement coupé que son oncle, Benjamin, lui avait gravé à ses initiales. Il avait le pas plus leste qu'aujourd'hui, assurément ! On montait à la fin mai pour redescendre à la mi-octobre, juste avant les premières neiges, pour cinq mois de liberté et de solitude sur ces hauts plateaux du pays de Sault. Pas grand-chose n'avait changé depuis ce temps et la transhumance des hommes et des bêtes demeurait immuable. Aussi Jean Loubet comprenait bien ce que le Pierrot pouvait ressentir. Il plissa un peu plus les yeux avant de marmonner en le regardant s'éloigner à grandes enjambées :

– Adiou, Pitchou...

Le « drolle » était vaillant. Il donnait bien la main et son père n'avait qu'à se louer de lui. Pourtant, chaque fois qu'il le croisait, Jean Loubet, bien qu'il l'eût connu tout petit, n'en finissait pas d'être surpris : Pierre Sagnol était bien grand pour ses quatorze ans, bien plus que les jeunes du pays, en tout cas. Il avait le teint assez clair, le cheveu châtain et un regard très bleu qui semblait porter à l'horizon des montagnes. Cela lui conférait une mâle assurance alors que son frère aîné, Louis, de deux ans et demi plus âgé, était, comme ses parents, petit et brun, à l'instar des gens du pays. Bien sûr, au village, d'autres que Jean Loubet avaient remarqué cette différence entre les deux garçons mais personne ne se serait hasardé d'en faire ouvertement mention : tous connaissaient sa mère, Julia, familièrement nommée par ses voisines Juliette, dont la conduite sans tache et le sérieux en tous lieux ne prêtaient pas aux moindres ragots. Cette femme pieuse, paroissienne exemplaire, était assidue à l'office et même aux vêpres, malgré l'éloignement entre Bordenave et l'église du village du Barrineuf. Aussi, certains n'hésitaient pas à évoquer le souvenir de l'arrière-grand-père Mathurin qui, par ouï-dire, restait dans la mémoire villageoise comme un beau gosse, gai luron et trousseur de jupons patenté, aîné d'une fratrie de costauds. Ils y ajoutaient les voies impénétrables du Seigneur et, à défaut de connaître celles de la génétique, cherchaient dans la nature et chez les animaux des comparaisons explicatives à ces différences morphologiques.

Le jour finissait de tomber quand Pierre Sagnol, une demi-heure plus tard, parvint chez lui. Son entraînement à courir sur les chemins de la montagne en ce pays où rien n'est plat, ne l'avait même pas essoufflé. La métairie de Bordenave, où il avait grandi, s'étendait sur le flanc d'une soulane d'altitude. En arrière-plan, on y apercevait le Saint-Barthélemy qui, du haut de ses deux mille trois cents mètres, dominait en seigneur majestueux la montagne de Tabe et le pic de Soularac. Au nord-ouest, se découpait la fière silhouette des restes du château de Montségur. La ferme de Bordenave offrait la forme brute d'un gros parallélépipède rectangle de pierres sèches et apparentes, simplement liées d'un joint à la chaux. Devant, quatre grands frênes, élancés vers le ciel telle une prière, s'efforçaient d'y donner un peu d'ombre en été.

Les Sagnol occupaient Bordenave de père en fils depuis toujours. Ils finissaient par la considérer comme leur, bien qu'elle appartînt en réalité à Léon Trocard, un pharmacien de Toulouse dont la famille embourgeoisée l'avait acquise à la Révolution française, comme bien national, confisquée au duc Lévis de Mirepoix. L'acte qui les liait au légitime propriétaire était si ancien qu'il s'était perdu mais nul ne s'en souciait. Le bail à mi-fruit n'avait jamais été révisé et les Sagnol parvenaient juste à s'acquitter des redevances les mauvaises années. Aussi, les six paires de poules, les huit lapins, les cinq douzaines d'œufs et les quatre quintaux de pommes de terre qui constituaient le tribut obligatoire était-il dur à régler, surtout à la Saint-Michel, point nodal de l'année paysanne où les baux se renouvelaient par tacite reconduction. Les Sagnol n'avaient jamais été riches, « attrapant le bout de l'an » comme on dit ici, avec toute la difficulté à faire la soudure entre la récolte épuisée de l'an passé et celle à venir, souvent encore en herbe. Pourtant, ce n'était pas faute de labeur, de persévérance et de volonté. Pour Auguste, le père de Pierre, la journée n'était jamais assez longue et on le voyait parfois labourer au clair de lune, fredonnant une vieille ritournelle pour se donner du courage à l'heure où ses voisins se glissaient sous la couette. À pareille école, Pierre avait naturellement appris le sens de l'effort et le culte du travail.

À droite de la maison s'étendait un long bâtiment bas aux murs de pierres grossièrement appareillées. Il était couvert de tuiles moussues et mutilé par les ans, témoignage de rapetassages patients pour faire durer ce qui pouvait encore servir. Le linteau de pierre, au-dessus d'une grande double porte dont la partie supérieure pouvait s'ouvrir séparément de la partie basse afin de donner un peu d'aération, indiquait la date de 1767, gravée entre deux cœurs tête-bêche, ultime souvenir du travail d'un compagnon du Devoir qui, au cours de son tour de France, avait fait étape ici, quelques mois durant. De sa silhouette trapue, tassée sur elle-même comme les vieux en fin de vie, se dégageait une impression de laisser-aller. Le mauvais état de la construction impliquait à l'évidence une pauvreté chronique et habituelle dans ce pays où les soins des bêtes passent avant le confort des hommes. Le bas des demi-portes, rongé d'humidité par le jus du fumier, offrait une découpe artistique qui témoignait d'une utilisation ancienne.

Le faible halo d'une lampe tempête perçait à travers un fenestrou étroit, taillé comme une meurtrière entre deux pierres longitudinales. À l'intérieur, un concert de meuglements résonnait sous la charpente de lauzes qui sous-tendait le toit, comme dans une cathédrale gothique. Les vaches attendaient que leur tour vienne pour la traite, impatientes devant des râteliers vides. Les mangeoires, inclinées à quarante-cinq degrés, faites de ces baliveaux patiemment taillés de main d'homme, étaient usées. Elles dressaient leurs barreaux de bois brun tels des chicots de vieux berger, dans la noirceur de la nuit maintenant tombée.

Pierre Sagnol poussa la demi-porte qui émit un grincement plaintif quand la penture pivota sur le gond rouillé. Son père et son frère étaient invisibles dans la masse grise des gasconnes au poil clair, serrées les unes contre les autres, très à l'étroit dans ce bâtiment en raison du nombre inhabituel de pensionnaires. Dans cette partie des Pyrénées, on élevait traditionnellement cette race laborieuse. Les bêtes étaient plutôt chétives, rabougries presque, par la stabulation hivernale prolongée et la dureté de la vie pastorale pendant les estives. Les plus beaux sujets étaient toujours vendus aux grandes foires d'automne pour alimenter l'agriculture de plaine, riche et productive, gourmande de force de traction. Assis sur de mauvais tabourets, Auguste et Louis procédaient à la dernière traite avant le grand départ. Quand le seau était plein, ils allaient le déverser dans de larges bidons en fer de cinquante litres, à droite, à l'entrée de l'étable. Le liquide jaillissait dans le parfum tenace et fade d'une crème épaisse. Auguste s'était entendu avec son voisin, Émile Rouch. Celui-ci descendrait le lendemain les bidons au village pour le ramassage habituel. Ce service, bien sûr, en appellerait un autre, en compensation, au retour de l'estive.

– Ah ! tu arrives enfin ! C'est pas trop tôt ! lança Auguste qui ne se souvenait pas de l'avoir lui-même envoyé au village prétextant qu'à son âge on avait de bonnes jambes.

– Y en a qui se la coulent douce..., ajouta en écho Louis, dont la voix se perdit au milieu des meuglements des gasconnes.

– On a presque terminé. Monte là-haut nourrir les bêtes avant que j'éteigne la lampe.

Pierre baissa la tête. D'abord parce qu'il chérissait ses parents et qu'il leur était reconnaissant, malgré le dénuement familial, de faire pour lui tout ce qu'ils pouvaient afin qu'il eût une jeunesse identique à celle des autres gamins du village, ensuite parce qu'on ne répondait pas à son père. Auguste lui avait tout appris, à lier le joug sur la tête des bœufs en passant les larges courroies de cuir en double huit autour des cornes, à atteler Coquette, la douce et familière ânesse, à rassembler la gazaille de moutons sans élever la voix quand on n'avait pas les chiens, à guider les manches de la charrue-brabant pour tirer des sillons plus droits que s'ils avaient été fait au cordeau. Il lui avait transmis jour après jour ce savoir-faire millénaire, bâti sur la patience et l'observation de la nature, qui accordait du temps aux choses souvent insignifiantes, contribuant à les rendre importantes aux yeux des néophytes, de ces gamins que l'on nomme ici « drolle » ou gaffet. Auguste, en « paire » respecté, avait ainsi rempli la fonction traditionnelle du maître sans jamais avoir besoin de montrer son autorité.

La surenchère de son frère ne l'avait pas surpris. Louis jouait facilement les « mestréjous », les petits maîtres. Il ne manquait jamais une occasion de lui faire sentir que c'était lui l'aîné, donc, comme le voulait la tradition, que c'est à lui que la terre reviendrait. Et Pierre savait ainsi depuis toujours que, s'il restait à Bordenave, il serait à jamais un cadet, c'est-à-dire une main-d'œuvre familiale commode, seulement rémunérée par la soupe quotidienne d'une vie à pot et feu communs, sans avoir droit de décider comment mener la ferme. Pierre prit simplement la fourche à deux dents appuyée contre le mur et grimpa le court escalier aux marches branlantes qui donnait accès à la partie supérieure de l'étable. On y entassait la « pasture » de l'été en vrac pour nourrir les bêtes à la mauvaise saison en précipitant simplement le foin dans les râteliers situés juste en dessous des trappes. En cette fin mai, le fenil était presque vide.

Pierre répartit les quelques fourches d'herbe restantes dans les trappes qui s'ouvraient, telles des gueules béantes, dans le parquet de bois aux lames inégales. Il racla soigneusement le sol de tout ce qui le parsemait mais les toiles d'araignées qui ornaient les poutres maîtresses de la nouaison devaient être plus nombreuses que l'herbe sèche à ramasser. Il jeta un coup d'œil circulaire. La pièce était curieusement vide et le parquet brillait comme on le voyait rarement en d'autres saisons. Il était temps de monter à l'estive ! Il dévala rapidement l'escalier au risque de chuter dans la pénombre. Une chouette hulula longuement dehors. Louis achevait de verser le dernier seau de lait dans les bidons et Auguste attendait près de la porte que les garçons aient fini le travail. Après leur sortie, il décrocha simplement la lampe tempête de la poutre qui pendait à un clou, en souleva le verre pour souffler la mèche qui s'éteignit dans un panache de fumée grasse. Puis il tira doucement la porte de l'étable pour s'enfoncer à son tour dans la nuit noire. Le vent commençait de se lever, faisant frémir les fougères tendres qui poussaient chaque printemps en une touffe jamais éradiquée à l'angle du mur de pierres sèches. Il huma l'air frais une seconde avant de regagner enfin la maison dont la lumière guidait les pas.

Un balcon de pierre auquel on accédait par un escalier de mauvaises lauzes, abrité d'un auvent, faisait office d'entrée dans la maison. La grande salle de la métairie de Bordenave était modestement éclairée par une lampe à pétrole ventrue pendue à une solive de bois noir taillée de main d'homme à coup d'herminette. Pourvue d'un abat-jour d'opaline blanche et dotée d'un réservoir transparent en verre martelé de couleur verdâtre, elle pouvait monter et descendre grâce à un système de poulie donnant une lumière plus ou moins diffuse. Les Sagnol n'avaient pas l'électricité. La métairie était trop éloignée du village et même du hameau de la Palanque pour que la commune, pauvre en ressources, puisse engager une telle dépense.

Bordenave ne comportait qu'une seule et unique pièce d'habitation. Cette pièce servait à tout : elle était à la fois cuisine, séjour, et même chambre à coucher quand on tirait le soir les rideaux des lits clos qui occupaient les deux alcôves. Un coffre de bois noir où l'on serrait les provisions de bouche au quotidien, l'armoire à linge, une armoire de mariage à clé tréflée, héritage d'un lointain ancêtre, un vaisselier de hêtre sombre constituaient l'essentiel du mobilier. Deux petites fenêtres aux voilages désuets dispensaient pendant le jour une lumière chiche sur la pierre de l'évier alimenté par la citerne en eau courante. Partout, la fumée avait léché les murs et le plafond, cherchant une sortie dans l'étroitesse du conduit noir qui montait derrière le large manteau taillé dans une poutre de chêne grossièrement équarrie. Cette fumée, mal guidée, les obligeait souvent à laisser la porte entrouverte pour donner un peu de tirage, ce qui faisait certes se griller les pieds mais aussi se geler le dos en hiver. C'était le prix à payer pour ne pas nager dans un océan glauque qui piquait les yeux. Sur la grande table, Julia, la femme d'Auguste, avait mis le couvert. Trois assiettes de faïence marbrées d'auréoles brunies, martyrisées par la forêt des scarifications des coups de couteau et de fourchette, attendaient les trois hommes, déjà remplies de larges tranches de pain noir. Julia, elle, mangerait comme d'habitude au coin du feu, dans la tradition des familles paysannes des Pyrénées.

Quand ils entrèrent, elle se leva simplement de la chaise basse qu'elle occupait au cantou pour aller tremper la soupe en mouillant abondamment, à coup de petites louches, les tranches de pain d'un bouillon où flottaient des yeux jaunes de graisse. Sa petite silhouette noire esquissa un signe de croix avant de murmurer une litanie de paroles inaudibles tandis que les hommes, moins attentifs aux choses de la religion, ouvraient leurs couteaux en essuyant la lame épaisse sur leurs cuisses. Ce soir, Julia avait amélioré l'ordinaire du repas. Elle avait préparé une fricassée de porc confit mêlée de pommes de terre et de quelques cèpes de fleur, premières pousses de champignons trouvés dans le petit bois qui jouxtait la métairie. Il fallait bien les lester avant les efforts qu'ils auraient à accomplir demain. Sans être une grande cuisinière, Julia avait appris, de sa mère, à se débrouiller avec ce qu'elle avait pour satisfaire les hommes dont les estomacs vides réclamaient leur dû après une dure journée de labeur. Elle était ainsi passée maître dans l'art d'accommoder les restes et avec peu, elle savait faire beaucoup. Les Sagnol, comme tous les paysans de la vallée, vivaient du produit de leur bien au quotidien et l'achat de viande de boucherie était réservé aux grandes occasions, deux ou trois fois par an.

La grande comtoise marqua la demie de huit heures d'un ton grave. Dans sa caisse de bois verni, décorée d'arabesques florales, son balancier de cuivre martelé orné de petits personnages colorés ondulait, éternel, dans le silence feutré du temps. Dans l'angle de la salle, à côté du vaisselier encombré du fourbi des « ça peut servir », ramenée par le grand-père, sur un coup de cœur, un soir de foire, au siècle passé, la pendule faisait l'objet depuis, une fois par semaine, de toute l'attention des maîtres de maison. Réservée aux hommes, l'opération se déroulait tous les samedis à huit heures précises selon un rituel immuable : juché sur une chaise, Auguste sortait la clé carrée et, en un geste lent et mesuré, il remontait le mécanisme dans le cliquetis métallique du ressort qui se bandait à nouveau, faisant remonter ainsi les poids ovoïdes dans la caisse. Puis, le chef de famille vérifiait l'heure sur sa montre de gousset, recalait légèrement l'aiguille des minutes, ce qui provoquait le plus souvent un tintement de la sonnerie. Il en était ainsi depuis plus de cinquante ans. Objet de prix des foyers paysans, la voix des pendules comtoises était l'âme des maisons. Chez les Sagnol comme ailleurs, elle rythmait le temps et meublait les silences lourds des générations de travailleurs. Le son fit lever la tête d'Auguste de son assiette de soupe.

– Tu nous monteras le réveil pour demain, dit-il à l'adresse de sa femme. Nous partirons à la pointe du jour...

– Vos affaires sont déjà prêtes, répondit Julia en désignant les havresacs qui attendaient dans un coin, au pied du coffre. Vous en avez juste pour quatre jours. Le reste, je le donnerai à René pour qu'il vous le mette à l'autocar, à Bélesta. Tu sais à quelle heure il arrive à Prades pour le récupérer ?

– Ça n'a pas changé depuis l'an dernier ? fit Auguste.

– Non. Je t'ai mis aussi les gouttes pour le petit. Tu regarderas qu'il n'oublie pas de les prendre, fit-elle en désignant Pierre qu'elle savait plus fragile que l'aîné.

– T'inquiète donc pas, il est grand maintenant ! répondit Auguste.

– Vous avez fini avec la soupe ? demanda Julia.

– Oui, donne-nous le reste, qu'on aille au lit assez tôt.

C'est pas le jour de veiller. On en a au moins pour sept heures jusque là-haut.

Julia posa sur le dessous-de-plat en fonte verte une poêle si culottée par les fritures antérieures que les dépôts graisseux y formaient des croûtes noires que l'éponge ne parvenait plus à enlever. Pour éviter que sa femme ne se brûle au contact de la queue en fer, Auguste, un soir, au coin du feu, avait soigneusement entortillé le manche dans de la ficelle de chanvre qui isolait assez bien la main de la chaleur. Julia souleva le couvercle rouge et dans une bouffée de vapeur, un délicat parfum boisé mêlant cèpes et pommes de terre sautées à la graisse de canard envahit la pièce, leur mettant l'eau à la bouche, leurs papilles toutes réceptives.

« Elle a la main, la Julia », pensa Auguste en reniflant les effluves rustiques d'une gastronomie qui avait l'authenticité d'un savoir-faire transmis de génération en génération. Les garçons dévoraient à belles dents, poussant d'un morceau de pain de grandes bouchées de fricassée. Ils ne s'arrêtaient que pour boire d'un trait un verre d'eau coupé d'un peu de rouge épais. Neuf heures sonnèrent à la pendule quand ils repoussèrent leur assiette, repus. Julia allait comme chaque été demeurer à la ferme pour « continuer les affaires », comme elle disait. À elle de nourrir les poules, les lapins, les canards, de sortir chaque jour la petite gazaille de moutons que l'on rentrait à midi, de crainte du soleil, bref, d'assurer « cette polyculture de nécessité qui n'était pas encore une polyculture de complément », selon le jugement des historiens futurs. Pour réduire les dépenses des exploitations, les femmes d'ici devaient avoir des qualités qui dépassaient le cadre domestique. C'est à l'aune de celles-ci que l'on estimait être bien marié. Dans la cheminée, un tison incandescent s'effondra, faisant jaillir une myriade d'étoiles dans le conduit noir.

– Demain, on aura une rude journée, marmonna Auguste, histoire d'envoyer les jeunes se coucher. Puis il ajouta en patois : À la bets, s'en cal ana al leit..., maintenant, il faut aller au lit.

Pierre et Louis ne se le firent pas dire deux fois. Malgré la fatigue qui les étreignait comme souvent en fin de journée, ils étaient excités par la perspective d'être déjà au lendemain, c'est-à-dire de monter à l'estive. Ils gagnèrent les lits clos pour s'y endormir à demi déshabillés tandis que Julia débarrassait la table en silence. Auguste Sagnol s'accorda alors sa détente de la journée. Assis au cantou, il leva la main pour atteindre une blague de cuir posée sur le linteau de la cheminée. De la pochette, il sortit un paquet de papier RIZLA+ qu'il déplia soigneusement pour en extraire de ses doigts rugueux et malhabiles un mince feuillet translucide. Le pliant en deux, il déposa dans le creux ainsi formé un peu de tabac noir et odorant en s'efforçant d'en extirper les bûches qui encombraient le gris grossièrement coupé. Puis, d'un tour de main qui trahissait une vieille habitude, il roula le tout pour obtenir un cylindre presque convenable qu'il obtura d'un coup de langue avant de l'enflammer d'une braise rougeâtre saisie avec les pincettes dans la cheminée.

Il expira une longue bouffée de fumée qui disparut dans le conduit, happée par la noirceur de l'âtre. Puis, il étendit les jambes, goûtant enfin un peu de paix après sa journée de travail. Ce n'était pas tous les jours qu'on montait à l'estive. Il écouta un peu la pendule, perdu dans ses songes, égrener inexorablement le temps tandis que la cendre de sa cigarette tombait sur sa veste, lui laissant au bout des lèvres un mégot jaunâtre à demi calciné. Dehors, un chien hurla dans le vent de la nuit. Ils étaient si loin de tout, ici, à Bordenave, que ceux des autres métairies ne répondirent même pas en écho et son cri étranglé se perdit dans le noir d'un soir sans lune. Auguste regarda la comtoise, passa sa main dans ses cheveux qui commençaient à se raréfier avec la quarantaine sonnée. La nuit serait courte. Autant pas trop tarder, pensa-t-il en repoussant la chaise basse pour prendre le chemin du lit tandis que Julia, le dos tourné, faisait une vaisselle sommaire à l'évier de pierre grise. Le temps de se tourner d'un côté puis de l'autre, manière de faire sa couche, et il dormait à poings fermés quand sa femme se glissa en silence auprès de lui sous l'épais édredon rouge que la fraîcheur des nuits printanières obligeait encore à garder.

Quand le réveil sonna à quatre heures du matin, lugubre crécelle dans la pénombre épaisse, Julia l'arrêta prestement, histoire d'offrir encore quelques minutes de sommeil en plus aux garçons. Auguste grogna sourdement quand elle le secoua, interrompant un rêve bucolique où il survolait un immense troupeau broutant dans un gras pâturage. À demi conscient, il avait du mal à s'arracher à la tiédeur du lit. Julia le secoua plus vigoureusement et, enfin, il se dressa sur son séant, reprenant ses esprits. Il n'avait pas de temps à perdre. C'était l'heure du grand jour ! Déjà sa femme, en longue chemise de coton beige épais ranimait les braises moribondes du feu pour faire chauffer un peu d'eau et la soupe. Elle n'allumerait la cuisinière que plus tard. Sur une chaise un peu branlante et à la paille fatiguée, juste à côté du lit, elle avait préparé hier soir des vêtements propres qu'Auguste enfila en gestes lents avant d'aller se raser exceptionnellement, pour cause d'estive.

Toujours peu loquace le matin, Auguste finissait d'ingurgiter une copieuse assiette de soupe au pain trempé dans laquelle la cuillère aurait presque tenu seule debout, pour se caler durablement l'estomac quand Pierre et Louis émergèrent des lits clos, titubant, encore tout endormis d'une nuit trop courte. Un coup de torchon humide rapidement passé sur les yeux pour chasser les « lagagnes » qui les rendent chassieux – la toilette du chat disait Julia – et ils s'assirent en silence comme leur père à la table sur laquelle un pot émaillé rouge fumait, exhalant un délicat mais particulier parfum de choux, de carottes et de navets. Julia les embrassa simplement sur le front puis les servit avant d'entamer un rapide bénédicité. Ils attendirent qu'elle eût fini de marmonner et conclu sa prière d'un bref signe de croix pour plonger leurs cuillères de fer-blanc dans la mixture odorante. Auguste se leva lentement, prit sa pèlerine suspendue à un clou, ouvrit la porte d'entrée qu'on obturait en hiver par des tampons de papier froissé pour couper les vents coulis. Il observa le ciel, tournant la tête de droite et de gauche, mais les étoiles étaient rares. Il devina vaguement de gros nuages dans la promesse de l'aube.

– Rejoignez-moi à l'étable... Faudra pas tarder en chemin, laissa-t-il tomber avant de descendre l'escalier en lauze.

– Je finis de vous préparer tout et je vous l'amène au Champ del Four avec Coquette. Comme ça, vous aurez pas à repasser ici en partant, fit Julia d'un air entendu.

Coquette, l'ânesse si âgée qu'elle faisait presque partie de la famille, bâtée et chargée des hottes remplies de pain, de vin, de fromage et d'œufs, les accompagnerait dans leur voyage. Elle porterait notamment les « lérous », ces brocs qui servent de siège-réservoir et qui ont cette forme courbe si particulière tenant au fait qu'ils sont taillés dans une souche d'arbre, souvent ceinturée de bracelets de cuivre pour qu'elle n'éclate pas. Coquette ne passerait pas l'été là-haut. À la première occasion, Auguste la redescendrait à Bordenave pour que Julia puisse faire les charrois des jours ordinaires. Les deux garçons se dépêchèrent de terminer leur assiette. Dans le silence feutré du petit matin, on n'entendait que le raclement des cuillères sur la faïence usée. Dehors, les chiens hurlèrent de joie. Auguste avait deux faroux, Mirette et Mitzie, issus d'une même portée, et un labris, répondant au nom de Bandit, cadeau d'un voisin, donné quand il avait perdu son chien préféré, piqué par une vipère aspic, trois ans auparavant. Bandit méritait bien son nom : il était cabochard mais il avait le sens du terrain. Habitués à une vie rustique, élevés sans être gâtés outre mesure, tous trois étaient les auxiliaires indispensables de tout mouvement de troupeaux. Auguste était en train de les détacher et les chiens jappaient dans ses jambes, excités par l'heure inhabituelle.

D'ordinaire, en effet, il les laissait libres d'aller et venir et par leur ronde, l'œil toujours aux aguets, ils assuraient une garde efficace autour de la maison. Mais la veille, il avait préférer s'assurer par une longe de chanvre qu'ils ne vagabondent pas, pour ne pas avoir à leur courir après au moment du départ. Aux aboiements des chiens répondait maintenant le meuglement des gasconnes. Bordenave commençait à se réveiller et le vent se levait lui aussi, faisant bruire les feuilles tendres des frênes d'une caresse énergique. Auguste connaissait le chemin par cœur. Malgré la nuit qui s'attardait encore un peu, il n'avait pas besoin de lampe pour guider ses sabots ferrés sur les cailloux aux arêtes polies de la carretière qui allait de l'étable à la ferme. Bientôt rattrapé par les deux garçons, excités et aussi un peu émus comme des premiers communiants, Auguste donna rapidement ses consignes : il leur fallait rassembler le troupeau, s'assurer d'une ou deux génisses, et éviter ainsi qu'il ne s'égaille dans le rosissement de l'aube, épris d'un soudain désir printanier de liberté et d'envie d'une herbe fraîche et craquante, tentation de la dent bien naturelle après des mois de fourrage sec.

Louis détacha les chaînes qui entravaient les bêtes dans le cliquetis métallique des maillons qui s'entrechoquaient en heurtant le bord en pierre de la mangeoire inférieure. À la porte, son frère Pierre, un aiguillon à la main, barrait le passage de sa haute silhouette, empêchant les vaches de s'échapper avant qu'Auguste n'ait fini de passer un licol à la Gertrude et à la Rosine, deux bêtes à lui qu'il connaissait bien pour leur calme et leur rôle de meneur dans le troupeau. La Rosine, la plus âgée des deux, portait au cou une grosse cloche qui guiderait les autres sur les chemins de l'estive. Les gasconnes, libérées, se serraient avec leurs veaux les unes contre les autres, meuglant à tout va, faisant trembler les solives de chêne de l'étable, le cou tendu en avant, de toute la puissance de leur voix rauque et profonde.

Tirant ses deux bêtes par la longe, Auguste vint se placer devant l'entrée de l'étable. Au signal du père, Pierre s'écarta du passage et la voûte en plein cintre de la porte se découpa dans l'aube pâle du petit matin. Certaines vaches profitèrent de l'air frais qui faisait palpiter leur museau humide pour laisser tomber un cynique outrage qui explosa en une myriade de taches brunes, vite piétinées par celles qui suivaient. Il n'était pas besoin de les appeler ou de les pousser. L'appel de la liberté guidait leurs pas dans le tintement cristallin des cloches suspendues à leur cou par un collier décoré d'arabesques sculptées au couteau les soirs d'hiver. Pierre avait pris place au milieu de la cohorte et Louis fermait la marche. Pierre, le plus jeune, était sûrement le plus impatient. Auguste comprenait ce sentiment d'excitation qui le remplissait tout entier, au point de le rendre gauche dans sa fébrilité. Sa première estive, à lui, vingt-cinq ans plus tôt, il s'en souvenait encore. Il la lui avait souvent racontée, le soir à la veillée, nourrissant ses rêves de jeunesse. Comment oublier ces instants sauvages où la montagne s'endort quand chacun se tasse dans l'inconfort de sa couche, la tête dans les étoiles, face à lui-même et à ce silence du temps qui prend alors la dimension de l'éternité. Quelques centaines de mètres plus loin à l'entrée du chemin qui conduisait au Champ del Four, la silhouette menue de Julia attendait les trois hommes.

– Voilà vos sacs. J'espère que j'ai rien oublié...

– Tu as pensé à mon paquet de tabac ?

– Oui et au papier aussi. Ton briquet à amadou est avec. Je t'ai mis un demi-litre de prune et quelques pierres de sucre. Vous avez une grosse tourte de pain noir, trois litres de vin, un quart de jambon, des œufs durs, du pâté, une omelette roulée, des oignons frais et quelques pommes de l'an dernier. Ça devrait suffire. René te montera les patates et le reste...

– Ça ira bien. Je te ferai donner des nouvelles, coupa Auguste qui n'aimait pas beaucoup les adieux et préférait les abréger par pudeur.

– Fais attention à eux, murmura Julia dans un souffle, en désignant les deux garçons.

– T'inquiète donc pas, répondit-il en déposant un rapide baiser sur le front de sa femme. Ce sont presque des hommes maintenant, poursuivit-il avec un clin d'œil complice aux deux garçons.

Elle les serra longuement contre elle, respirant leur odeur un peu fade de paysans mal lavés qui se mélangeait à celle, plus tenace, des vaches. Elle sentait leur cœur battre du désir de partir, elle qui allait rester, seule cette fois, gardienne stoïque d'une maison, d'un oustal désormais bien silencieux. L'entretien de l'hort, du poulailler, des lapins, bref de tout ce qui faisait les petits plus de l'économie ménagère, ici, dans ces montagnes des Pyrénées où il fallait vivre de peu, allait l'occuper durant ces semaines où la nature se réveille pleinement.

Mais le soir, elle savait que le cantou serait bien calme. Elle les regarda partir avec au cœur un pincement plein d'appréhension. Ils étaient si jeunes !

À flanc de coteau, suivant la pente du talweg, le sentier descendait doucement vers le hameau de Pelail, longeant le ruisseau. Sur le bas de la Serre de Camplong, il semblait flemmarder dans des divagations que les gens de la ville auraient trouvées bucoliques et champêtres mais auxquelles eux ne prêtaient nullement attention. Ici, à sept cents mètres d'altitude, seul le tintement des sonnailles venait perturber la quiétude froide de l'air matinal. Il leur fallait descendre ainsi pour retrouver la carretière qui, à travers les gorges de la Frau, menait vers Comus en suivant le cours de l'Hers. La voie était étroite, surtout dans le secteur du Pas de l'Ours, réputé pour ses barres rocheuses auprès desquelles l'homme avait le sentiment de la domination de la nature.

Le ciel avait changé de couleur depuis qu'ils avaient quitté Bordenave. Les gros cumulus blancs, tout bonasses dans leur bourgeonnement de l'aube, avaient laissé la place insensiblement à des masses plus grisâtres et informes que le soleil avait renoncé à percer. Le vent avait tourné : un mauvais flux d'ouest avait remplacé l'autan printanier et rieur des jours derniers. Il charriait par bourrasques, en de longs gémissements, les prémices d'une colère céleste menaçante. Les feuilles tendres des arbres frissonnaient sous le souffle impétueux qui forçait sa voix dans l'étroitesse de la gorge. Les arbrisseaux, timides dans leur croissance, étaient alors secoués en tous sens, se tordant comme des possédés au risque de perdre leur frêle parure. Enveloppé dans une cape de bure trop large pour lui, Pierre Sagnol baissait la tête pour ne pas perdre le béret qu'il revissait périodiquement sur son crâne aux cheveux ras.

La carretière serpentait entre les touffes de houx vernissé et seuls les buis épais coupaient çà et là un peu le souffle qui enflait de minute en minute. Ils avaient juste passé la fontaine de l'Esqueille quand les premières gouttes de pluie commencèrent à tomber, grosses comme des pièces de cinq francs. Rapidement, elles se densifièrent pour marteler les hommes et les bêtes d'une frénésie vengeresse. En tête du troupeau, le père, Auguste, continuait d'avancer comme indifférent aux éléments qui se déchaînaient de plus en plus. Pierre lui jetait parfois un œil, confiant dans l'expérience qu'il avait de la montagne. Ils suivaient avec les chiens, mélangés pêle-mêle aux bêtes dont les cloches sonnaient tel un tocsin funèbre emporté par le vent vers le bas de la vallée.

Quand ils franchirent les barres rocheuses du Pas de l'Ours, la masse sombre des nuages avançait maintenant sur eux comme un cheval au galop, roulant en un vacarme furieux des grondements inquiétants qui résonnaient telles des fractures funestes, amplifiés par les montagnes en un écho furibond rebondissant de crête en crête. Elle plongeait la haute vallée de l'Hers dans une obscurité précoce où l'assombrissement classique des jours d'orage prenait parfois des tons jaune safran, donnant aux gorges de la Frau la dimension d'une fin du monde. Certes, Auguste, Louis et Pierre n'en étaient pas à leur premier orage. Ils en connaissaient le danger ici, en montagne, pour s'être fait surprendre par les sautes d'humeur d'une nature parfois brutale. Quelques croix de fer, parfois de pierre, soulignées d'une date, venaient rappeler, çà ou là, la mort d'un berger trop téméraire ou malchanceux. Assurément, la pluie et le vent qui tombaient en rafales mêlés de quelques éclairs, tordant les arbres comme des chiffons, n'étaient que le prélude de ce qui s'annonçait dantesque.

Ils étaient trop loin désormais pour retourner au

hameau de Pelail et espérer l'atteindre avant que ne se déclenche le pire. Coincés dans la gorge un peu plus haut que le défilé du Pas de l'Ours, cernés de murailles rocheuses hautes comme des immeubles, ils n'avaient d'autre solution que de continuer à monter pour franchir au plus vite les portes de l'enfer. Les bêtes affolées commençaient de meugler, lugubres, s'agitant en tout sens, et les chiens, désorientés eux aussi, glapissaient à tout-va quand ils ne hurlaient pas à la mort. De minute en minute, l'apocalypse se précisait. L'orage ne se contentait pas de balayer un point précis du paysage en lâchant de temps à autre des éclairs sinistres. Il le pilonnait, progressivement, comme le feu roulant de l'artillerie, écrasant tout pour hacher chaque mètre carré. Il frappait le sol avec la rage d'un forcené, criblant l'air d'une multitude de lignes brisées blanchâtres qui se succédaient parfois sans interruption des minutes durant. Face à ce déchaînement primaire des éléments, hommes et bêtes semblaient désormais hésiter, cherchant leur chemin dans un chaos irréel de lumières blanches et bleues où le ciel et la terre avaient disparu.

Ils ne distinguaient plus rien, ni du chemin ni des buis et de la végétation. La réalité de ce qui les entourait n'existait plus, avalée dans un trou noir où l'espace et le temps se confondaient en un magma de lumières et de noirceurs comme l'alpha et l'oméga. Le commencement du monde avait dû ressembler à ça il y des milliards d'années et la fin de la civilisation des hommes pourrait bien s'y comparer. Pierre avait l'impression d'avoir pénétré dans un monde interdit où la colère de Dieu n'a plus de logique ni de fin. Ils n'avançaient plus, tétanisés. Ils restaient bêtement debout, perdant toute notion de l'environnement et tout repère temporel. Ils se situaient vaguement les uns par rapport aux autres mais n'avaient plus le contact visuel ni avec celui qui les précédait ou les suivait, ni avec les bêtes dont seuls les cris crevaient parfois la tempête. Leur dernière heure était venue, mais ils n'avaient même pas l'idée d'avoir peur. Peut-être étaient-ils déjà de l'autre côté, dans cet enfer que le curé leur promettait le dimanche à la messe dans ses sermons s'ils continuaient à pécher...

Et puis, dans le fracas de ce monde qui n'existait plus, Pierre perçut un bruit sourd. Lointain au début, il s'amplifiait de minute en minute, telle une charge de cavalerie monstrueuse qui va tout culbuter. À l'éclair qui suivit, il identifia la source de l'horreur : ça venait du ruisseau... Il saisit en un instant le danger, fit deux ou trois mètres au hasard, aperçut la silhouette d'Auguste devant lui, courbée en deux. Une main l'attrapa alors avec toute sa poigne pour l'entraîner dans une anfractuosité de la paroi qui formait un léger surplomb. Il se sentit comme soulevé par une force invisible au moment précis où un mur d'eau lui assenait une gifle magistrale. La suite ne fut qu'un kaléidoscope de cris, de meuglements atroces, qui disparut très vite, emporté par le torrent dans le toboggan de la mort.

Oui, ça devait être ça, l'au-delà, pensa Pierre avant de réaliser qu'il était vivant. Plaqué contre la paroi, de l'eau jusqu'à mi-cuisse, son père Auguste le maintenait, tant bien que mal, s'agrippant lui-même à un arbuste torturé qui avait eu la bonne idée de planter vicieusement ces racines dans une diaclase de la roche. La vague principale était passée, le ruisseau, un peu assagi, charriait derrière lui des monceaux de branches, de troncs, de débris divers mélangés en un flot boueux et tumultueux qui bouillonnait hors de toute mesure. Trempés jusqu'aux os, le regard halluciné, Pierre regarda Auguste. Les cheveux collés par la boue, une large blessure lui barrant le front, il semblait avoir vieilli de dix ans. Ils étaient là, à demi hébétés, hagards mais vivants.

Le maelström les avait dépassés et, tels des bouchons, ils refaisaient surface. Mais du monde précédent, ils ne reconnaissaient pas grand-chose. Tout avait disparu et semblait appartenir à un ailleurs. Seule la désolation était le présent et la ruine, l'avenir. En descendant de leur surplomb, encore assommés par l'abat d'eau qu'ils venaient de subir, il leur sembla découvrir une autre planète. Où étaient le troupeau, les buis, les frênes qui bordaient l'Hers pimpant et rieur ? Ils promenaient des regards azimutés sur le désastre, essayant de comprendre l'incompréhensible quand Pierre s'écria soudain, cherchant son frère dans la masse glauque qui s'écoulait désormais, tel un égout dégueulant :

– Et Louis ? Louis ? Louis...

– Louis ! Louis... ! cria à son tour Auguste, les mains en porte-voix, dans la gorge dévastée, sans obtenir d'autre réponse que le silence du vent dont le souffle se calmait un peu.

– Père, il faut le trouver, murmura Pierre d'une voix suppliante.

Auguste ne répondit pas, étranglé par la peur qui lui nouait la gorge. « Mon Dieu... Mon Dieu... Louis ! Pourvu qu'il ne lui soit rien arrivé », pensait-il en proie à un malaise grandissant : ce fils préféré qui lui ressemblait tant... Au milieu des branches cassées et de débris de toute nature qui parsemaient le sol, ils s'élancèrent, le cœur battant, plein d'angoisse. Leur inquiétude ne fit que grandir quand, un peu plus loin, ils aperçurent le premier cadavre de vache, bloqué entre deux frênes et un acacia qui avaient résisté au flot impétueux. C'était une jeune génisse d'un an à peine, une belle bête et elle avait été emportée comme un fétu de paille pour échouer là, dans une posture obscène, les quatre pattes en l'air, le cou désespérément tendu vers cet air qui avait disparu sous la masse furibonde des eaux déchaînées. Son œil était ouvert et sa pupille dilatée. Elle avait dû tenter de nager mais roulée comme un vulgaire galet, elle s'était fait coincer et, la tête sous l'eau, les poumons rapidement pleins de ce liquide glauque qui avait remplacé l'eau cristalline de l'Hers où elle buvait tous les jours, elle était morte sans avoir le temps d'avoir peur. Le spectacle de la génisse les stoppa net et leur glaça le sang, nouant au fond de leur estomac la boule des affres de la mort.

À voir la cloche qui ne tinterait plus jamais à son cou, il reconnut une des bêtes que Mathieu Chaubet lui avait données en pension. « Bête perdue, bête à payer », il connaissait la règle, la perte, même si elle faisait partie des risques du contrat de locaterie était sèche et à sa charge. Il devrait rembourser. Pierre, les yeux écarquillés d'effroi, était comme tétanisé, insensible à ses vêtements qui collaient à sa peau comme une tunique de Nessus. Où était son frère au milieu de ce chaos ? Auguste secoua la vache par une de ses pattes tendues vers le ciel, dérisoire pantin désarticulé, victime expiatoire de la fureur céleste, et serra les poings de rage, les yeux secs, incapable de verser une larme face à l'horreur du sort qui l'accablait. Son regard erra de droite à gauche, cherchant quelque chose, un signe auquel se raccrocher pour affronter l'adversité d'un destin cruel. Ils étaient là, les bras ballants, assommés par la douleur quand une voix, un peu en aval, les héla :

– Oh !... Oh ! Oh ! entendirent-ils faiblement dans le silence du désespoir qui submergeait la vallée engloutie.

Ils mirent quelques secondes à comprendre d'où venait la voix hésitante. Un peu plus bas, un arbre à demi cassé dressait sa silhouette mutilée et une branche maîtresse avait miraculeusement résisté à l'ouragan. Accroché au milieu, couvert d'ecchymoses, de plaies et de coupures, trempé jusqu'aux os mais bien vivant, Louis était là, suspendu entre ciel et terre, semblable à un insecte prisonnier d'une toile d'araignée dont il n'a plus la force de se dépêtrer.

– Aidez-moi ! criait-il de toute l'énergie qui lui restait.

– Louis... Louis ! Tu es blessé ? interrogea Auguste, l'émotion au bord des lèvres.

– Non, je crois pas... Ah ! mon pied... Putain, ça fait mal... Aidez-moi à descendre, vite...

– Bouge pas ! Tiens bon ! lui cria Pierre en s'élançant de toutes ses jambes de quatorze ans.

Récupérer Louis, contusionné dans son arbre, leur demanda efforts et patience. Surpris, Louis n'avait pas eu le temps de se mettre à l'abri et le flot l'avait drossé tel un vulgaire fétu en le submergeant presque tout entier. Il avait dû lutter pied à pied pour ne pas être emporté et asphyxié par les eaux boueuses. Il s'était cramponné avec l'énergie du désespoir à ce qui passait, essayant, dans la panique qui le gagnait, d'atteindre les parties hautes de l'arbre en priant le ciel pour que cette branche maîtresse de châtaignier ne cède pas sous son poids. Louis criait comme un beau diable, égrenant des chapelets de jurons qui auraient même fait rougir le plus mal embouché. Il ne pouvait pas poser le pied par terre. La cheville avait gonflé et pris une couleur bleue qui ne trompa guère Auguste, habitué à soigner les bêtes. Il y avait sans doute de la fracture là-dedans et les cris que poussait le gosse quand on le touchait n'étaient pas exagérés. Ses autres blessures semblaient moins graves et même le sang qui marbrait son visage commençait à sécher par plaques. Mais l'essentiel était qu'il eût, par miracle, réussi à sauver sa peau. Il pourrait louer son ange gardien d'avoir laissé cet arbre debout, au milieu de la gorge, véritable bouée de sauvetage, et mettre un cierge à l'église pour remercier le Seigneur.

L'émotion des retrouvailles passées, Auguste, avec son robuste couteau, dépouilla prestement une branche assez droite et solide pour lui servir de béquille. Il élaguait les rameaux vert tendre quand soudain le labris, Bandit, fit sa réapparition, jappant de joie en retrouvant ses maîtres. Mitzie et Mirette avaient disparu, Bandit était le seul rescapé. Il était trempé comme eux, le corps couvert de griffures et d'estafilades mais, l'oreille haute et la truffe fraîche, il remuait vigoureusement son appendice caudal. Auguste contempla la gorge encombrée de débris. Soulagé de voir Louis vivant, ses pensées allaient maintenant au troupeau. Si le chien avait survécu au maelström, peut-être les vaches avaient-elles connu un sort meilleur que la malheureuse génisse coincée entre les arbres. Peut-être n'avait-il pas tout perdu dans ce désastre...

Laissant son fils Louis, claudiquant, s'appuyer sur sa canne de fortune pour descendre lentement avec l'aide de Pierre qui le soutenait, Auguste s'élança dans le chaos, vers l'aval, animé par l'espoir insensé que ses bêtes, ayant pu nager, se trouvent ainsi un peu plus bas dans la vallée. Le ciel semblait calmer sa fureur. L'abat d'eau passé, l'Hers, sans retrouver son cours normal, s'assagissait un peu, ce qui ne rendait que plus perceptible l'aspect catastrophique du paysage. Auguste progressait tant bien que mal. Son cœur battait la chamade. Il avançait, la bouche sèche, à grandes enjambées, sans se préoccuper du désordre végétal qui l'entourait. Où étaient ses bêtes ? Qu'allait-il découvrir ? Vingt-sept vaches et quelques veaux n'avaient pas pu disparaître ainsi ! Il lui fallait les retrouver coûte que coûte...

# 2

# *La terre maudite*

Le spectacle était effroyable et rappelait les ravages de la guerre. Plus il approchait du Pas de l'Ours, plus Auguste prenait conscience de l'inéluctable. Dans le goulet tout avait été couché, emporté, décapé, par le flot monstrueux qui, au resserrement des parois rocheuses, avait décuplé son pouvoir destructeur. La vague avait tout balayé, forçant le passage d'une rage barbare dont les roches portaient témoignage, étalant, suspendues à trois mètres au-dessus du sol, tels des oripeaux tragiques, une succession sans fin de débris innommables. Les traces d'une civilisation agropastorale avaient disparu. La draille n'existait plus et le chemin, le long du ruisseau, était désormais creusé d'une multitude de trous comme si un rabot géant l'avait défoncé sauvagement. Cinq cents mètres plus loin, au-delà des barres rocheuses du Pas de l'Ours, la gorge s'évasait, formant un véritable cône de déjection. Parvenu là, Auguste n'eut guère d'illusions. Peu de créatures auraient pu survivre à un tel cataclysme.

Incrédule, Auguste avançait d'une démarche mécanique. Puis, soudain, après la fontaine de l'Esqueille, le spectacle le glaça d'horreur. Il n'était pas besoin de chercher le troupeau. Il était là, pour l'essentiel épars, sur un léger replat. Une vingtaine de bêtes jonchaient le sol, mortes, couchées sur le flanc ou dans des positions grotesques, culbutées par la vague. Déjà, leurs membres commençaient à se raidir. Auguste sentit ses muscles se mettre à trembler, incapable de refouler l'émotion qui l'étreignait. Le troupeau ! Les bêtes ! Ses bêtes... Son visage se ferma et de grosses larmes silencieuses coulèrent, empruntant le chemin des rides qui parsemaient sa figure. Il resta un long moment ainsi, comme hébété, anéanti par la cruauté du destin. Qu'avait-il fait au ciel pour mériter un tel châtiment ? Pourquoi le Bon Dieu l'avait-il puni ? Pierre et Louis l'avaient maintenant rejoint et découvraient eux aussi l'abominable réalité.

Les deux garçons sentaient confusément que leur vie venait de basculer, que rien ne serait plus pareil désormais. Pierre mit simplement la main sur l'épaule de son père mais celui-ci, terrassé de chagrin, ne remarqua même pas ce geste filial. Les deux garçons n'osaient prononcer une parole. Un meuglement les fit émerger de leur anéantissement. Leur regard se porta à mi-flanc, un peu plus haut. Là, au milieu des broussailles vert tendre, Pierre distingua la tache claire d'une gasconne. Bientôt le cri fut relayé par d'autres dans la même direction. Il s'élança alors de toute l'énergie de ses jeunes jambes. Quatre vaches avaient survécu au désastre ! L'ayant reconnu, les bêtes lançaient des appels déchirants, qui résonnaient, sinistres, sur les pentes de la montagne maudite.

– Beuni... Beuni... Beuni..., lança Pierre pour les faire descendre vers lui.

En s'approchant, il reconnut alors la Rosine. Elle était toute crottée et la boue séchait déjà par plaques, formant des écailles au contact de la chaleur de son corps. Elle avait conservé sa longe, ridicule appendice de meneuse d'un troupeau disparu. C'était un miracle que la corde ne se soit pas bloquée dans quelque obstacle, ferrant l'animal comme un vulgaire poisson au milieu des éléments déchaînés. La Rosine avait bon caractère. Elle était d'un naturel aimable et affectueux. Gamin, Pierre s'amusait à se faire lécher les doigts de sa grosse langue baveuse. À grands coups de queue, battant l'air comme avec un fouet, elle manifesta sa joie de retrouver ses maîtres, entraînant dans son sillage les trois autres gasconnes. Pierre n'eut qu'à saisir le bout de la corde qui pendait à son cou pour la conduire vers Auguste et Louis, dans le creux du talweg humide. Ces retrouvailles avec quatre de ses bêtes, sans lui mettre du baume au cœur, firent sortir Auguste de sa léthargie. Il leur tâta le cou, la tête, leur caressa les cornes de sa main calleuse pour essayer autant de les rassurer que de se rasséréner lui-même. Après quelques recherches, à moitié hagards, ils découvrirent finalement Coquette, l'ânesse, qui, bien que lourdement chargée, s'était laissée porter par le flot, sur un petit replat. Dans sa fuite, les sangles de son bât avaient cédé, ce qui lui avait permis de mieux nager et si la perte de sa charge lui avait meurtri les flancs, elle était néanmoins vivante.

En approchant du hameau de Pelail, avec l'élargissement normal de la gorge qui se transformait maintenant en une simple vallée de montagne, le flot avait perdu de sa force et ses dégâts étaient moins sensibles. Les herbes étaient simplement couchées, une corde de bois s'était éparpillée en désordre dans un pré et les haies qui formaient le maillage paisible du bocage avaient servi de tamis à la déferlante des débris. Le hameau, légèrement à l'écart du talweg, avait été épargné et seuls les champs qui s'étendaient au carrefour conduisant à la métairie de Courrent, portaient trace du sinistre tout frais. À quelques dizaines de mètres du croisement des chemins, Jean Loubet, dit Tistounet, le béret lui couvrant le front, toujours vêtu de sa veste épaisse, Mathilde Dumas, habillée de noir depuis plus de vingt ans, François Caux et Jean Maugard, tous voisins habitant les quatre maisons un peu plus haut, échangeaient des propos circonstanciés et commentaient les dégâts d'un ruisseau qui, désormais assagi, avait regagné son lit, pour ne laisser simplement subsister par endroits que de grandes flaques. En entendant les sonnailles, Jean Loubet leva la tête et, n'en croyant pas ses yeux, s'exclama à la cantonade :

– Macarel ! Es pas possible... Es pas possible !

L'émotion lui coupait les jambes et tous, stupéfaits, ils restaient sans voix en apercevant Auguste et ses fils. Ils suivaient les quatre vaches et Coquette. Ils semblaient, en cet instant, ressusciter d'un monde disparu dans l'ambiance brumeuse et humide de la nature qui s'égouttait. Hagards, ils marchaient tels des automates, guidés par une force invisible, sur le chemin du retour à la vie. Parvenus à leur hauteur, Jean Loubet tendit les mains en avant afin de les toucher pour se persuader qu'il n'était pas victime d'hallucinations ou d'un mirage. Puis, passée la stupéfaction, ils se mirent tous à parler en même temps. Comment avaient-ils pu survivre à un tel raz de marée ? Jean Maugard alla prestement chercher une bouteille de prune pour leur remonter le moral et pendant que le verre circulait à la ronde, diffusant dans les gosiers la brûlure de l'alcool rêche et parfumé, il leur fallut recommencer dix fois le récit de ce qu'ils avaient vécu, prenant conscience un peu plus chaque fois qu'ils étaient vraiment des miraculés.

Auguste parlait de façon saccadée, par monosyllabes, contrôlant toujours avec difficulté l'émotion qui l'étreignait, comme le ressac roule les galets sur une plage abandonnée. Il ne pouvait évacuer le traumatisme d'une catastrophe qui lui minait l'âme et lui faisait encore trembler les mains. Il était, comme ces disques rayés des phonos, tournant toujours les mêmes mots dans sa tête.

Les fils récupéraient plus vite que le père et Louis riait même parfois dans une sorte de décompression nerveuse, la peur se relâchant comme un spasme. Ils faisaient tous cercle autour des survivants, essayant d'atténuer, par cette solidarité tissée au fil des jours de ces milliers de petits riens, l'horreur du drame, quand Mirette, la chienne faroux, réapparut, sortant d'on ne sait où, toute crottée et boitillant sur trois pattes, ce qui ne l'empêcha pas de sauter de joie en retrouvant ses patrons. Pierre la cueillit au vol et la boule de poils sales et humides lui adressa un vigoureux coup de langue rose, lui débarbouillant le visage des traces qui le marbraient encore.

– Qu'est-ce que vous allez faire maintenant ? demanda François Caux d'une voix douce.

– Je sais pas... Faut que je rentre les vaches, répondit Auguste, hésitant.

– Et les autres ? questionna Mathilde Dumas. Tu peux pas les laisser là-haut...

– Oui, bien sûr, fit Auguste sans comprendre vraiment.

– Mazet te les prendrait peut-être pour la boucherie, avança Maugard. Après tout, elles sont crevées de mort naturelle, tes bêtes.

– C'est vrai que c'est presque comme quand il leur met un coup de merlin sur le crâne...

– Ah bon ! fit Auguste d'un air absent.

– Hé ! je le sais bien, moi. Je vais souvent lui tenir la main. Il les attache au pré de la Font entre les quatre pommiers par une bonne longe... et tu sais qu'il a le coup, il les rate pas ! fit Maugard.

– Tu veux que je le prévienne ? proposa François Caux. Je dois justement descendre à la scierie d'un coup de vélo et, là-bas, ils ont le téléphone à cause du commerce. D'ici là, on a le temps de les rassembler. Les

Dunac donneront bien la main avec leurs bœufs et leur attelage, ils sont toujours serviables...

– Oui, si tu veux, répondit Auguste, dépassé par les événements.

– Allez, va ! Rentre tes bêtes avec tes gars. Nous, on s'occupe du reste, assura François Caux.

– Moi, je monte avec eux, fit Mathilde. Faut pas les laisser seuls...

– Merci Mathilde, mais on redescend tout de suite, répondit Auguste.

– Dans ce cas, je vais préparer le café pour tous, proposa Mathilde.

– Bon, alors, « anats », chacun sait ce qu'il a à faire.

Les vaches marchaient maintenant l'une derrière l'autre dans le sentier étroit qui remontait vers Bordenave. Elles allaient de leur pas lent, balançant leur postérieur au rythme de leur queue qui fouettait l'air pour chasser les mouches précoces d'un printemps bien entamé. Elles ne se pressaient pas, comme si elles aussi mesuraient la tristesse de ce retour vers l'étable. Bandit, le labris, d'ordinaire si facétieux, avait perdu son air boute-en-train. Il avait en vain cherché Mitzie, sa compagne à quatre pattes. Sans doute la vague l'avait-elle roulée pour l'abandonner, pantin dérisoire à demi enfoui et noyé sous la masse immonde des débris de toutes sortes.

La nature n'en finissait pas de s'égoutter et les feuilles tendres des arbres, malgré la faible luminosité du jour sale, luisaient d'humidité. Délesté de ses masses noires, le ciel avait pris une couleur gris uniforme. Par moments, il suintait encore en quelque banc de bruine poussé par le vent aigre. Pierre marchait devant, le pas hésitant comme un somnambule. Triste retour qui contrastait avec la joie du petit matin quand ils étaient partis le cœur gonflé vers les estives. En quelques heures, leur destin avait basculé. À l'approche de la ferme, les quatre vaches restantes, reconnaissant la maison, meuglèrent, telles les cornes de brume des navires arrivant au port. Pierre aperçut alors la silhouette de sa mère, Julia, qui sortait sur le perron en pierre. Elle demeura figée un instant, surprise par ce retour inopiné, ignorante de la tragédie qui s'était produite deux heures plus tôt. Par réflexe, elle essuya nerveusement ses mains au grand tablier bleu qu'elle portait par-dessus sa robe noire. Elle comprenait bien qu'il y avait quelque chose d'anormal et son cœur commençait à battre plus fort, pressentant le drame.

– Qué y a ? fit-elle, la gorge nouée par l'angoisse.

En deux phrases, la voix brisée, Auguste lui raconta ce qu'ils venaient de subir. En l'entendant, Julia mesurait à ses paroles l'étendue du malheur qui les frappait et aussi la chance qu'ils avaient eue de sortir vivants d'un tel maelström. Elle laissa échapper un « Moun Diou » avant de les serrer à tour de rôle dans ses bras, tremblant de tous ses membres, réalisant avec une frayeur rétrospective qu'elle aurait pu les perdre. Auguste lui expliqua d'une voix blanche qu'ils devaient redescendre s'occuper des bêtes emportées par le flot, qu'on ne pouvait pas laisser ainsi une vingtaine de cadavres à l'orée de la gorge et que ceux du village aideraient, la solidarité de clocher n'était pas un vain mot.

– Mangez un peu avant de redescendre, conseilla Julia.

– On n'a pas bien faim, tu sais, répondit Auguste doucement.

– De toute façon, le Louis, faut qu'il reste là. Il peut pas poser le pied par terre... Regarde, fit Julia en désignant son fils qui, à cloche-pied, jouait les cigognes.

– Je peux bien redescendre si tu me mets une bande, murmura Louis.

– Toi, tu restes à la maison. Ça suffit pour aujourd'hui, répliqua Julia avec autorité.

– Pierrot, va chercher des cordes, des solides... On va en avoir besoin, ajouta Auguste.

La catastrophe avait mis tout le village en émoi. Les femmes, de maison en maison, s'étaient chargées de sonner le tocsin des commentaires. Quand ils redescendirent, tout le monde était au courant et les Dunac déjà à l'œuvre avec François Caux et Jean Maugard. Les bœufs, attelés à un solide traîneau, habituellement utilisé pour débarder le bois par les tires boueuses, montaient de leur pas lent, en laissant sur le sol détrempé l'empreinte profonde de leurs sabots ferrés. Ce « carras », que l'on utilisait aussi dans les champs en pente pour remplacer les charrettes là où les roues ne pouvaient pas passer, était le seul moyen de sortir les carcasses qui n'allaient pas tarder à gonfler dans la tiédeur du mois de mai. Les hommes suivaient les traces, marchaient en zigzag, en évitant les flaques dans le chemin défoncé, cicatrices du drame encore tout frais. Matignon, le contremaître de la scierie, avait rameuté tous les hommes disponibles du village qui s'étaient juchés sur la remorque qui servait tous les jours à transporter les grumes. Il avait tracté celle-ci avec le Caterpillar chenillé, racheté au surplus américain après la guerre, jusqu'aux Quatre Chemins où les bœufs viendraient décharger leur macabre chargement.

L'engin, puissant et robuste, propageait dans l'air humide une fumée grasse de gasoil qui planait par nappes en s'accrochant aux feuilles tendres et aux crosses charnues à peine déployées des jeunes fougères. Tous essayaient de se rendre utiles, même les vieux qui, à défaut de la force de leurs bras, y allaient d'un conseil judicieux. Mazet, le boucher, avait accepté par téléphone de venir chercher quelques bêtes qu'il écoulerait en boucherie. Les moins abîmées, avait-il précisé, ajoutant qu'il fallait faire vite. Dommage de rater un coup pareil. Elles n'étaient crevées que depuis deux ou trois heures. Il pouvait les avoir pour pas grand-chose et en tirer un bon prix. Les gens n'iraient pas voir comment elles étaient mortes et ses collègues de Bélesta et de Lavelanet, ravis de se fournir à bon compte, fermeraient les yeux dans une coupable complicité. Bien sûr, c'est lui qui fixerait le prix. Le malheur des uns fait le bonheur des autres, avait-il lancé à sa femme en quittant prestement le magasin, vêtu de la blouse bleue qu'il portait d'ordinaire pour aller à l'abattoir à Lavelanet, la caisse à couteaux en bandoulière et l'apprenti sur les talons. Il savait que Mathilde Dumas et Jean Loubet guettaient son camion au carrefour de Pelail.

L'évacuation des bêtes de la gorge tragique leur prit toute la journée. Chacun cherchait à apporter une aide, à participer à ce ballet bien réglé où l'on ne s'arrêtait que pour boire un coup, casser la croûte ou rouler une cigarette d'un gris grossier qui laissait échapper une fumée âcre dans l'air frais de la montagne. Hissées à bras d'hommes par des cordes sur le traîneau des Dunac, les bêtes étaient extraites de leur gangue boueuse pour être descendues aux Quatre Chemins au pas lent des bœufs habituellement utilisés pour un débardage moins lamentable. Cris et acclamations ponctuaient le macabre charroi où chacun dispensait sa force ou ses conseils. Parvenu à destination, Mazet, de son œil avisé habitué à choisir les bêtes sur pied, faisait un tri tout aussi rapide que sinistre. Il sélectionnait les plus belles, celles qui avaient le moins souffert, celles dont il pourrait tirer le meilleur profit.

– Alors ? demandait Maugard tandis que le traîneau amenait deux gasconnes qui avaient dû être belles de leur vivant mais se présentaient maintenant toutes raides et couvertes de plaies.

– Tu les prends toutes les deux ? questionna Dunac père.

– Non ! celle-là... seulement.

– Tu es sûr ? insista Maugard qui connaissait la roublardise du boucher.

– Oui, celle-là, je te dis... l'autre non !

– Elle est pas mal pourtant aussi, plaida Caux.

– Elle est pas bien en viande... J'en veux pas, répondit Mazet.

– Et si tu te trompais ? Des fois, c'est pas les plus grasses les meilleures, suggéra Caux.

– C'est à prendre ou à laisser. Vous devriez être bien heureux que j'en prenne quelques-unes à Sagnol. Sans moi, il aurait plus qu'à appeler l'équarrisseur de Lavelanet... et à payer pour le travail !

– Comme tu veux...

Tandis qu'on chargeait l'indésirable sur la remorque, on entendait alors en préambule le crissement des couteaux que l'on affûte rapidement contre la pierre, ce fusil cylindrique qui, dans le vif maniement du poignet, donnait un fil tranchant aux lames d'acier. Sur place, en un abattoir improvisé, Mazet dépeçait les carcasses dans le sifflement de l'air comprimé qui soulève la peau, avant de les débiter en gros quartiers que l'apprenti allait pendre dans le camion réfrigéré par des pains de glace. Quand le camion était plein, entre deux descentes, il s'éclipsait pour aller jusqu'à son magasin garnir sa chambre froide ou solliciter celle d'un collègue qui, avec lui, allait profiter de l'aubaine. Il transpirait à grosses gouttes sous l'ampleur de la tache et sa bouille ronde au crâne dégarni prenait le ton rougeâtre des surplus de viande de sa boutique qu'il ingurgitait au quotidien, métier oblige. Quand le gaffet traînait un peu, il le houspillait vertement d'un « macarel » bien sonore, lui promettant de lui tirer les oreilles quand ils auraient fini.

Auguste se démenait de droite et de gauche, allant des uns aux autres dans l'activité intense du travail à accomplir. Pierre le secondait, calme et attentif dans l'épreuve. Ses mains lui faisaient mal à force de tirer les cordes et ses muscles étaient endoloris par les efforts déployés. Le ciel était resté couvert et menaçant, suintant la tristesse d'un jour que la mémoire des hommes conserverait. C'est tout juste si, en fin de journée, il s'était un peu éclairci quand le vent avait forci, juste avant que tombe le soir sur le théâtre du drame. Le dernier voyage du traîneau des Dunac venait d'arriver aux Quatre Chemins et le crépuscule était proche. Mazet était définitivement reparti vers son magasin, ses frigos pleins. Matignon, avec le Caterpillar, avait fait trois voyages jusqu'au bord d'une combe étroite et profonde où, traditionnellement dans le pays, l'on jetait les bêtes crevées. C'était le dernier et demain matin, à la première heure, avait-il convenu avec Auguste, il précipiterait de la large lame d'acier qui servait à pousser les grumes à la scierie, quelques mètres cubes de terre pour ensevelir les carcasses. Les finances d'Auguste ne lui permettaient pas d'acheter de la chaux vive. La nature pourvoirait à leur disparition et personne n'irait protester contre l'enfouissement.

– Ce coup-ci, c'est fini, fit Caux en s'essuyant le front d'un mouchoir à carreaux verts et blancs qui laissa échapper en s'ouvrant quelques miettes d'un tabac noir.

– Es pas trop leu, c'est pas trop tôt, répondit Jean Loubet

– Moi aussi, j'en ai ma claque... suy crevats, ajouta Maugard.

– Merci... merci à tous ! murmura Auguste qui n'avait jamais bien su dire ces choses, préférant les actes et les regards aux déclarations grandiloquentes des tragédiens.

– Allez, rentre chez toi maintenant, Auguste... C'est fini ici ! Il te reste quatre bêtes à soigner... et pour le reste, demain il fera jour bien assez tôt.

Il leur serra la main, les yeux humides et un peu hagard, submergé par la douleur qui l'assaillait, le travail accompli. Ils pouvaient tous lui prodiguer des paroles apaisantes, lui dire que ça s'arrangerait, il savait bien lui que le destin en le frappant avait ruiné sa vie et sa famille. Qu'allaient-ils devenir ? Comment payer ce qu'il devait au 15 juin chaque année à Léon Trocard, le pharmacien de Toulouse, propriétaire de Bordenave ? Comment rembourser tout ce qu'il devait à ceux qui leur avaient confié du bétail en contrat d'estive ? Qu'avait-il fait au ciel pour mériter un sort pareil ? Ces questions l'obsédaient, tournant dans sa tête sans fin et sans réponse. Auguste les regarda partir, silencieux. L'adversité l'accablait de plein fouet maintenant qu'il n'y avait plus rien à faire. Il resta avec Pierre un long moment au bord du chemin menant à Bordenave, cette terre qu'ils occupaient depuis des générations et à laquelle, de père en fils, ils avaient tant sacrifié de sueur, de peine et d'efforts. Puis, Pierre glissa simplement sa main aux doigts fins dans celle calleuse d'Auguste qui la serra, sans un mot, les yeux fixés sur cette vallée maudite.

– Faut y aller, paire, murmura doucement Pierrot Sagnol.

Lentement, comme s'il n'arrivait pas à se dégager de ce lieu au magnétisme malfaisant, Auguste s'en fut, la tête basse, perdu dans un ailleurs insondable dont la sollicitude des siens ne parvenait même pas à le tirer. Les pierres du sentier lui semblaient désormais plus dures au pied et la nuit qui tombait, en donnant aux silhouettes des arbres un aspect fantomatique, projetait des ombres inquiétantes sur le chemin du retour, à l'image de celles qui marquaient maintenant sa vie. Ils passèrent le Champ del Four quand le cri d'une hulotte, sinistre entre chien et loup, leur glaça le sang autant par effroi que par atavisme. Parvenus sur le faux plat de cette soulane d'altitude où était bâtie la métairie, à la hauteur du grand frêne, Pierre distingua la clarté de la lampe à pétrole à travers la fenêtre de la maison. Elle brillait doucement d'une lueur diffuse, les guidant vers le bercail comme pour les marins perdus, les phares, les soirs de tempête. Il poussa la porte avec soulagement, ramenant vers cette maison où il avait grandi dans l'amour des siens et où étaient ses racines, un père brisé qu'il n'admettait pas de se voir vaincu. Julia avait bien dû prévoir la détresse qui accablerait Auguste car, sitôt entrés, elle leur lança de sa voix douce :

– Je vous ai fait du « millas »...

Elle connaissait leur gourmandise simple pour cette bouillie de maïs dont les Ariégeois avaient su faire le plat de fête des jours heureux et le plat de réconfort des jours de peine. Cette bouillie, que les Toulousains et les gens des villes jugeaient sans imagination, constituait encore, dans nombre de familles paysannes de la montagne, un véritable repas qui trompait la faim à défaut de la couper. Un peu de graisse d'oie dans un petit chaudron de cuivre rempli de lait porté à ébullition dans lequel elle jetait quelques poignées de farine de maïs, et d'une cuillère à manche en bois, il n'y avait plus qu'à remuer longuement pour que, cuisant pendant plus d'une heure sur le trépied en fer du cantou, le mélange finisse par former une pâte onctueuse. Au dernier moment, elle rajoutait une tasse de sucre et un demi-verre de fleur d'oranger pour le parfumer. Le tour était joué, il n'y avait plus qu'à le verser sur une plaque en fer, où il formait une couche d'environ deux centimètres, et attendre qu'il refroidisse. Alors, armée d'un couteau à large lame, elle pouvait le découper en gros morceaux carrés qu'elle saupoudrait d'un peu de sucre.

Pierre s'avança vers le cantou. Deux bûches achevaient de s'y consumer dans un soupir en un panache de fumée timide qui s'élevait comme une prière dans le conduit noir. Il tendit les mains vers le feu discret sur lequel chauffait doucement un toupis de soupe tiède. Par le couvercle qui jointait mal, l'odeur des légumes mélangés à la graisse de cochon lui parvint, pour lui remplir les narines, d'une bouffée porteuse d'espérance après les épreuves traversées. Il était épuisé, recru de peine et d'effort, de peur et d'angoisse mal digérés, frappé par moments d'une stupeur qui lui occasionnait des tremblements. Pour la première fois de sa vie, Pierre avait vu la mort en face sans avoir eu le temps d'analyser ce sentiment trouble fait de fatalité, de désespoir et de rejet. Il était un peu sonné, déconnecté du réel, les oreilles encore submergées des cris, des bruits et des odeurs du drame matinal, cacophonie baroque qui le roulait tel un galet sur une grève solitaire.

Auguste s'était assis sur le banc, prostré, comme ailleurs. Julia, sans une parole, sortit des assiettes du vaisselier et les disposa sur les planches grossièrement rabotées de la table que son beau-père avait assemblées cinquante ans auparavant, un soir d'hiver. Les Sagnol avaient toujours été plutôt pauvres, pas question pour eux de fréquenter les marchands de meubles installés tout près, à Lavelanet ou à Mirepoix. Tout juste avaient-ils acheté quelques chaises paillées à des romanichels de passage au marché de Bélesta. Le reste, génération après génération, ils l'avaient construit, arrangé, retapé. Dans un coin de la pièce, un peu à l'écart de la lumière falote diffusée par la lampe à pétrole, Louis, l'aîné des deux garçons, n'avait pas bougé, la jambe allongée sur une chaise, connaissant le prix du silence du père et mesurant à l'aune de son épaisseur le malheur qui les accablait.

Julia déposa sur la table le toupis de soupe chaude et odorante. Les légumes exhalaient l'odeur douce du jardin et des bonnes choses de la vie. Elle tailla dans une grande tourte de pain noir, à la croûte scarifiée et toute poudreuse de farine, de larges tranches dans le crissement de la lame qui s'enfonce dans la mie. Elle déposa les tranches de pain sombre, machinalement, au fond des assiettes à calotte. Julia essayait, elle aussi, de se concentrer sur ces gestes du quotidien mais sa pensée était ailleurs.

– Faut manger maintenant, s'obligea-t-elle à dire en posant simplement la main sur l'épaule de son mari avec cette douceur que Pierre lui connaissait quand, petit, il se réfugiait dans ses jupes pour chasser ses peurs d'enfant.

– Manger... manger ! fit Auguste, pensif. Bientôt, je ne sais pas ce qu'on mangera. Tu te rends compte ce qu'on doit, pauvre femme ! Et si seulement il n'y avait que nos bêtes de perdues ! Mais en plus, le terme des redevances approche ! Comment je vais faire pour régler Trocard quand j'aurai remboursé ce que je dois ?

– Faut que tu fasses les comptes, assura Julia.

– Oh ! ça, ils seront vite faits, répliqua Auguste. Toute une colonne de chiffres d'un côté et pas grand-chose de l'autre.

– Il nous reste quatre vaches, soupira Julia.

– Ça suffira pas, tu le sais bien.

– En tout cas, faut penser à la fin de la semaine à régler le boulanger. Le bâton est presque au bout, dit-elle en faisant allusion à ce système de crédit et de comptage traditionnel qui consistait à guillocher pour chaque tourte prise, une double baguette de coudrier dont la comparaison à la fin du trimestre établissait le nombre de pains consommés que l'on convertissait alors en sacs de farine à fournir ou en argent à verser.

– Je l'avais oublié, celui-là, c'est vrai !

– Rassure-toi, j'ai mis l'argent de côté, dit Julia.

– C'est pas les quatre sous que tu as cachés entre les piles de draps qui vont nous nourrir.

– Mange quand même, tes comptes, tu les feras après ! Tiens, prends du millas, il est comme tu l'aimes.

Auguste avala son assiette de soupe et un morceau de millas mais le cœur n'y était pas. Il n'avait pas faim. Le dernier morceau engouffré, il se leva et ouvrit le tiroir du buffet pour sortir un gros cahier d'écolier aux pages toutes jaunies. La couverture noire, comme les couleurs du temps, avait été enveloppée dans un papier bleu sombre en un pliage savant et ajusté pour la renforcer et la protéger des taches. Une étiquette crème à pans octogonaux en ornait le coin supérieur. Dessus, une main plus habituée à traire les vaches qu'à tenir la plume Sergent-Major, avait tracé, en un graphisme laborieux de pleins et de déliés parfois baveux, le mot « Comptes ». Un soir d'hiver, armé d'une règle en bois si vieille que ses arêtes manquaient de rectitude, Auguste avait méticuleusement tracé, page après page, toute une série de colonnes, allant même jusqu'à numéroter les feuillets, comme il avait vu faire sur les grands livres de commerçants de Fougax ou de Bélesta. C'est lui qui avait eu cette idée en 1919, au retour de la guerre, quand, après le décès de son propre père, Émile, et la mort au combat de ses deux frères aînés, Joseph et Clément, il s'était retrouvé, lui, le cadet, promis à prendre la tête de la métairie de Bordenave.

Saison après saison, il avait aligné les chiffres, récapitulant les prix de vente des veaux, des poules, des œufs, qu'il menait au marché à Bélesta. De l'autre, s'étendaient les colonnes des dépenses, toujours limitées au minimum et réservées en priorité au fonctionnement de la ferme. Comme l'usage l'avait généralisé pour les baux à mi-fruit, les redevances dues au pharmacien de Toulouse, désormais versées en numéraire, étaient converties selon le système du prix moyen des douze dernières mercuriales et ajoutées au prix de la locaterie, calculé en divisant les recettes par deux. Les redevances faisaient, par convenance avec le propriétaire, l'objet d'un versement biannuel par mandat au guichet de la poste du village. C'était un moment important dans l'année que celui où Auguste posait son argent liquide sur le comptoir en bois ciré. Quelques semaines plus tard, il recevait en retour la quittance de paiement détachée d'un carnet à souches. Il conservait les précieux reçus de semestre en semestre, dans le cahier noir où ils formaient de véritables marque-pages.

Auguste compta, recompta et compta encore. À l'autre bout de la table, Louis se gavait consciencieusement du millas de sa mère. Il en était gourmand et son robuste appétit lui faisait engouffrer de solides « tarnas » qu'il recouvrait d'un peu de lait chaud. Pierre, lui, n'osait rien dire. Il était assez grand, à quatorze ans, pour saisir toute l'acuité du problème qui se posait. « Si seulement je trouvais du travail », pensait-il en laissant errer son regard sur les quatre murs défraîchis de cette pièce où il avait passé son enfance, où étaient ses souvenirs et ses espérances. Il sentait sa gorge serrée par une boule, l'estomac noué et, contrairement à son frère qui mastiquait avec ardeur, lui, il ne pouvait rien avaler. Le feu se mourait dans l'âtre. Pierre regarda Auguste. De temps à autre, il marquait un temps d'arrêt dans ses additions, mâchonnait nerveusement le porte-plume de bois verni en un geste machinal entrecoupé de borborygmes incompréhensibles. La pendule, dans le silence pesant, sonna dix heures, lentement, égrenant le temps comme une sentence.

– Allez, garçons, au lit maintenant, ordonna Julia d'une voix fatiguée en levant la tête.

Ils ne se le firent pas dire deux fois, leur génération, bien que née après guerre, était habituée à obéir, surtout ici à la campagne et dans ce milieu paysan où l'autorité parentale ne se contestait même pas quand on était devenu adulte. Louis alla à cloche-pied jusqu'au lit. Pierre avait déjà défait les embrasses de cotonnade rouge que l'on serrait durant la journée autour des rideaux pour que la couche soit ouverte et aérée. À demi déshabillé, il se glissa sous le couvre-pied de plume que Julia regonflait chaque automne de ce qu'elle accumulait chaque fois qu'elle tuait une volaille. Tandis que Louis le rejoignait, il se sentit assailli de doutes et d'interrogations. Assis au cantou, Auguste et Julia parlaient à voix basse. Il ne percevait que des bribes de mots derrière les rideaux tirés qui fermaient le lit clos. « Vente... vaches... partir... Ferme... Où aller ?... » Il devinait plus qu'il n'entendait la gravité de leur dialogue.

Le goût fade de la défaite lui remplissait la bouche. Du fond de lui-même, un rejet monta, puissant, en une force insoupçonnée. Il ne pouvait accepter de voir ses parents ruinés. Cela lui était insupportable. Il n'était pas de la race des vaincus, de ceux qui abandonnent et baissent les bras. Il lui fallait se battre, s'accrocher, travailler jour et nuit, remonter la pente. Une bouffée d'orgueil démesuré l'envahit. Il fallait le faire pour eux, pour eux qui lui avait tout donné, mais aussi pour lui, pour qu'il puisse demain se regarder en face. Et alors que ses pensées se télescopaient en une cacophonie mentale qui entrechoquait les idées en un fracas rageur, il entendit Louis qui, sitôt couché, ronflait paisiblement. Épuisé par cette journée éprouvante, il plongea bientôt à son tour dans un tourbillon furibond de sons, de cris et de révolte qui l'emportèrent en un toboggan mental sur les chemins du sommeil.

Un jour pâle et gris qui tombait du fenestrou étroit de la cuisine le réveilla le lendemain matin presque tardivement. La comtoise marquait neuf heures et quart et Louis, paisible, ronflait toujours à ses côtés. La maison était silencieuse. Pierre Sagnol s'étira comme un jeune chat avant de prendre conscience de l'heure. Il n'était pas habitué à dormir aussi tard, étant debout plus tôt pour aider le paire, à la pointe du jour. Il sauta du lit prestement, ce qui arracha un soupir et un grognement à son frère qui se retourna. Il enfila son pantalon et se précipita dehors, cherchant à comprendre pourquoi sa mère ne l'avait pas réveillé comme d'habitude. Un vague sentiment d'inquiétude commençait à sourdre en lui. La cour de la ferme était déserte, à l'exception de deux ou trois poules qui maraudaient près de la grange et d'un couple de canards de barbarie qui pataugeaient à loisir dans une flaque d'eau près du puits.

Où étaient ses parents ? Débraillé, la chemise lui couvrant les fesses de son large « pandourel » sur le pantalon mal boutonné, il courut vers l'étable où on distinguait une maigre lumière entre les meurtrières. Un meuglement surgi de l'intérieur le rassura à moitié. Il y avait quelqu'un. Pierre poussa la porte et trouva sa mère, Julia, qui, d'un tampon de paille, frottait l'une des quatre vaches qui leur restait. Elle la nettoyait le plus consciencieusement possible de la carapace de boue séchée qui lui enserrait le corps et le ventre, souvenir du drame de la veille. Sur les plaques les plus rebelles, elle insistait en passant de l'eau puisée dans un seau en fer.

– Ah ! tu arrives, fit-elle en tournant la tête.

– Pourquoi tu nous as pas appelés ? demanda Pierre.

– Oh ! ce matin, j'ai préféré vous laisser vous reposer pour une fois. De toute façon, y a moins de travail maintenant, ajouta-t-elle, résignée.

– Où est le père ?
– Parti voir Mazet.
– Pourquoi ? demanda Pierre.
– Il veut savoir combien il va lui donner des bêtes qu'il a prises. Et puis, il doit voir Mathieu Chaubet et les autres.
– Ça changera pas grand-chose ! fit Pierre, peu convaincu.
– Maugard est passé, ce matin, expliqua Julia. Il a vu Chaubet, hier soir, et il paraît que lui, il aurait pris une assurance, avant de nous donner les bêtes pour l'estive, à la société mutuelle.
– Ça serait toujours ça de moins à rembourser, fit Pierre.
– Oui, mais mon pauvre, de toute façon, ça fera pas le compte, faudra bien vendre celles-là, parce qu'ils vont vouloir tous leur argent de suite, ces messieurs, tu les connais pas ! Alors, autant que je commence à les préparer. Ils vont pas tarder à monter parce que les nouvelles vont vite quand il y a du malheur chez les gens.
– Salauds ! Tous des charognards ! jura Pierre entre ses dents. Un jour je leur ferai payer.

Les nouvelles, en effet, comme dans tous les villages, allaient vite et les âmes bien pensantes se chargeaient complaisamment de propager les bonnes et les mauvaises avec, pour ces dernières, une délectation particulière en cultivant des commérages malveillants que l'on chuchotait d'un air entendu sur le pas des portes le soir en secouant sa salade ou en balayant son bout de trottoir. Il en était ainsi au hameau de Lalaygue, là où l'Hers serpente mollement dans la plaine du château entre les prés entrecoupés de peupliers élancés, avant de rejoindre Bélesta par le défilé de Fontestorbes, célèbre pour la fontaine intermittente du même nom qui faisait l'admiration des curieux. Là, comme ailleurs, les langues allaient bon train, toujours à l'affût de racontars croustillants souvent murmurés sous le sceau d'un secret qui consistait surtout à ébruiter une vérité déformée.

La solidarité villageoise trouverait naturellement ses limites quand il s'agirait de solder les pertes. Julia ne se faisait pas trop d'illusions sur la générosité de Mazet, connaissant par avance sa réputation en affaires. Ce n'étaient pas les quelques bêtes qu'Auguste lui avait vendues les années précédentes qui allaient dissiper sa propension à vendre cher dans sa boutique, en blouse blanche, ce qu'il payait une misère, dans son sarrau noir de maquignon, aux paysans des fermes qu'il parcourait deux fois par semaine. Elle pouvait continuer à bichonner la Rosine. Elle espérait simplement pouvoir la vendre à quelqu'un d'autre. Pierre saisit la pelle, qui servait à curer les rigoles, contre le mur et entreprit, maussade, de ramasser les bouses des quatre vaches qu'il leur restait.

Auguste rentra sur le coup de midi. Personne, à voir sa tête, n'osa lui demander comment ça avait marché. Il avait le sourcil bas et l'air sombre. Ce n'était pas la figure des mauvais jours, celui de ces moments de colère où sa voix forte tonnait en faisant peur aux enfants lorsqu'ils étaient petits. Il semblait simplement accablé, dépassé par un destin qu'il subissait de plein fouet. Sur son visage, les rides se creusaient davantage en de profonds sillons, accentuant le poids des années. Lui qui avait la peau tannée au vent de la montagne, prenait sous l'épreuve un teint gris. Louis le regarda et préféra rester assis au coin du cantou, muet. Pierre fixa le bout de ses sabots en faisant semblant de trouver un intérêt à la bride de cuir qui en ornait le dessus. Sans un mot, Auguste tendit une enveloppe de papier marron à sa femme. C'était un pli de récupération qui avait contenu le courrier qu'un grossiste en viande avait adressé à Mazet. Julia l'ouvrit. Elle en sortit quelques billets de grande taille, presque tous bleus sur fond rose. Ils s'ornaient d'un angelot armé d'une trompette qui, hélas, ne claironnait plus désormais la grandeur de la monnaie nationale. Le franc, depuis des mois, ne cessait de se déprécier malgré une politique de restriction budgétaire malthusianiste et les classes populaires, rudement touchées, prêtaient facilement l'oreille aux propos de Léon Blum quand il se demandait si le fétichisme monétaire n'était pas un obstacle à la prospérité économique. Julia compta rapidement les billets et, se tournant vers Auguste, dit simplement :

– C'est tout ?

– Oui, répondit son mari.

– C'est peu, fit-elle déçue, les billets à la main.

– Qu'est-ce que tu croyais ? Qu'il allait nous donner la lune ? Qu'il allait te les payer au prix où il nous les prend sur pied ? Tu les connais pas, les gens de sa race ?

– On est quand même clients chez lui, murmura-t-elle.

– Oh ! c'est pas pour ce que tu lui achètes une fois par mois, ni pour ce qu'on lui vend de temps à autre...

– Quand même...

– Et, tiens-toi bien, il m'a dit qu'il me faisait une fleur encore. Qu'il était pas obligé de me les prendre et que beaucoup ne valaient plus rien ! Bref, à l'écouter, il y perdait presque et je pouvais m'estimer heureux du cadeau qu'il me faisait.

– C'est pas un commerçant, c'est un voleur cet homme-là ! répondit Julia, révoltée

– De toute façon, il savait bien que j'avais pas le choix, qu'il me tenait. Il a même ajouté, en me lançant l'enveloppe sur le comptoir : « c'est à prendre ou à laisser... »

– Et tu as vu Chaubet ?

– Oui, il avait bien pris une assurance comme Maugard m'avait dit. Pour le reste, on a réussi à s'entendre. Je lui donne ce qu'on peut maintenant et le solde à la Saint-Michel.

– Et pour les autres ?
– Faut vendre les bêtes, soupira Auguste tristement.
– Toutes ? demanda Julia.
– Oui, toutes. Et encore, ça suffira pas.
– Pas Coquette en tout cas.
– Faut vendre le Champ del Four, la Freyche et la petite pièce de la Bouyère aussi.
– Mais qu'est-ce qui va nous rester ?
– Le taillis de Magne.
– Tu sais bien comme c'est pentu et comme la terre y est mauvaise. Il y a jamais rien qui y a poussé. C'est pas ça qui va nous faire manger !
– Je le sais, ma pauvre femme, répondit Auguste.
– Qu'allons nous devenir ? murmura-t-elle.
– Je n'ai même pas de quoi régler le premier pacte de l'année à Trocard, ajouta Auguste en faisant allusion aux deux versements qu'il effectuait par mandat-poste pour le loyer de Bordenave au pharmacien toulousain.
– Mon Dieu, ayez pitié de nous, fit Julia en se signant.
– Faut que je lui écrive pour lui demander s'il peut attendre un peu. Il nous doit bien un petit délai, surtout qu'on a toujours payé. Au moins jusqu'à la fin de l'été, qu'on ait fini de ramasser les pommes de terre. Si on les vendait bien, ça permettrait de le régler. Et puis peut-être que, d'ici là, on aurait trouvé du travail, nous les hommes. Tu crois pas, Julia ?
– Tu sais bien qu'à la scierie, ils embauchent pas en cette saison.
– Il n'y a pas que la scierie, répondit Auguste en maugréant.
– Et où veux-tu aller ? à Bélesta ? demanda Julia, incrédule.

Auguste ne répondit rien, accablé du bon sens de sa femme qui savait que le travail ne courait pas les rues, surtout en cette année 1934 où, depuis deux ans, la crise frappait la France. Même si les difficultés étaient moins sensibles ici, en campagne, que dans les villes où les cohortes de chômeurs s'allongeaient déjà devant les soupes populaires en un magma de malchanceux et de réprouvés qui tentaient de garder un peu de dignité dans leur costume fripé et sur lesquels glissait le regard des passants mieux lotis, l'emploi était précieux, dans cette Ariège restée rurale et où, seul en ce pays d'Olmes, le textile représentait un débouché industriel avide de bras. À Laroque-d'Olmes, les usines Ricalens et Fonquernie, qui pendant la Grande Guerre avaient bénéficié des commandes de l'État en travaillant pour la Défense nationale, avaient été secouées par les longues grèves de 1926 et se remettaient tout juste quand les premières difficultés économiques apparurent. Celui qui avait un travail, cherchait désormais à le garder avant tout. Les augmentations de salaires ayant été oubliées, on cultivait simplement avec plus d'assiduité le bout de potager devant la maison, manière d'acheter moins aux commerçants.

– Moi, j'irai plus loin s'il faut, dit soudain Pierre d'une voix si décidée qu'Auguste et Julia en tournèrent la tête.

– Et où iras-tu ? Tu ne sais rien faire que la terre, railla Louis.

– Je me louerai. J'ai deux bras et je suis costaud. Le travail me fait pas peur ! insista Pierre.

– Arrête, on te presserait le nez, il en sortirait du lait, se moqua Louis en faisant allusion à ses quatorze ans juste révolus.

– Inutile de vous chamailler, conclut Julia. Allez donc chercher un peu de bois plutôt pour vous rendre utiles de suite.

Les deux garçons obtempérèrent sans regimber. Louis se leva en boitillant, suivi de Pierre, la tête basse, un peu confus de son audace. Auguste, d'un pas lourd, alla jusqu'au buffet. Il ouvrit la porte qui couina sur son gond pour prendre la bouteille de vin à demi entamée que Julia avait gardée pour faire chabrot, le soir. Il remplit un de ces verres gagnés dans une loterie à la fête du bourg qui leur servaient au quotidien et en avala prestement une lampée en rejetant la tête en arrière d'un coup sec pour faire descendre plus vite le breuvage. Le liquide, bien que médiocrement alcoolisé, lui colora les joues instantanément d'une bouffée de chaleur. Auguste buvait peu, uniquement aux repas, mais là il avait besoin d'un coup de rouge pour mieux faire face à l'adversité.

– Cet après-midi j'irai voir si certains au village veulent pas m'acheter les bêtes, je voudrais pas avoir à les vendre à Mazet.

– C'est de vendre la Rosine qui me contrarie le plus. On en a rarement eu d'aussi bonne et brave !... Celle-là, je vais la plaindre, dit Julia qui, par habitude paysanne, ne faisait guère de sentimentalisme avec le bétail de la ferme.

– Ma pauvre, faudra bien pourtant... comme les autres. Peut-être que les Dunac la prendraient. Ils m'ont souvent dit qu'ils la trouvaient belle, répondit Auguste avant de passer le bras autour des épaules de sa femme, chose inhabituelle, étant peu enclin par nature à des gestes démonstratifs.

– Mangeons, fit Julia en voyant rentrer les garçons, les bras chargés de bois.

Elle, qui savait si bien accommoder les restes, elle n'avait guère eu le temps, ce matin-là, tout entier passé à l'étable, de s'activer derrière le fourneau à mitonner un de ces petits plats qui faisaient saliver les hommes, surtout quand ils rentraient affamés, l'estomac au fond des talons. Elle posa simplement le « toupis » de soupe chaude sur le dessous-de-plat. Monsieur le curé le lui avait gracieusement rapporté d'un pèlerinage à Lourdes pour la remercier des gros bouquets de fleurs qu'elle descendait, à la saison, de son jardin pour décorer l'église. Puis, se saisissant de la poêle, elle cassa en un tour de main quatre œufs pris dans le buffet, les battit vigoureusement avant d'y ajouter une tranche de lard coupée grossièrement et un peu de persil qu'elle avait cueilli dans l'hort avant de rentrer à l'oustal. Tandis que ses hommes avalaient leur soupe en silence, elle activa la cuisinière pour obtenir du petit bois sec une flamme claire. Le mélange grésilla un peu, émettant quelques volutes parfumées de bon aloi. Servi, Auguste opina. L'omelette était comme il l'aimait, baveuse et odorante, exhalant cette odeur un peu rance que prennent les choses du passé quand le poids des souvenirs devient trop lourd.

## 3

# *Le chemin de l'usine*

Les jours suivants, le ciel s'était remis au beau mais il charriait encore quelques traces du cataclysme. Des cumulus ventrus, mais bon enfant, s'accrochaient au sommet du Saint-Barthélemy et, par-delà la vallée de l'Ariège, venaient buter sur la partie axiale de la chaîne des Pyrénées. En cette fin mai, les vallées résonnaient du tintement cristallin, souvent sur deux notes, des sonnailles des moutons qui, par les chemins pierreux et les drailles millénaires, gagnaient l'estive, le temps d'un été. L'herbe était tendre à leur dents coupantes et la chanson des ruisseaux ponctuait leur pérégrination saisonnière et éternelle. Déjà la tragédie du Pas de l'Ours était rangée au rayon des souvenirs et n'alimentait plus que les commentaires des petits vieux assis sur leur banc devant leur maison, bien propres dans leurs bleus délavés comme la couleur de leurs yeux. Le modernisme et l'accélération du temps, même ici, avaient poussé vers la porte de l'Histoire le malheur des Sagnol.

Auguste avait réussi à vendre ses bêtes presque ce qu'il espérait. Personne dans le pays, parmi ces paysans de la vallée de l'Hers, dont certains aimaient se parer du titre de cultivateurs avec une pointe de snobisme, n'avait cherché à gagner trois sous sur le dos d'un voisin malchanceux. Tous savaient que demain, eux aussi, pouvaient être victimes d'un sort qui accablerait leur famille, les plongeant dans la ruine. Les Dunac ne s'étaient même pas fait tirer l'oreille pour acquérir la Rosine, atténuant la peine que Julia avait de voir partir cette bête qu'elle avait nourrie au biberon.

Auguste, après une réflexion qui l'avait obligé à refaire les comptes plusieurs fois, se décida à écrire à Léon Trocard, pharmacien diplômé de l'université et, installé à Toulouse sur les grands boulevards, non loin du café des Américains et de la maison qui avait vu naître le prince du tango argentin, Carlos Gardel. Il avait tourné mille fois les mots dans sa tête en un charivari cacophonique de qualificatifs et d'expressions simples, cherchant la formule qui, sans lui faire perdre sa dignité, saurait faire comprendre à ce propriétaire lointain et urbain, la détresse qui était la leur présentement et que seule sa compréhension leur permettrait de dépasser. Auguste était plus que gêné pour rédiger ce courrier. Non seulement, il n'avait qu'une pratique irrégulière de l'écriture, mais surtout il ne conservait de Léon Trocard qu'un vague et confus souvenir qui remontait à sa jeunesse. Il savait qu'il devait être plus ou moins de son âge et que, comme lui, à l'instar de tant d'autres de cette génération sacrifiée sur l'autel de la Patrie dont Clemenceau avait dit à la Chambre qu'ils avaient des droits, il avait fait la guerre.

Auguste avait sorti du tiroir du buffet un bloc de mauvais papier jauni par les ans. Il le posa sur le journal que Julia avait déplié sur la table. Avec précaution, il en détacha une feuille lignée en prenant soin de suivre le pointillé sécant. Julia avait débarrassé devant lui tout ce qui pouvait le gêner du geste ou du regard dans la rédaction de ce courrier difficile. Auguste prit le porte-plume de bois verni dans sa main rugueuse. Le bout en était tout mâchonné depuis l'époque lointaine où il s'en servait, écolier, sur les bancs de la communale où ses parents l'envoyaient en hiver, en cette saison où il y a moins de travail à la ferme. Il trempa la plume Sergent-Major dans l'encre violette, l'essuya soigneusement sur les bords du godet en porcelaine blanche. Il resta quelques instants, la plume suspendue dans l'air. C'était si difficile pour lui de commencer cette lettre, d'aller au-delà du simple « Monsieur », de l'adresse, d'expliquer le malheur qui les avait frappés et, encore plus, de persuader ce propriétaire lointain de la nécessité de leur laisser un peu de temps.

Julia s'était assise au cantou, sur une de ces chaises basses qu'affectionnent les grands-mères, les « ménines », comme un dit ici. Elle n'osait rien dire ni faire un geste qui puisse le déranger dans cette tâche ardue qui lui incombait comme chef de famille. À l'instar de beaucoup de femmes de la campagne de son temps, si sa maîtrise de l'écriture était limitée par un usage modéré, elle déchiffrait assez bien, quoique un peu lentement, les articles de *La Veillée des chaumières* et comptait encore mieux quand il s'agissait de comparer les prix au marché de Bélesta. Les deux garçons restaient silencieux à côté d'elle. Pierre taillait nerveusement un bout de sureau tendre dont il avait vidé la moelle pour en faire un sifflet. Louis semblait perdu dans un ailleurs insondable, le regard égaré dans la profondeur des braises de la cheminée. Une grosse mouche bleue passa en vrombissant de toute la puissance de ses ailes, brisant le silence lourd que seul le crissement régulier de la plume sur le papier grossier, venait animer.

Il fallut plus de deux heures à Auguste pour s'acquitter de ce travail délicat, il avait peiné, renouant avec l'art difficile des pleins et des déliés. Il en avait le front tout moite et les mains tremblantes. Il s'était appliqué de son mieux, cherchant le mot juste, tournant et retournant les phrases dans sa tête cent fois avant d'écrire laborieusement les mots, avec au cœur, toujours cette hésitation qui tient au manque de pratique. Écrire sans connaître était bien difficile pour quelqu'un de la campagne. Pour donner meilleure impression, Auguste avait même demandé aux garçons de relire la lettre afin de déceler les fautes d'orthographe éventuelles, sachant leur école moins lointaine que la sienne. Dans ces conditions, trouver le ton juste l'avait rempli de doutes et l'image qu'il s'était fait de Trocard n'était peut-être guère conforme à la réalité de l'individu. Son travail enfin terminé, il s'essuya les mains de son gros mouchoir à carreaux et alla quérir dans le buffet une enveloppe de papier bleu. La couleur avait légèrement passé sur une face. On écrivait peu chez les Sagnol. Le paquet dormait ainsi depuis plusieurs années au fond du tiroir des choses importantes. Le bord gommé qui fermait ordinairement l'enveloppe était si racorni qu'une fois la lettre pliée et insérée, Auguste jugea plus sûr d'y ajouter un peu de papier collant, récupéré sur les bordures des plaques des timbres que la postière donnait à sa femme en échange de quelques pots de confiture de mûres.

Son pensum achevé, il quitta Bordenave pour aller livrer sa dernière vache. Parvenu au village, il déposa le pli à la poste, non loin de la mairie, ornée de la devise Liberté-Égalité-Fraternité inscrite en grosses lettres bleues au frontispice de l'édifice derrière lequel s'élevait l'école communale et sa cascade de rires clairs. Il le tendit par-dessus le guichet de bois verni, grillagé de laiton, à la mère Pousse, la femme du facteur. Son mari Ernest sortait juste, partant pour la deuxième tournée, sa grosse boîte de bois noir, retenue par une sangle de cuir épais déjà sur l'épaule, la main sur le guidon de son vélo. Dès qu'il eut le dos tourné, tout en collant le timbre, elle l'entretint un long moment des uns et des autres, racontant à plaisir les malheurs du temps, histoire tout autant d'atténuer sa peine que de le confesser directement, sans personne pour déformer ses propos.

Léon Trocard reçut l'enveloppe aux couleurs passées trois jours plus tard dans son officine de Toulouse avec le reste du courrier de la pharmacie. Ce jour-là, il était déjà de mauvaise humeur avec un lot de factures à régler et des bons de commande que ses fournisseurs avaient différés. Il tourna l'enveloppe entre ses doigts, observant le cachet de la poste. Qu'est-ce que ses métayers d'Ariège pouvaient bien lui vouloir ? Il n'avait jamais de contact avec eux, hormis le laconique mandat-poste bi-annuel. Il en était ainsi depuis des années et il se souciait peu de ceux qu'il considérait en son for intérieur comme des pouilleux. Il connaissait par ouï-dire l'inconfort de la métairie. Elle était loin d'avoir l'électricité et l'eau courante. Son front se plissa d'une ride soupçonneuse quand il décacheta l'enveloppe d'un coupe-papier publicitaire, cadeau des laboratoires Rhône-Poulenc.

Si Léon Trocard était d'une taille légèrement supérieure à la moyenne du temps, c'était bien tout ce qu'il avait pour lui. L'homme ne portait pas beau : des cheveux ternes, couleur châtain, qui se raréfiaient sur le dessus du crâne en une mèche rebelle pour couvrir désespérément une calvitie naissante, des petits yeux marron abrités derrière une paire de fins lorgnons, il était d'un naturel quelconque, sans prestance. Pourtant son visage aurait pu avoir le charme banal de Monsieur-tout-le-monde si sa peau n'avait été grêlée au point de lui conférer un aspect de viande hachée que tous les onguents de la création n'avaient pu atténuer. Les mauvaises langues prétendaient que c'était un reste de petite vérole, attrapée dans une maison auprès d'une pensionnaire mal lavée, mais la vérité était beaucoup plus simple. Il en était ainsi depuis sa naissance.

À la pension Montalembert, puis à celle du Caousou où ses parents avait cru bon de l'inscrire pour qu'il y reçoive une solide instruction, il avait souffert, dans sa jeunesse, des quolibets de ses camarades qui le surnommaient gracieusement selon les années « peau d'orange » ou « pastèque ». Plus tard, il avait eu du mal à affronter le regard des jeunes filles. Même les petites bonnes de ses parents refusaient ses avances et il avait perdu son pucelage dans un bordel minable de la rue Bayard, en montant vers la gare Matabiau. Sa perversité naturelle l'avait conduit à fantasmer sur les images interdites qu'un cousin plus déluré se plaisait à lui procurer sachant qu'il salivait ainsi sous sa couette à imaginer des corps de femmes qu'il n'approcherait jamais.

Élève moyen mais de bonne famille, il avait eu le choix, après le baccalauréat, entre la médecine et le droit, selon la tradition paternelle. Son goût pour l'anatomie, surtout féminine, l'avait guidé vers Hippocrate. Hélas, ses qualités médiocres ne lui avaient pas permis de dépasser la deuxième année et il s'était donc rabattu sur la pharmacie, se résignant, à défaut de courbes suggestives, à contempler la rondeur des bocaux. Il avait tout de même réussi à persuader ses parents de monter poursuivre ses études à Paris et, de la capitale, il avait rapporté un léger accent qui, ajouté à un zozotement naturel, lui donnait un air pédant. Revenu à Toulouse, des amis de sa mère s'étaient entremis pour lui faire rencontrer une jeune fille comme il faut. Sophie était grande et maigre : plate de poitrine, sans hanches véritables, elle n'avait pas de fesses et sa féminité se limitait à un sourire rare et crispé. Mais son père était pharmacien et songeait à se retirer, fortune et notoriété établies dans la Ville rose. Léon tombait à pic et de ce mariage d'intérêts, célébré en 1904, étaient nés trois enfants, dont deux morts en bas âge, ce qui n'avait pas empêché Léon Trocard d'être mobilisé en 1914 dans un hôpital de campagne pour soigner les blessés.

La guerre avait été pour lui un réel bonheur. Elle l'avait éloigné pendant plus de quatre ans de sa femme dont il supportait mal l'autoritarisme pisse-vinaigre et qui ne manquait jamais une occasion de lui rappeler qu'il n'était que le gérant de l'officine de son père, presque l'employé. Rabaissé au quotidien, il se vengeait sur son avorton de fils, sur le personnel, surtout féminin, des préparatrices au point de s'étonner parfois de ne pouvoir les garder longtemps. Depuis quinze ans, il faisait chambre à part avec Sophie et défoulait sa libido dans les bras d'une choriste du Capitole qu'il entretenait grassement vu ses modestes services. Les années vingt lui avaient permis, dans l'euphorie de la paix retrouvée, d'amasser une jolie petite fortune sur le dos de ses subalternes chichement payés.

Léon Trocard parcourut la lettre d'un bout à l'autre sans que son visage ne manifeste aucune émotion. Tout juste cilla-t-il un peu. Il retourna le papier jauni, contempla un bref instant la signature malhabile et l'écriture gauche avant de laisser échapper un « Ah ! non, alors ! » qui fit lever les yeux de sa femme assise derrière son comptoir de bois ciré, préposée à l'encaissement.

– Que vous arrive-t-il, Léon ? questionna Sophie d'un ton acide.

– Lisez, lisez donc !...

– Quoi ?

– Cette lettre que m'envoie mon métayer de Bordenave, dit-il en lui tendant la missive.

– Eh bien ?

– Les gueux ! Mais qu'est-ce qu'ils croient ? Que je suis la Banque de France ?

Sophie ajusta ses lunettes et parcourut la lettre rapidement, fronçant les sourcils en un pli étroit tandis que sa bouche se déformait légèrement en marmonnant des mots incompréhensibles. Sophie Trocard, née Bordes, en 1880, dans une famille embourgeoisée de longue date originaire de Nay-en-Béarn, n'avait pas appris à sourire en venant au monde. Sa mère elle-même, toujours vêtue d'une robe noire boutonnée jusqu'au ras du cou qui, en lui boudinant ses rondeurs grassouillettes, la gainait de la tête aux pieds de sévérité, fournissait une matrice que tout gendre potentiel raisonnable aurait regardé avec une légitime suspicion. Son pharmacien de mari avait eu quelques excuses à préférer l'assiduité hebdomadaire des pensionnaires d'une maison de tolérance des allées Riquet aux charmes de ses bras. Sophie ressemblait à sa mère, la maigreur en plus. Mais Mlle Bordes avait une jolie dot qui faisait oublier la mine renfrognée qu'elle offrait à son entourage en toute circonstance, notamment sur les photos de famille où ses cousines évitaient de se trouver à côté d'elle. Totalement maître de ses émotions au point de ne plus éprouver grand-chose d'humain, Sophie ne releva la tête, lecture faite, que pour s'exclamer :

– Vous n'allez pas garder ces gens ?

– Certes non ! répondit Léon en haussant les épaules, tenant à montrer à sa femme qu'il était le patron chez lui.

– Nous avons assez des pauvres de la paroisse sans aller en chercher ailleurs, ajouta Sophie d'un air entendu.

– Inutile de traîner en effet. Je leur donne congé tout de suite, dit Léon Trocard en saisissant une plume et une feuille de papier à en-tête de la pharmacie.

Les Sagnol reçurent le courrier quatre jours plus tard. Dans la vallée, la cloche de l'église venait juste de sonner midi. Auguste achevait de nettoyer l'étable où la petite gazaille de moutons était parquée pour la nuit quand Ernest, le facteur, arriva. Il suait sous le chaud soleil de la fin mai, propice à l'éclosion des éphémères sur les bords du ruisseau désormais calmé. D'ordinaire, les Sagnol recevaient très peu de courrier et il ne montait pas plus de trois ou quatre fois l'an à Bordenave. Il ne s'en plaignait pas tant la métairie était un bout du monde. Quand, chose rarissime, il arrivait un colis, fruit d'une commande par correspondance sur le catalogue de la Manufacture d'armes de Saint-Étienne qui servait de bréviaire familial aux hommes, Ernest le laissait à la métairie de Courrent où le marchand de lait passait deux fois par semaine pour sa tournée de ramassage qui alimentait la laiterie de Lavelanet. Ernest était reconnaissant à Auguste de ne pas s'être abonné à un journal telle *La Dépêche* qui l'aurait obligé à grimper là-haut tous les jours comme lors de la mauvaise blague que lui avait fait le père Dupuy après s'être disputé avec lui pour une lettre arrivée en retard. Il savait aussi qu'il serait toujours bien reçu et qu'un casse-croûte généreux récompenserait sa longue marche.

Les vaches étaient parties la veille et la métairie offrait le calme habituel des temps d'estive. Seule la présence d'Auguste détonnait dans l'ordonnancement ordinaire du temps. L'ânesse, Coquette, était dehors, dans le petit corral en branches de frêne tressées qui lui servait de cour dès les beaux jours et où les mouches étaient moins agressives que dans la pénombre moite de l'étable. Près de la maison, quelques poules musardaient, grattant le sol et tapant du bec à la recherche de vers hypothétiques qui depuis longtemps avaient désertés le lieu. Auguste fronça les sourcils en voyant arriver Ernest. Quand il montait, c'était souvent l'annonce d'une source de tracas, des impôts à payer, des contributions à verser ou d'autres désagréments. Aussi la venue de ce messager ne lui disait rien de bon, même si l'homme, un peu rouge des multiples canons vidés de maison en ferme, était au demeurant jovial et sympathique. Son teint fleuri respirait les bons coups, la joie de vivre et, à voir l'expression de son visage, ce matin-là, il n'avait pas réussi à lire par transparence quelques bribes du message, le papier étant sans doute trop épais.

Auguste empocha la lettre, l'invita à se restaurer en montant voir Julia. Il avait reconnu le cachet de l'officine. Il attendit qu'il se fût éloigné pour ouvrir l'enveloppe d'un coup de lame de son couteau. Il connaissait trop ce penchant naturel d'Ernest à propager les nouvelles, les bonnes comme les mauvaises, pour lire son courrier devant lui. Auguste déchiffra la lettre lentement, pour bien saisir le sens de chaque mot et comprendre l'écriture aisée et cursive du pharmacien de Toulouse. Au fur et à mesure qu'il lisait, il sentait une chape glacée lui tomber sur les épaules et l'ensevelir tout entier. Une phrase le marqua surtout pour tourner dans sa tête comme une ritournelle lancinante : « Si vous ne pouvez pas payer le terme, je serai au regret de me séparer de vous dans les plus brefs délais... » Auguste enfouit la lettre au fond de sa poche, comme quelque chose de honteux. Un poids écrasant l'oppressait et bien qu'il n'y ait personne pour le voir, il affecta de ne rien laisser paraître, attendant simplement qu'Ernest soit reparti pour regagner la maison et expliquer aux siens la situation.

En le voyant rentrer, la tête basse, les épaules voûtées, le regard ailleurs, Pierre, qui sciait des bûches au passe-partout avec Louis, juste devant la maison, comprit que quelque chose n'allait pas. Ce n'était pas l'allure d'Auguste, lui qui d'ordinaire se tenait bien droit. Ils le regardèrent monter en silence l'escalier de lauzes d'un pas lent et fatigué. Les deux garçons s'arrêtèrent de travailler. Saisis d'un douloureux pressentiment, retenant leur souffle comme pour suspendre un peu le temps, celui de l'enfance et des saisons du bonheur, ils restèrent, la main sur la poignée de la longue scie, muets et inquiets. Ils n'osaient faire un geste de peur de briser la fragile harmonie d'une paix précaire. Finalement, Pierre, le plus décidé des deux, osa entrer dans la grande salle où Auguste parlait à Julia d'une voix basse et monocorde.

– ... Vais lui écrire à nouveau... Peut pas nous mettre dehors comme ça... Obtenir un peu de temps... Au moins jusqu'à la Saint-Michel... qu'on ait ramassé ce qu'on a semé...

– Et s'il veut rien savoir ? fit Julia, la voix brisée.

– Faudra bien qu'il nous écoute tout de même... on a quand même des droits... depuis le temps qu'on s'échine à Bordenave ! Les vieux ont toujours dit qu'on était chez nous.

– Et s'il nous envoie les gendarmes ? demanda Julia.

– Le terme du bail, c'est en novembre, macarel... ! Ça toujours été ainsi ! fit Auguste qui sentait une sourde colère l'envahir.

– Tu sais bien que le bail est verbal. Le contrat, ta mère ne l'a même jamais vu. Si le terme est pas réglé à temps qu'est-ce qui peut l'empêcher de nous mettre dehors ?

– Je vais quand même lui demander encore... Un peu de pitié, quoi ! maugréa Auguste.

Louis était arrivé en boitillant. Sa jambe le faisait encore un peu souffrir malgré les onguents que sa mère ne lui avait pas ménagés. Lui aussi demeura silencieux sur le pas de la porte. Malgré la douleur qui persistait dans sa cheville, il ne se plaignait pas. Ce n'était pas la première fois que l'un ou l'autre prenait un coup et on n'allait pas appeler le médecin pour ça. Le docteur, on ne le faisait monter que quand on allait vraiment mal, c'est-à-dire bien souvent quand on était à l'article de la mort. Un silence pesant s'installa, simplement troublé par le tic-tac grave de la comtoise. Auguste se tourna vers l'évier de pierre grise. Il actionna le manche en bois sombre de la pompe qui montait l'eau de la citerne. Sous l'effet du clapet asthmatique, le fluide jaillit, légèrement troublé, pissant par à-coups. Auguste se lava soigneusement les mains, frottant bien ses paumes de savon noir afin d'ôter la couche de crasse que la sortie du fumier de l'étable, mélangé de sueur, y avait laissée en auréoles brunes. Plus propre, sans prendre le temps de déjeuner, il ressortit le bloc ligné du tiroir du buffet avec l'encrier de porcelaine blanche et le porte-plume de bois verni. Jamais, depuis bien longtemps, il n'avait autant écrit en si peu de temps.

Personne n'osait dire mot. Julia alla simplement s'asseoir au cantou, se contentant d'écarter un peu le « toupis » de soupe des braises pour éviter qu'elle ne crache sur leur trépied. Pierre serra les poings au fond de ses poches. Ce n'était pas le moment de rester là, sans rien faire. Il avait la volonté, au contraire, dans cette adversité qui les frappait et s'acharnait sur eux, de montrer qu'il était utile, partie prenante de ce noyau familial qui constituait tout son horizon, sans qu'il se fût jamais posé de questions dessus, tant son évidence était patente dans le quotidien du vécu et le travail de tous les jours. Il lui fallait tout faire pour aider les siens. Il tira Louis par la manche, l'entraîna dehors. Louis, bien qu'un peu plus âgé que Pierre, descendit péniblement les marches de l'escalier en lauzes de la ferme en manifestant une sourde inquiétude :

– Qu'est-ce qu'on va devenir ?

– Tire plutôt, répondit Pierre en désignant d'un geste de la tête la poignée du passe-partout.

– Dis, on va pas quitter Bordenave quand même ?

– Continuons de couper le bois ! On pourra toujours en vendre un peu... Il sera toujours temps de se morfondre...

Quand Léon Tocard reçut la deuxième lettre d'Auguste Sagnol, il entra dans un des ces moments de colère noire que son personnel redoutait et qui se manifestait toujours en l'absence de sa femme. Les préparateurs de la pharmacie, familièrement nommés « les potards », préféraient alors raser les murs de l'officine, se concentrer dans l'élaboration savante d'une potion difficile ou s'absorber dans le rangement des boîtes, désormais multicolores, de cachets et de pilules en tout genre qui envahissaient chaque jour un peu plus les rayonnages du magasin, fruit du progrès de l'après-guerre. Trocard devenait alors presque hystérique et sa voix était si aiguë qu'elle s'éraillait au point de ressembler à une crécelle. Seul, un simple regard de Sophie faisait retomber son ire, soulageant presque un personnel qui savait pourtant qu'il n'y avait pas grand-chose à attendre d'elle.

« Ah, je vais leur faire voir... ! Je vais leur faire voir qui est le patron... ! » l'entendit-on crier en passant de la réserve au laboratoire, contournant les paillasses de faïence blanche, pour atteindre son placard, distinct des autres, où il entreposait tous les matins son pardessus, son chapeau et ses gants, pour se précipiter à la poste du quartier et y envoyer un télégramme comminatoire. Dans la rue, Léon marcha d'un pas rapide et pressé, bousculant presque les passants, nombreux ce matin-là à profiter d'une belle matinée ensoleillée pour musarder dans la Ville rose. Lui, il n'avait pas de temps à perdre... et surtout pas avec ces gens-là, ces métayers, ces bouseux qui ne versaient qu'une misère de loyer sous prétexte qu'ils étaient là depuis des générations ! Ils n'avaient qu'à déguerpir... Aussitôt dit, aussitôt fait ! Le télégramme fut prestement expédié et reçu au village deux heures plus tard par la mère Pousse qui, derrière son guichet en bois, faisait la comptabilité des timbres vendus dans la semaine.

– Ernest ! Il y a un télégramme pour les Sagnol ! s'écria-t-elle, courroucée d'être dérangée.

– Les Sagnol ? Ceux de Bordenave ? fit le facteur qui rentrait juste de sa tournée.

– Tu en connais d'autres, toi ? demanda-t-elle d'un ton de reproche.

– Ben non, répondit Ernest en se grattant la tête.

– Tiens, prends ton vélo, dit-elle en lui tendant le pli bleu où le ruban des mots était juste collé.

– Faut y monter, alors ?

– Évidemment, ça va pas attendre demain !

– C'est important ?

– Un télégramme, ça l'est toujours, pauvre homme !

– Ça dit quoi ?....

– Ça vient de Toulouse. Leur propriétaire qui arrive, si je comprends bien...

– C'est sûrement rapport aux bêtes perdues, dit Ernest d'un air entendu.

– Oui sans doute. Les pauvres gens. Enfin c'est moins pire qu'un deuil !

– Moi qui croyais avoir fini la journée et qui pensais être tranquille pour aller au jardin semer un peu de haricots, conclut Ernest en remettant sa grosse veste de serge bleu sombre.

– Si tu te dépêches un peu, tu seras revenu avant cinq heures.

– On voit bien que ce n'est pas toi qui y montes là-haut, répliqua le facteur en haussant les épaules.

Julia était en train de préparer la « baccade » du cochon nouveau, remplaçant celui occis en février dernier, quand Ernest arriva à la ferme, suant et soufflant de tous ses cent kilos. D'ordinaire, il montait par petites étapes, de maison en maison, buvant un coup par-ci, par-là et toujours le matin, à la fraîche. La chaleur l'incommodait de plus en plus avec l'âge et il savourait avec gourmandise les siestes de l'après-midi. La bouche sèche, sans un mot, il tendit le pli à Julia. Elle s'essuya les mains sur son tablier bleu avant de le prendre. Elle pressentit avant de l'ouvrir quelque chose de grave. Des télégrammes, elle n'en avait reçu qu'un dans sa vie, pour le décès de son frère tué à la guerre de 14, d'une balle en plein front, quelque part dans la Marne. Elle était seule à Bordenave. Auguste et les garçons étaient partis couper du bois toute la journée pour le compte des Dunac.

– Monte donc boire un coup ! lui dit-elle.

Puis elle se tourna pour qu'il ne lise pas par-dessus son épaule un message dont, sur le moment, il ne lui vint pas l'idée que sa postière de femme ait pu lui dévoiler le contenu. Elle déchiffra mot après mot le texte laconique. « Passerons dimanche après-midi pour régler affaire concernant votre départ. » Elle le relut plusieurs fois, cherchant à comprendre un sens que, du fond d'elle-même, tout son être refusait. « DÉPART... DÉPART... » Un frisson lui parcourut le dos. Ce mot, froidement tombé en lettres majuscules du télégraphe, lui glaça le sang. On était mardi. Il leur restait quatre jours avant l'arrivée des Trocard. Elle plia le message dans la poche ventrière de son tablier, ferma un instant les yeux pour ravaler les larmes qu'elle sentait monter et rentra à la maison, suivie d'Ernest, abandonnant le chaudron de « baccade » devant la porte de la souille.

Quand ses hommes revinrent, à la nuit tombée, fourbus, les muscles tout endoloris par une journée de labeur, elle attendit qu'ils se fussent rafraîchis et désaltérés pour leur faire part de la nouvelle. Auguste resta silencieux un long moment, cherchant à prendre la mesure de ces dix mots, tarif forfaitaire, qui sonnaient le glas de l'occupation de plusieurs générations de Sagnol. Louis ne comprenait pas bien et Pierre était incrédule. Seul le tic-tac de la grande comtoise venait faire palpiter le temps. Au bout d'un long moment, Auguste proposa de bien nettoyer les abords de la ferme pour donner meilleure impression à leurs visiteurs du dimanche.

– Peut-être que cela leur montrerait qu'on tient leur bien en bon père de famille et qu'ils ne nous mettraient pas dehors, confia-t-il sur un ton d'espoir.

Pendant les trois jours suivants, ils s'activèrent en tous sens, du matin au soir, curant, balayant, jetant, rangeant des années de vie de travail. Auguste alla même jusqu'à déranger les araignées de la grange en chassant leurs toiles. Jamais Bordenave n'avait été aussi propre et en ordre. Quand elle descendit à l'office le dimanche, Julia avait même convaincu Auguste et Pierre de l'accompagner. Elle alluma un cierge dans l'église, regardant longuement sa flamme claire se tendre à l'image de sa prière dans l'air glacé et humide du lieu de culte. Elle entendit bien les chuchotis sur leur passage, mais prit soin de ne rien laisser paraître, se contentant de saluer ses connaissances d'un signe de tête. Il n'y avait plus qu'à les attendre. Elle avait même fait l'achat d'un litre de limonade, confectionnée avec les eaux de Fontestorbes, pour les désaltérer après leur montée.

La Delage noire filait à bonne allure, via la vallée de la Lèze, vers Foix. Après un déjeuner pris chez un cousin germain de Sophie, avocat au barreau, qui venait d'acquérir une maison de maître à côté d'Artigat, propriété d'agrément que jouxtait une ferme de rapport d'une trentaine d'hectares, Léon Trocard et Sophie qui arborait ce jour-là un tailleur de printemps en tussor à fleurs, avaient repris la route en direction des Pyrénées. L'air avait une douceur presque angevine et le soleil déjà chaud annonçait le bel été qui éclaterait dans quelques dizaines de jours. Les montagnes se découpaient, grandioses et majestueuses, se rapprochant au fil des kilomètres une fois passée la préfecture de l'Ariège et pris, après Saint-Paul-de-Jarrat, la route de Lavelanet, dominée par les ruines de l'ancien château cathare de Roquefixade. Après le village de L'Aiguillon, ils parvinrent à Bélesta, admirant au passage la nouvelle halle que l'on venait juste d'inaugurer, remplaçant la vieille, ouverte à tous les vents. Léon Trocard comptait régler l'affaire rapidement, ne voulant pas rentrer à Toulouse de nuit. Il l'avait d'ailleurs promis à Sophie qui avait consenti à l'accompagner.

Arrivé au village, il avait dû se renseigner au café sur la meilleure route pour atteindre la ferme. C'est vrai qu'il n'était allé là-bas qu'une seule fois, enfant, alors qu'il accompagnait son père à la chasse du côté de Léran, où sa famille paternelle avait des attaches de longue date.

L'entretien avec les métayers fut bref. Auguste se tenait, immobile, devant la porte de l'oustal, le béret tendu entre ses mains calleuses, face à l'autre qui le dominait, sûr de lui et plein de suffisance. La propriété de Bordenave appartenait à la famille Trocard depuis des lustres et même si les Sagnol étaient là depuis plusieurs générations par consentement réciproque, cela ne leur donnait aucun droit. S'ils ne pouvaient plus payer, ils n'avaient qu'à déguerpir. Cette propriété, lui, Léon, en avait hérité une dizaine d'années auparavant au décès de son propre père. Le seul propriétaire légitime, c'était lui, Léon Trocard. C'était ce qu'il était venu leur rappeler puisqu'ils faisaient semblant de ne pas comprendre et traînaient les pieds pour payer leur dû. Léon avait bien insisté pour que Sophie, sa femme, l'accompagne dans cette démarche. Elle avait accepté, de guerre lasse, en maugréant qu'elle n'avait pas envie de se salir les pieds dans la gadoue de ce trou perdu. Il avait tenu à sa présence pour lui montrer que là au moins, il était le véritable maître.

Maintenant, il contemplait ces gens, les yeux mi-clos. Sophie, ostensiblement, se tenait à une distance suffisante pour éviter d'être gênée par leur odeur qu'elle jugeait insupportable, tenant un mouchoir de dentelle devant son nez long et maigre. « De vrais manants », pensait Léon Trocard, en regardant Auguste, Julia et les deux garçons. « Comment peut-on vivre ainsi de nos jours ! » se demandait-il en les considérant, tel un piètre échantillon d'humanité, devant leur maison au crépi depuis longtemps évanoui. Auguste sentait son regard sur lui, flou, glauque, brouillé dans le remous d'une turpitude malsaine. Trocard avait les lèvres fines et serrées comme des élastiques. Sa voix était un mélange de langueur doucereuse, d'acier ébréché mais encore coupant. Mais de sa bouche sèche, les mots qui s'échappaient étaient durs, comme taillés à coups de serpe. Il détachait bien les syllabes, comme s'il prenait une jouissance intérieure perfide à énoncer ce que sa qualité de propriétaire lui permettait de dire à ceux qu'il jugeait comme des moins que rien, des gueux de la terre, forçats d'un monde qui lui était totalement étranger.

– Je me suis laissé dire que vos dettes étaient bien lourdes cette année, surtout après la perte du troupeau que vous avez eue... Monsieur Sagnol, si vous ne pouvez pas payer, il vous faut partir, disait Léon Trocard. Vous comprenez bien que je ne peux pas vous garder... Si vous ne me réglez pas votre dû, je serai forcé de vous faire expulser par l'huissier pour libérer les lieux...

– Vous ne voulez pas en arriver là, n'est-ce pas, mon brave ? Alors, écoutez le conseil de mon mari. Nous n'avons rien contre vous mais il faut être raisonnable. Pas de loyer, pas de terre, renchérit Sophie, l'air pincé et suffisant.

Auguste baissa les yeux. Il savait bien ce qu'il devait aux uns et aux autres, connaissait les maigres ressources qui étaient les siennes désormais. Déjà en temps normal, il avait du mal à joindre les deux bouts, alors cette année, il ne fallait pas y songer. Partir... Mais partir pour aller où ? Ils étaient là depuis si longtemps ! Son père était né ici, à Bordenave, tout comme lui. Ils avaient tant sué pour cette terre ingrate, pour lui faire rendre malgré tout de quoi les nourrir. Pire que la tristesse qui le gagnait, il se sentait humilié devant les siens. Jamais il ne s'était senti si misérable. Il essaya bien d'expliquer d'une voix monocorde et hésitante que même pendant la guerre, quand ses frères et lui-même étaient au front, qu'ils risquaient leur peau au quotidien dans les tranchées sous la mitraille boche, alors qu'il n'y avait plus que les vieux à l'oustal, toujours ils avaient payé les pactes du bail à mi-fruit. Pourtant ça n'avait pas été facile. Julia avait dû se débrouiller toute seule. Il savait bien lui aussi, monsieur Trocard, qui avait fait cette guerre, les sacrifices accomplis pour faire les récoltes ici à Bordenave, sans les hommes. Ils ne demandaient pas la charité, juste un peu de temps...

– Si vous ne payez pas, vous devrez partir ! répéta Trocard, agacé, en balayant ses arguments d'un geste de la main avant d'ajouter d'un ton péremptoire : Vous avez quinze jours. Pas un de plus... Bordenave doit être libre pour le 21 juin.

– Vous avez bien compris mon brave. Quinze jours ! insista Sophie d'une voix acide.

Le soleil avait beau être encore haut dans le ciel d'Ariège en cette fin mai, Pierre, un peu à l'écart des adultes, sentit un frisson glacé lui parcourir le dos. Ce n'était pas le petit vent aigre qui s'était levé, balayant les crêtes, qui lui occasionnait cette désagréable sensation. C'était la rage froide et spontanée qu'il sentait bouillir au tréfonds de lui-même. Elle lui tordit les tripes au point de lui donner la nausée et il eut une folle et profonde envie de frapper ce pharmacien de propriétaire. La haine le submergea un instant et il dut faire un effort sur lui-même pour ne pas sauter sur ceux qui les acculaient au malheur. Serrant les poings à s'enfoncer les ongles dans la paume, il parvint tout juste à se maîtriser.

Léon Trocard et sa femme ne consentirent même pas à monter à la maison et ne jetèrent qu'un œil distrait sur la cour que Julia avait soigneusement balayée avec une brassée de genêts. Dès qu'ils eurent le dos tourné, Pierre cracha par terre tandis que Julia pleurait en silence face à son mari, Auguste, transformé en statue de sel, anéanti par tant d'intransigeance.

Tous, ils restèrent là, dans la cour, seuls, face à eux-mêmes, désemparés par l'adversité qui continuait de les frapper. Pierre ne savait que dire, que faire. Se rapprochant de Julia, il glissa simplement sa main dans la sienne. Comme celle d'Auguste, sa main avait la peau épaisse, les doigts meurtris et fripés, tout couturés, gercés, crevassés par des années de labeur, légèrement courbés par ces rhumatismes qui naissent de la position de la main qui tient le manche de l'outil au fil des saisons et des jours. Il la serra fort, sans dire un mot, le regard tendu vers un ailleurs, qui, au-delà des incertitudes inéluctables, pesait de tout le poids du déchirement sur ses épaules d'adolescent encore engourdi d'enfance. Jamais il ne pourrait oublier ces moments-là, l'affront et le manque de mansuétude, l'absence d'humanité de ces gens. Une farouche envie de vengeance l'habita et il se jura en lui-même qu'un jour ils paieraient pour le déshonneur qu'ils lui avaient infligé.

Les Trocard partis, chacun se chercha une occupation mais aucun n'avait vraiment goût au travail, tant par les trois jours d'intense activité qu'ils avaient déployée pour présenter Bordenave sous le meilleur jour, que par l'attitude de leur propriétaire et l'avenir qu'elle impliquait. Ce soir-là, assis sur la chaise basse devant la flamme maigre du cantou, Auguste eut vite fait le point de leur situation. Ils devaient partir. Il n'y avait pas d'autre alternative au dénuement qui les touchait. La seule question était de savoir où. Reprendre une autre ferme, une autre borde, il ne fallait pas y songer, expliqua Auguste d'une voix blanche. Sans les vaches en effet, ils n'avaient plus le capital de travail nécessaire et ils devaient encore tant d'argent que la douzaine de brebis et leurs agneaux nés quelques semaines auparavant et qui paissaient dans le petit corral derrière la maison, entre les murs de pierres sèches, étaient maintenant, eux aussi, en attente d'être vendus.

Les dés étaient jetés depuis l'entrevue avec les Trocard. Il fallait donc descendre en ville, chercher du travail dans les usines du pays d'Olmes. Les manufactures de textile ou les ateliers qui fabriquaient les peignes en corne l'embaucheraient peut-être. Nombreux étaient aussi les artisans, les façonniers, qui employaient un ou deux ouvriers. Julia acquiesça sans rien dire. Auguste savait par avance que ça ne serait pas facile en ce temps de crise. Il expliqua que c'était la seule solution pour survivre, faute de terre à cultiver. Ainsi ils pourraient chercher une petite maison, trouver un nouveau toit. Peut-être pouvaient-ils espérer garder Coquette, s'ils avaient la chance d'avoir un jardin assez grand. Pour manger tous les jours, le recours au salariat leur était désormais nécessaire, c'était la seule perspective qui s'offrait à eux. Julia, elle-même, trouverait bien des heures de ménage à faire ou tout autre travail. Auguste savait qu'elle était dure à la tâche, ne rechignant devant rien. Quant aux garçons, ils se placeraient bien quelque part, à l'usine comme apprentis ou à la terre comme vachers ou tâcherons.

– Je descendrai demain matin. Le plus tôt sera le mieux. Si je ne trouve pas de boulot, je dormirai chez ta cousine Suzanne aux Chaubets... Elle m'offrira bien une assiette de soupe, conclut-il en sortant sa vieille blague à tabac patinée par les ans.

– Tu ne veux pas qu'un des garçons t'accompagne ? proposa Julia.

– Non. Je risque d'être absent plusieurs jours et je

préfère être seul pour mieux chercher, dit-il en secouant la tête. Vous ici, vous aurez à faire nos paquets... à tout préparer. Avec les meubles, il y aura sûrement deux ou trois voyages à effectuer avec Coquette dès que je rentrerai.

– Il n'y a pas d'autre solution ? questionna Pierre timidement en levant les yeux vers Auguste qui, de ses doigts usés par le travail rude de la terre, déposait un peu de tabac dans le creux fragile d'une feuille de papier à cigarette RIZLA +.

– Tu vois bien que non, lui répondit Louis, le regard perdu dans la contemplation des braises mourantes du cantou.

Auguste partit dès la pointe du jour, quand l'aube, qui s'annonçait radieuse, commençait de poindre en rosissant les grandes falaises de calcaire gris parsemées de buis verts de la montagne de la Frau. Il emportait dans un petit sac à dos, avec du linge de rechange, un solide casse-croûte composé d'une omelette aux pommes de terre encore tiède, soigneusement pliée dans deux grandes tranches de pain de campagne, un bouteillon de vin coupé d'eau fraîche et... l'espérance de trouver un emploi pour faire vivre les siens. Julia était levée depuis longtemps quand les garçons se réveillèrent dans leur lit clos. Auguste parti, elle avait entrepris sans bruit de vider l'armoire à linge de la famille. Elle triait les draps, les serviettes, les torchons, en faisait des ballots, les cousant dans de vieilles pièces de toiles grossières. Sans le meuglement familier et ponctuel des vaches, la ferme était bien silencieuse. Seul, dans la « pourcatière », le jeune cochon tout rose attendait l'heure de sa baccade en se frottant la couenne sur les planches en bois qui délimitaient sa bauge.

Toute la journée Pierre et Louis l'aidèrent dans cette

tâche fastidieuse qui consistait à empaqueter leurs affaires. Ce n'était pas souvent qu'ils travaillaient sous ses ordres. D'ordinaire, c'était sous ceux d'Auguste pour un travail plus physique au grand air. Il y avait là l'addition des vies de plusieurs générations de Sagnol, un mélange de ces choses de tous les jours, de ces objets si simples qu'on n'y prête plus attention. Souvent cassés, abîmés, ils avaient été conservés des années durant dans le contexte d'une existence d'économie qui s'exprimait simplement en disant « ça peut servir... ». Pierre et Louis parlaient peu et réduisaient leurs gestes au minimum de démonstration nécessaire tant ils sentaient, l'un comme l'autre, la déchirure du départ. Ils avaient conscience qu'ils enterraient définitivement l'enfance, l'âge de l'insouciance.

Pendant ce temps, Auguste, en descendant vers la ville, se remémorait tout d'abord où il pouvait demander de l'embauche. La première usine sur son chemin était bien entendu celle du village, la fabrique de peignes qui fonctionnait dans le quartier des Martinets. Installée depuis 1914, elle employait presque une vingtaine de personnes, patron compris. On y produisait des démêloirs et des décrassoirs à partir de la corne des bœufs et des moutons. Auguste y était entré plusieurs fois pour y acheter les peignes déclassés pour cause d'imperfection dont Julia se contentait pour démêler ses cheveux maintenant poivre et sel. Il connaissait l'ambiance particulière de l'atelier, l'odeur ineffable de la corne chauffée que l'on déroulait avant de la découper à l'emporte-pièce puis de la passer à l'« estadeuse », cette machine qui découpait les dents dans un nuage de poussière fine et blanche. Au printemps, chaque année, il achetait un de ces sacs de cette cornaille odorante pour compléter le fumier mis en novembre pour amender l'« hort. », ce jardin, mouchoir de poche, qui faisait la fierté de Julia.

Auguste s'arrêta tout de même dans le village, conscient qu'il avait peu de chances d'y trouver du travail, tout comme à Bélesta. À cause du marasme économique du moment Lavelanet et Laroque-d'Olmes, avec leurs nombreuses usines et leur vaste bassin d'emploi, avaient toutes les chances d'être sa vraie destination. Il arriva à l'heure de la pause. Les hommes bavardaient, prenant le soleil en cassant la croûte, assis sur un petit muret de pierre, dans la fraîcheur printanière du matin de juin.

– Té ! Sagnol ! fit l'un du groupe avant de s'enquérir où il allait.

– Je cherche du travail, fit Auguste.

– C'est vrai que vous quittez Bordenave ?

– Qui te l'a dit ? questionna Auguste.

– Ça se raconte, au pays...

– Les bruits vont vite, constata Auguste.

– C'est la postière qui en a touché un mot à ma voisine.

– On doit partir, en effet, répondit Auguste sans entrer dans les détails.

– Bois un coup, va, ça te défatiguera d'être descendu de si bon matin, ajouta un nommé Tougne.

Et Tougne, un ouvrier aux tempes grises et aux cheveux déjà rares, qu'il connaissait pour lui avoir montré une tenue toute chaude de bécasse l'hiver précédent, alors qu'il battait la montagne avec son épagneul, un dimanche après-midi, lui servit un verre. Auguste se désaltéra à petits coups d'un rouge léger venu de l'Aude toute proche par Quillan. Mais le patron ne lui cacha pas longtemps qu'il n'avait rien pour lui en ce moment. Les ventes étaient mauvaises et il avait du mal à garder tout son monde à l'atelier. Pas question d'embaucher. Auguste remercia, serra les mains et les regarda repartir vers leurs bancs. Il lui fallait aller plus loin.

Il savait bien que certains allaient très loin chercher du travail. Ainsi, ceux qu'on appelait ici les « manges-mil » couraient jusqu'au Sénégal. Souvent originaires de Prades, ils s'enrichissaient assez vite dans le commerce de l'arachide et de la pacotille au détriment d'indigènes benêts, grugés sans vergogne par leurs propres congénères qui servaient d'intermédiaires avec le colonisateur blanc. Mais lui, il n'avait pas l'intention d'aller si loin. Il pensait que le textile, le gros employeur de main-d'œuvre industrielle dans toute la région, devait lui offrir plus de chances. Ce secteur d'activité, ici comme ailleurs, en milieu montagnard, n'avait été longtemps qu'une activité complémentaire à la vie rurale. Pendant les longs mois de repos forcé de l'hiver, le paysan s'était fait ouvrier à domicile. Il gagnait ainsi ce plus qui lui permettait de faire face aux mauvais coups du sort qui se manifestaient par une mauvaise récolte, la grêle ou l'épizootie. Souvent, il filait alors la laine locale, collectée et lavée dans l'eau glacée du ruisseau par les femmes qui y attrapaient de douloureuses engelures.

Mais, quand l'industrialisation avait démarré, parce que les laines du pays se prêtaient mal au travail mécanique, les patrons dynamiques avaient eu recours à celles de Mazamet et bientôt d'Amérique latine et d'Australie. On accueillait aussi les « renaissances », ces déchets des grandes filatures du nord de la France que l'on retraitait. En quelques décennies, le pays était devenu progressivement une ruche bourdonnante : délainages, effilochages, filatures, tissages, teintures, apprêts... le pays d'Olmes, de Laroque à L'Aiguillon, en passant par Lavelanet, ronronnait d'activités manufacturières. Quatre ou cinq grandes entreprises et une foule considérable de petits patrons indépendants employaient la masse humaine des déracinés d'une terre souvent ingrate et surpeuplée. On y produisait du drapé, cette étoffe de poids lourd, des peignés et même du coutil, en simili-soie.

Lavelanet vivait au chant des métiers. Ils tapaient, avant la Grande Guerre, à peine plus vite que le cœur des hommes qui allaient mourir, à soixante-dix coups minute. Depuis les métiers avaient accéléré, progrès mécanique oblige. La vie de toute la ville était ainsi rythmée, en dehors des foires du vendredi, par la sortie des usines, la sirène quotidienne et la fumée des cheminées qui s'épanchaient dans le ciel en volutes noires. Et le Touyre, cette petite rivière qui naît au pied du Saint-Barthélemy, dans la beauté sublime de la montagne pyrénéenne, fournissait à la fois l'énergie hydraulique et l'eau pure pour les fouleuses et les laveuses des teintureries, ce qui le faisait régulièrement passer par les couleurs de l'arc-en-ciel au grand dam des pêcheurs de truites. Auguste arriva par Bélesta. Une lourde charrette, chargée de grumes venues par la route de Belcaire, le précédait. Les bœufs qui les tiraient appréciaient d'arriver enfin à destination.

Auguste n'allait pas souvent à Lavelanet, trois visites seulement depuis la fin de la guerre. Aussi, chaque fois trouvait-il des changements notables. Partout des quartiers neufs poussaient, gangrenant le paysage rural de la marée des lotissements populaires. Habitations et ateliers se mêlaient le long des voies d'accès tandis que la montagne, ici très proche, se dépeuplait inexorablement au fil des saisons et des jours, des mariages et des enterrements. Pour les garçons du pays, en Ariège comme ailleurs, l'appel de la grande industrie avait été d'autant plus grand que les filles étaient parties comme ouvrières, souvent les premières, pour échapper à une condition humaine que la Grande Guerre avait bouleversée définitivement.

Il n'était pas loin de midi quand Auguste pénétra dans la petite ville qui, bâtie sur le piémont des Pyrénées, à l'ombre tutélaire et bienveillante du majestueux massif du Saint-Barthélemy, tirait son nom de l'« avellano », cette petite noisette qui poussait aux branches des nombreux coudriers de la région. La place de la Révolution, appelée aussi Patte-d'Oie depuis l'élargissement du pont sur le Touyre, en formait le centre. Auguste s'arrêta là pour casser la croûte, assis sur la margelle en pierre. Le ciel était d'un bleu limpide et la douceur de l'air presque irréelle. Il trouva que la place, avec le poids public, le bureau de l'octroi était très passante. De grandes foires très animées s'y déroulaient en mai, juin, août, octobre et décembre, attirant tous les paysans du canton qui venaient vendre volailles et bétail de toute sorte à proximité de l'hôpital et d'un château médiéval qui tombait en ruine faute d'entretien. L'omelette de Julia était savoureuse, à peine baveuse, avec cette souplesse moelleuse qui la rendait digeste sans risquer de s'étouffer. Rassasié et désaltéré, à peine fatigué de son périple tant il était habitué à marcher, Auguste se dirigea ensuite vers la route de Foix où il savait l'existence de grandes usines.

La première entreprise à laquelle il s'adressa était presque à la sortie de la ville. Derrière un grand porche en briques rouges, deux ouvriers poussaient une grande cage en bois remplie de mottes de laine bleue. Le plus grand des deux, qui était aussi visiblement le plus vieux, se redressa avec peine. Maigre, la quarantaine bien dépassée, l'homme était sec. Une barbe déjà grisonnante lui mangeait les joues. Ses yeux, enfoncés dans les orbites, étaient marqués des cernes bleus de la fatigue. Il finissait l'équipe du matin et, malgré sa ceinture de flanelle, ses reins étaient douloureux d'un labeur intense.

– Je cherche du travail, dit Auguste.

– Ah ! Faut voir monsieur Rouzaud pour ça ! C'est le

chef du personnel, répondit le grand en grattant sa barbe drue.

– Et il est où ? demanda Auguste.

– Tu le trouveras là-bas, fit l'autre, d'un geste vague de la main.

Ils lui désignèrent le bureau du chef du personnel, un peu plus loin, dans une cour encombrée de charrettes et d'un camion Citroën chargé de ballots de toutes sortes promis à l'effilochage, une bâtisse basse, couverte de tuiles noircies de fumée. On entendait le ronflement sourd et puissant des cardes briseuses qui dénouaient et démêlaient les fibres, les allongeaient dans le même sens avant que les cardes repasseuses n'en fissent des rubans de « fil floche » bientôt enroulé sur les bobines. Auguste grimpa quelques marches pour accéder à un bureau garni de meubles en bois sombre. Derrière une grande table, une jeune femme qui faisait fonction de secrétaire-comptable se leva et vint à sa rencontre, un dossier cartonné fermé par une sangle sous le bras. Brune, les cheveux coupés à la garçonne, plutôt jolie, la trentaine à peine entamée, elle était mieux habillée que les filles qu'il croisait au village. Mais malgré ses vêtements assez seyants, on devinait des origines modestes. Assurément, le travail en ville avait dû constituer pour elle une promotion sociale, une échappatoire à la condition paysanne.

Auguste expliqua son cas : il n'avait pas de formation technique, de savoir-faire particulier, mais il avait deux bras solides. Il n'était pas exigeant sur le salaire, rien ne le rebutait, de jour ou de nuit. Le travail ne lui faisait pas peur. Il cherchait juste de quoi faire vivre sa famille. La jeune femme esquissa un sourire timide et se retourna vers un homme à la cinquantaine épanouie qui trônait derrière un bureau propre et net.

– Monsieur cherche du travail, lui dit-elle d'une voix douce.

– Je suis prêt à prendre n'importe quoi, murmura Auguste en triturant son chapeau dans ses mains, intimidé par l'allure aisée de l'homme.

– Hélas mon brave, en ce moment, on n'a besoin de personne... je suis désolé !

– Même pas pour pousser les bobines dehors ? demanda Auguste en désignant les ouvriers qui l'avaient renseigné.

– Vous savez, on aurait presque tendance à licencier par les temps qui courent... Vous tombez bien mal, mon pauvre. Essayez chez les autres, mais vous aurez du mal à trouver quelque chose, je le crains !

– Ne dites pas que vous ne savez rien faire, conseilla la secrétaire en aparté en le raccompagnant. Racontez plutôt que vous connaissez les Foulons. C'est là que vous aurez le plus de chances.

– Pourquoi ?

– C'est le plus pénible et le plus mal payé, expliqua la jeune femme

– Merci, fit simplement Auguste en hochant la tête.

Il sortit du bureau ni surpris ni contrarié. Il s'attendait à ce genre de réponse. De nombreux émigrés espagnols étaient venus, depuis 1918, travailler au pays, dans le textile. Ils arrivaient parfois de très loin, d'Estrémadure ou d'Andalousie, plus souvent de Valence ou d'Aragon. Ils compensaient la faiblesse numérique de la main-d'œuvre locale, souvent tombée au champ d'honneur. Ils venaient parce que chez eux les terres étaient si misérables qu'ils ne pouvaient survivre. Certains connaissaient le travail de la laine, appris à Huesca, Lérida ou Zamora. Avec l'arrivée de cette première vague de Transpyrénéens, on avait même dû traduire en espagnol le règlement intérieur de certains ateliers. Ils changeaient souvent d'entreprise, à la recherche d'un meilleur salaire ou parce qu'ils avaient été « marqués à l'encre rouge », c'est-à-dire licenciés comme grévistes. Ils ne savaient pas que, quelques années plus tard, ils seraient rejoints par une deuxième vague de migrants, plus politiques, ceux d'une République défunte.

Auguste s'était bien douté, en descendant en ville, qu'on n'attendait pas après lui. Trouver de l'embauche ici, pensa-t-il, serait moins facile que de retourner un carré de terre plein de cailloux. Il essuierait même des rebuffades, sûrement, ici ou là. Il savait qu'il ne fallait pas en tenir compte. L'espoir, tout comme l'avenir des siens, l'habitait au point qu'il se sentait prêt à soulever des montagnes. Ce qu'on lui avait dit ne le découragea pas. Il reprit son sac à dos, redescendit vers le centre de Lavelanet pour prendre la route de Laroque-d'Olmes. Là, il connaissait d'autres grandes maisons susceptibles de lui offrir du travail. Il fallait les faire toutes, après il attaquerait les entreprises plus modestes.

À la fin de la journée, après cette longue quête infructueuse, Auguste se sentait fourbu. On n'avait voulu de lui nulle part. Trop vieux ici, sans formation là-bas, il avait fait chou blanc partout... Dans le soir qui tombait maintenant, une sourde lassitude le gagnait, lui étreignait ses muscles endoloris et les rendait douloureux. Il fallait trouver un coin pour dormir. Il était loin des Chaubets et de la cousine Suzanne. Il savait que ce n'était pas en ville qu'il pourrait trouver un gîte pour la nuit. Il quitta donc ce quartier des Foulons où il avait cherché en vain de l'ouvrage. Il passa de l'autre côté du Touyre par une passerelle en bois jetée sur la petite rivière et s'engagea en direction de La Bastide-sur-l'Hers dans ce qu'on appelait ici, la Plaine, par opposition à la Serre de Gallinat, ce petit pli du Plantaurel qui domine d'une centaine de mètres le modeste vallon.

Il s'arrêta à la première ferme qui nichait au-dessus de la route. L'homme rentrait ses vaches. Auguste se présenta. La méfiance dissipée, le paysan eut sans doute pitié du voyageur et lui indiqua un coin de la grange, en lui recommandant bien de ne pas fumer. Auguste s'installa dans le foin frais et odorant que l'on commençait à peine de ramasser. Il se restaura avec les restes de l'omelette de Julia. Il ne s'avouait pas vaincu mais, la tête dans les étoiles qui brillaient dans le ciel clair du mois de juin, il tomba vite dans un profond sommeil.

# 4

## *Le printemps des prolétaires*

Le chant d'un coq, dans l'aube pâle et laiteuse du petit matin frais, réveilla Auguste de bonne heure. La couverture en toile de jute, la « bourrasso », qu'il avait emportée dans son sac à dos pour se couvrir les épaules et se protéger de la fraîcheur de la nuit, avait glissé dans son sommeil, mais la tiédeur du foin, mélangée à la chaleur de son corps tout habillé, l'avait préservé de l'humidité du matin. Dans la cour, les hennissements brefs et sonores d'un cheval résonnaient. « L'anilhets d'une bête qu'on se prépare à atteler », pensa-t-il en se redressant de sa couche rustique, marquée par l'empreinte de son repos. Le paysan qui l'avait accueilli la veille au soir essayait de faire reculer un petit cheval noir, de race mérens, entre les bras d'un charreton. Traversant l'aire qui servirait dans deux mois au dépiquage, Auguste lui prêta main-forte pour venir à bout de l'animal rétif qui devait préférer, jeunesse oblige, la liberté des prés à la contrainte du travail. L'homme avait les yeux globuleux, la peau tannée par plus de cinquante ans de travail. Il n'était pas bavard. Pour le remercier, il l'invita à aller se faire servir une assiette de soupe chaude par sa femme, à l'intérieur. Auguste ne se le fit pas dire deux fois. La faim lui creusait l'estomac. L'omelette de Julia était loin et il avait du chemin à faire pour continuer sa quête d'emploi.

Le ventre plein, le moral regonflé, Auguste repartit après avoir fait un brin de toilette à la fontaine qui psalmodiait entre deux cailloux plats et usés, alimentée par une déviation du ruisseau tout proche. Un peu d'eau fraîche passée du creux de la main sur la nuque, la bouche, les yeux et les joues, et il avait l'impression de se sentir un autre homme, prêt à courir le pays pour chercher du travail. Même s'il n'avait pas trouvé d'embauche, la veille, chez Bertrand et Cabrol, ces deux usines qui avaient fusionné quelques années auparavant, il y avait bien d'autres entreprises à Laroque-d'Olmes qu'il n'avait pas encore visitées, des ateliers modestes comme d'autres maisons plus importantes. Il suffisait de frapper à la bonne porte.

Il n'avait pas grand chemin à faire pour revenir à Laroque. Il était huit heures du matin et l'air était devenu doux avec le soleil qui se montrait généreux en passant par-dessus les crêtes. Le massif du Saint-Barthélemy offrait un décor grandiose à la petite ville nichée au ras du piémont. De la route suivie par Auguste, on apercevait la silhouette altière de Monségur et de son « pog » où, en 1244, furent brûlés les derniers Parfaits du catharisme. Ces événements lointains, répétés à la veillée, les soirs d'hiver, appartenaient plus à une mémoire collective, faite de tradition orale, et cultivée en mangeant des châtaignes avec un verre de vin nouveau, qu'à l'Histoire savante, docte et universitaire des érudits locaux.

Auguste savait, bien sûr, que Laroque était un centre textile ancien mais important, un village « castral », constitué autour du château et de son église. Par le pont des Curbeillets, on accédait au plateau du Castella et au cœur de la petite cité. De là, on pouvait rejoindre les quartiers neufs comme celui où s'était construit, dans les années vingt, de nouveaux entrepôts, témoignages de l'essor industriel du pays. Auguste avisa un grand

bâtiment qui, par une charpente récente, offrait de
rière d'amples baies vitrées, la clarté propice à un trava
moderne. Instruit par ses expériences de la veille,
essaya de se présenter la tête haute à l'entrée des locau
administratifs de l'usine Ricalens. Ils avaient élu dom
cile dans une ancienne maison d'habitation dont l
fenêtres du rez-de-chaussée s'ornaient de belles grill
en fer forgé en forme de lyre. Derrière, on apercevait
cour, toujours encombrée, là où arrivaient les ballots
laine. Plus loin, on devinait l'entrelacs des atelie
construits au fil de l'expansion industrielle. L'omb
tutélaire d'une cheminée de briques rouges veillait s
l'ensemble du site.

Assise derrière un bureau de bois blond, une jeu
secrétaire, les cheveux bruns joliment frisés à la mo
du moment, tapait à la machine avec aisance, l'
concentré sur la position de ses doigts sur les touch
attentive à ne pas commettre de fautes, jetant briè
ment un œil au brouillon qu'elle dactylographiait
cinq exemplaires dont un sur papier pelure pour
archives. En le voyant arriver, le chapeau à la main, l
malgré tout un peu intimidé, elle leva les yeux :

– Vous désirez ? demanda-t-elle.

– Vous n'auriez pas besoin d'un ouvrier ?

– Vous cherchez de l'embauche ?

– Oui, fit Auguste avec assurance.

– Vous savez faire quoi ?

– J'ai déjà travaillé dans une teinturerie... Je con
les apprêts, mentit Auguste en rougissant jusqu
oreilles.

– Vous n'avez pas le certificat d'aptitude profes
nelle ? fit-elle en jugeant qu'à son âge, il avait dû s
de l'école bien avant la loi de juillet 1919 institua
diplôme.

– Non... J'ai fait la guerre !

Elle hocha la tête, l'air entendu. Puis, elle lui exp

qu'il fallait attendre que son patron rentre, qu'elle n'était là que pour taper sur le clavier de l'Underwood noire, répondre au téléphone et accueillir les visiteurs. Appelé il y a peu à la filature, il allait revenir dans un moment. Elle lui désigna une chaise en bois, le pria de patienter. Auguste s'assit, les jambes écartées, les coudes reposant sur les cuisses, les yeux fixant les grandes lames du plancher. Il entendait l'usine bruire d'un souffle régulier et puissant, parfois dominé par un bruit plus strident qui déchirait alors le ronronnement sourd des machines. Auguste pensa aux siens, à cette terre qu'il fallait quitter après y avoir tant travaillé. Il redressa la tête, regarda le calendrier. L'éphéméride indiquait le 12 juin 1934. Il ne leur restait plus qu'une petite dizaine de jours à rester à Bordenave avant que Trocard les fasse expulser.

Auguste était perdu dans ses rêves, arpentant dans sa tête encore une fois ces drailles pierreuses, là-bas, à flanc d'estive, lorsque le vent mugit et balaye les soulanes en emportant le tintement des cloches des troupeaux au loin, quand le patron entra. D'âge mûr, le cheveu devenant rare sur le haut du crâne, signe annonciateur d'une calvitie prochaine, en costume trois pièces sombre et strict, il avait l'air sévère et préoccupé en entrant dans la pièce. Et, alors que la secrétaire lui expliquait en deux mots de quoi il s'agissait, il s'exclama soudain :

– En voilà un qui tombe bien !

En deux ou trois questions, il s'enquit rapidement de sa situation, puis sans être dupe de sa prétendue expérience dans le textile, jugea l'homme en un clin d'œil, tant au physique qu'au moral. Il le trouva solide et sain. Celui-là était de la race des laborieux, de ceux qui s'échinent au travail sans protester, de ceux qui n'ont pas peur de se salir les mains. Il avait le regard droit et direct. L'homme ne discutait pas le salaire, cent trente-quatre francs par semaine pour quarante-huit heures de travail

à l'usine, au moment où beaucoup se plaignaient de la diminution du pouvoir d'achat. Assurément, il n'aurait pas la malice tordue de certains embauchés, plus prompts à la pause casse-croûte qu'à l'ouvrage, toujours prêts à contester.

Le patron gardait un mauvais souvenir des grèves précédentes, notamment celles de 1926 et 1929, du rôle actif de certains militants syndicaux de la CGTU qui avaient paralysé la production pendant quatre mois et demi... On avait alors jeté des pierres sur les maisons des industriels, sur les contremaîtres, même des boules de verre sous les pieds des chevaux de la garde mobile venue réprimer les manifestants. Puis, face à l'escalade de la violence et à l'échec des négociations, force était restée à la loi. Les meneurs, révolutionnaires et politisés, avaient été condamnés à des peines de prison et, dans la lassitude générale, quand il s'était agi de reprendre le chemin des ateliers, on avait exclu les éléments de désordre. Depuis un an, dans un contexte d'agitation grandissant que l'émeute du 6 février 1934 n'avait fait qu'amplifier, la classe ouvrière renforçait ses organisations politiques et syndicales. Laroque, comme Lavelanet, était de ces hauts lieux de propagande révolutionnaire. Aussi s'était-il promis de bien faire attention aux nouveaux venus.

Bien sûr, il se garda de dire à Auguste que, s'il avait quitté le bureau tout à l'heure, c'est parce qu'il y avait eu un problème à la filature, sur une chaîne, et qu'il cherchait maintenant quelqu'un pour remplacer le type qui, au vu de sa blessure à la main, serait sans doute indisponible quelque temps. Il se retourna simplement pour attraper un dossier dans un classeur à rideau, il en sortit un formulaire prédactylographié et le lui tendit pour qu'il signe en ajoutant :

– Vous commencerez lundi avec l'équipe de quatre heures, à l'essai !

Auguste remercia, tout heureux d'avoir du travail. Il avait retrouvé sa dignité d'homme, celle de la sueur versée qui permet de garder la tête haute. Il sentait comme un poids en moins sur ses épaules. Même si le salaire n'était pas faramineux, ils pourraient acheter de quoi manger. En ces jours de déflation, la chance lui avait souri. Tortillant son chapeau entre ses mains, un peu gauche, il n'osa rien demander d'autre et sortit à reculons, le cœur battant la chamade. Quant à Julia, Pierre ou Louis, ils se débrouilleraient quand ils seraient installés sur place. Maintenant, le plus urgent c'était de trouver un toit, pas trop loin de l'usine si possible. Auguste se doutait bien que les propriétaires ne l'attendaient pas. En plus, il n'avait que de faibles garanties et ne pouvait envisager un loyer élevé. Il passa toute la journée à courir d'une adresse à une autre.

Vers les cinq heures du soir, alors que la lassitude le gagnait, un ouvrier espagnol lui indiqua dans un sabir pittoresque où se mélangeaient le castillan, le français et le patois, une maisonnette vers le lieu-dit des Quatre-Chemins. L'homme était un grand diable au visage en lame de couteau, au poil noir et aux joues creuses, mangées par une barbe drue. Mal attifé, il aurait fait peur le soir au coin d'un bois. Il avait entendu dire que le locataire, un émigré de Castille comme lui, était parti pour Montferrier travailler chez un autre façonnier. Il connaissait l'endroit pour y avoir siroté une anisette avec le précédent occupant. Le gîte était petit, un peu vieillot et défraîchi mais le loyer abordable, lui confia-t-il. Ça ne lui coûtait rien d'aller voir. Les jours étaient longs en cette saison...

Auguste acquiesça et retraversa tout le village en direction des quartiers neufs de Laroque. Il se perdit une fois ou deux en chemin dans la marée des lotissements récents qui commençaient de pousser çà et là, favorisés par la loi Loucheur. Les maisons souvent identiques, construites à l'économie pour les classes populaires avec des matériaux de qualité médiocre, portaient des noms charmants, comme « Sam'suffit » ou « Mon Rêve », témoignage du bonheur que la condition de propriétaire créait chez ces petites gens. Cette fois, sa quête fut récompensée. Le logement était encore vacant. Certes la maison n'était pas luxueuse, le propriétaire plutôt grincheux et près de ses sous mais elle n'était pas trop loin de l'usine et, surtout, il y avait un petit jardin, élément indispensable à la vie familiale par la production légumière que l'on pouvait en espérer en ces temps où les salaires jouaient les vaches maigres. Et le soleil déclinait par-dessus le Saint-Barthélemy, quand l'affaire conclue, oubliant sa fatigue, Auguste reprit le chemin de Bordenave, propulsé par l'espérance en partie retrouvée.

Pendant ce temps, au sortir de la cour de Bordenave, face à la montagne de la Frau, Pierre et Louis se sentaient presque désœuvrés. Le chemin de Pelail, le soir, ne résonnerait plus jamais des sonnailles pour eux. Ils ne savaient où aller en attendant qu'Auguste remonte de Lavelanet. Julia était en train d'emballer leurs pauvres hardes dans les malles en osier qu'une voisine du village avait complaisamment prêtées. Elle n'avait pas besoin qu'ils soient dans ses jambes en cet instant. Aussi, ils erraient comme des âmes en peine aux quatre coins de la borde silencieuse, les mains enfouies au fond des poches, les poings serrés, le regard vide et absent. Chaque buisson, chaque arbre, chaque pierre leur semblait prendre une étrange consistance. D'ordinaire, ils n'y portaient pas attention, pris par le travail et l'habitude... Maintenant ils semblaient en découvrir l'existence, le charme, les détails tandis qu'un mélange de regrets, de tristesse et de colère les submergeait.

Pierre, plus que Louis, était sensible à cette beauté qu'il fallait quitter, à ce déchirement qui lui torturait le cœur, à ce qu'il fallait laisser derrière soi pour n'emporter que des souvenirs, seul viatique vers un avenir incertain. Ces paysages si familiers, cette nature sauvage et grandiose, il les mesurait fugitifs, fragiles, précieux. Il avait conscience que leurs pas sans but les conduisaient à la fin d'une histoire, celle écrite dans l'effort et la peine par plusieurs générations de Sagnol qui s'étaient cassé l'échine à faire fructifier une terre souvent ingrate. Ils étaient maintenant au bout du long chemin des gueux de la terre, forçats de misère des temps immémoriaux qui n'osaient parfois relever la tête que pour de violentes et brèves jacqueries. Le soleil jouait à cache-cache dans les nuages. Sa lumière, par une trouée, descendait à pans coupés comme dans les images de première communion qui ornent les missels. Pierre n'avait jamais vu les Pyrénées aussi belles qu'en ce triste soir de début juin 1934. Parvenus là où un promontoire rocheux permettait de dominer un peu mieux la vallée en offrant une de ces perspectives grandioses, il se retourna vers Louis et lui dit :

– On peut pas partir comme ça...

– Que veux-tu dire ?

– Faisons un serment...

– Un serment ?

– Oui, un serment... une promesse ! Revenir un jour. Revenir chez nous, sur notre terre !

– À quoi ça servira ? Tu sais bien que Trocard, c'est lui le propriétaire. Bordenave a jamais été nôtre totalement, fit Louis.

– Ça fait rien ! Promettons-le quand même ! répliqua Pierre.

– Si ça peut te faire plaisir...

– Répète après moi : « Je jure de... »

Et Louis répéta docilement la phrase que son frère

improvisa en le regardant bien dans les yeux, face au soleil déclinant dont les derniers rayons venaient lécher, en les rougissant, les parois de calcaire blanc où s'accrochaient des buis verts, chétives mais farouches sentinelles de leur tragique destinée. Un léger vent se leva, faisant frissonner les feuilles tendres des frênes. Pierre avait la voix grave et ferme. Il ne tremblait pas. Il enchaînait les phrases sans hésiter, comme s'il récitait son discours. Louis ne percevait qu'une volonté tendue vers un futur improbable. Leurs mots se faisaient écho, se répondaient dans le silence du soir qui tombait sur le théâtre de leur jeunesse. C'était grandiose et dérisoire, à l'image d'eux-mêmes, comme l'histoire éternelle des hommes de peine et d'effort.

Auguste rentra si tard que même les chiens se mirent à hurler, lugubres, dans la nuit épaisse. Quand la porte s'ouvrit, Julia, au coin du feu, releva la tête, les yeux fatigués par le raccommodage d'une chaussette de laine grise dans laquelle elle avait glissé, comme d'habitude, l'œuf en bois qui lui servait à refaire les talons sans déformer le modèle. Elle demeura l'aiguille en l'air une fraction de seconde avant de reprendre son ouvrage. Auguste s'essuya les pieds sur le paillasson en fer, raclant bien la terre de ses sabots. Il ôta sa capeline, la suspendit au clou derrière la porte d'entrée. Seul le son grave de la comtoise brisait le silence dans les mouvements amples du balancier. Pierre mourait d'envie de lui demander le résultat de son périple mais il savait bien qu'Auguste n'aimait pas qu'on lui pose des questions tout de go. Julia le laissa aller s'asseoir, se verser un verre de vin. Il avait besoin de se « défatiguer ».

– Alors ? demanda-t-elle de sa voix douce ?

– J'embauche lundi, fit-il en souriant, découvrant des dents jaunies par le gris.

– Où ?

– À Laroque... Aux apprêts !

– Et nous ? fit Pierre.

– Il y aura peut-être du travail pour ta mère vers la fin du mois. Vous, les gaffets, faudra voir. Je n'ai pas eu le temps.

– Et pour loger ? questionna Julia.

– J'ai trouvé une maisonnette avec un bout de jardin, répondit-il.

– Cher ? reprit Julia.

– Toujours trop ! mais abordable pour la ville. Il y a un coin pour remiser Coquette aussi. On aura au moins un toit sur la tête !

– J'ai commencé à faire les paquets, dit Julia.

– Alors on fera un premier voyage demain, répondit Auguste. Il n'y a pas de temps à perdre. Ça nous laisse trois jours avant que je commence.

– Je te sers la soupe, ajouta Julia dont le visage souriait de voir leur devenir s'éclaircir un peu.

Pour les Sagnol, les jours suivants passèrent à effectuer des charrois entre Laroque et Bordenave. Ils partaient bien avant que l'aube ne rosisse la crête des montagnes proches, dans la fraîcheur languissante des petits matins annonciateurs de journées tièdes. Passé Bélesta, là où la vallée commence à s'élargir un peu et où l'Hers prend presque des allures de rivière, ils croisaient les faucheurs qui se mettaient en ligne, souvent par groupes de quatre ou cinq, pour monter à l'assaut des pentes, le « dalho », la faux, à la main, les manches de chemise relevées jusqu'aux avant-bras, dans les prés bien exposés au soleil.

Pierre entendait la chanson lancinante des lames qui tranchaient l'herbe grasse. Elles glissaient en un son vibrant et régulier qui ne s'arrêtait que pour laisser la place au « chitt-chitt » métallique que faisaient les pierres de Saurat que les hommes passaient de temps à autre pour maintenir parfait le fil de leur lame. Il prêtait soudain à ce feulement répétitif une attention inhabituelle, mêlée de souvenirs et de regrets aussi. Ce départ de Bordenave, de la terre de ses ancêtres, clôturait sa jeunesse, fermant la porte au temps de l'insouciance. Et les faux, en tranchant l'herbe juste sèche dans la candeur diaphane du petit matin de juin, tranchaient aussi une partie de leurs vies, accompagnant cet irréparable déchirement qu'un propriétaire sans cœur leur avait imposé. Au fond de lui même, serrant les poings, Pierre ne craignait pas l'avenir parce qu'il s'était réservé l'espérance. Il ne voulait pas subir mais garder la tête haute comme ceux que la liberté éclaire.

Auguste avait attelé Coquette à l'unique charrette qui leur appartenait. Les autres, la grande, pour le fourrage, avec ses flancs à claire-voie, le tombereau pour le fumier, aux planches rongées du jus du purin, tout comme les instruments de labour, charrues, brabants, herses, cultivateurs, le pressoir à pommes, le reste, le « cheptel mort », était « de la métairie », donc propriété des Trocard et devait demeurer à Bordenave. S'ils n'emportaient que leurs meubles, le linge, leurs malles, les outils du jardin, l'« oule » et les chaudrons, cela représentait, mis bout à bout, un volume important. Pas question de prendre un camion ou de s'adresser à un transporteur. Ce n'était pas le moment d'engager des frais. Bien que leur nouveau logis ne fût qu'à dix-sept kilomètres de la borde, déménager l'existence de plusieurs générations n'était pas une mince affaire de Bordenave à cette petite maison trouvée dans le quartier du Gamat.

Pour le dernier, ils avaient chargé leur barda la veille, empilant, au mieux, ballots, malles, les derniers meubles, répartissant les charges, équilibrant les volumes. Auguste avait supervisé l'opération tandis que les garçons accomplissaient les ultimes charrois. Puis, parce qu'il était le chef de famille, Auguste avait doucement tiré la porte sur l'histoire des Sagnol à Bordenave. Pierre et Louis attendaient avec Julia en bas, dans la cour, en silence. Et sans que l'un ou l'autre n'ose prononcer une parole, ils étaient partis. Auguste menait l'ânesse, la tenant par le licol, Julia, Pierre et Louis suivaient derrière, à pied. Les cerclages de fer des roues de la charrette crissaient sur les pierres du chemin, lugubres, dans l'air du petit matin. L'Hers chantait dans la fraîcheur perlée de rosée. À leur passage, quelques tourdes furtifs s'envolaient à tire-d'aile dans un concert de cris, dérangés dans leur matinale quiétude, par-dessus les massifs de buis vert tendre.

C'était un dimanche. Au village, les cloches de l'église carillonnaient et le vent de juin en emportait le son dans toute la vallée. Les femmes se préparaient pour partir à la messe et les hommes, groupés autour de la fontaine, en face de la boulangerie, souvent plus assidus au bistrot qu'à l'office, les regardaient passer en hochant la tête, d'un air entendu. Tous les connaissaient et quelques commentaires s'échangeaient, à voix basse, une fois la charrette disparue. Pierre les percevait de temps à autre, portés par le vent.

– Il y en a qui n'ont pas de chance...

– Ils seront plus heureux là-bas... je te dis !

– C'est vrai que leur terre était ingrate...

Auguste ayant été embauché pour le lendemain, c'est-à-dire à compter du lundi 15 juin 1934, il eut peu de temps pour aider les siens. Toute l'installation dans leur nouveau logis fut donc l'œuvre de Julia et des garçons. Heureusement que Louis et Pierre étaient débrouillards, actifs. Ils ne rechignaient à rien, ne se plaignaient jamais, même quand il fallait monter dans le grenier les lourdes malles en osier par l'escalier raide comme une échelle de meunier. La maison était restée inhabitée quelques semaines et l'herbe folle commençait de pousser dans le jardin. Aussi, Julia y avait laissé musarder Coquette qui avait eu vite fait de tondre le chiendent et les graminées, déposant çà et là des étrons qui fumaient une terre avide de la sueur des hommes pour donner ses fruits. Le déménagement à peine terminé, Julia avait attaqué la mise en culture de l'hort. Ce travail revêtait une importance toute particulière. Il fallait manger au quotidien et le salaire d'Auguste n'était pas épais. Ils n'avaient même pas obtenu de Trocard la permission de ramasser la moitié des pommes de terre plantées en avril à Bordenave. « Ça compensera vos dettes », avait-il dit. Et ici, comme il était trop tard pour en planter, ils devraient en acheter pour la première fois de leur vie... Aussi, il fallait bien utiliser toute la surface qui s'étendait derrière la maisonnette.

Le premier jour, quand Auguste était rentré en début d'après-midi, fourbu, les oreilles bourdonnantes de la rumeur des machines, il avait juste avalé une assiette de soupe avant de partir faire la sieste. Le soir, un peu plus reposé, il avait raconté l'usine, le contremaître, les odeurs, les autres ouvriers qu'il fallait considérer désormais comme des camarades. Il avait mangé sa gamelle juste réchauffée, calé sur un paquet de draps ratés qui allait repartir vers l'effilochage. Un gars du syndicat, aux yeux faussement candides, était venu lui parler à la pause casse-croûte de dix heures, histoire de le sonder, de vérifier qu'il n'était pas un de ces « jaunes » que le patron envoyait régulièrement dans les ateliers, traînant l'oreille pour informer la direction des pulsations sociales et des humeurs cyclothymiques d'une classe ouvrière toujours prête à s'enflammer sur les questions de salaires ou les conditions de travail. Il lui avait demandé s'il y avait de l'embauche possible pour les siens. Mais l'autre, prudent, était resté évasif, attendant de mieux le connaître, d'avoir plus confiance pour nouer un vrai dialogue, au-delà des banalités échangées. Il avait, alors, le soir questionné son contremaître, lui expliquant que Julia et les deux garçons cherchaient aussi de l'ouvrage.

– Que tes gars, ils aillent voir Jourda... des fois, il a des petits boulots et, s'il est content d'eux, peut-être qu'il en parlera au chef, conseilla-t-il, en ajoutant qu'en ce moment on embauchait au compte-gouttes et qu'il ne fallait pas trop se faire d'illusions.

Le lendemain, Pierre et Louis avaient suivi Auguste qui commençait avec l'équipe de midi. Ils étaient arrivés à l'usine en avance et avaient cherché le Jourda en question. Il dirigeait un atelier de la filature. Ils l'avaient trouvé, le mégot aux lèvres, la casquette en arrière, en train d'expliquer à deux ouvriers d'une voix sans chaleur la raison de l'arrêt imprévu de leur machine. Jourda était grand et maigre. Il avait les cheveux plutôt roux, les sourcils épais et en bataille, les oreilles légèrement décollées. La cinquantaine bien entamée, son dos était voûté par trente-cinq ans de labeur mais son regard restait intense et peu amène. Compétent, il exigeait le maximum de ses hommes comme il le donnait de lui-même. L'entretien fut bref. Il jaugea les deux garçons d'un coup d'œil professionnel.

– Pour ton aîné, fit-il en se tournant vers Auguste, c'est pas la peine. Y a rien. L'autre, qu'il vienne avec moi, j'ai des bobineaux à trier, je lui paierai sa journée ce soir.

Pierre suivit le contremaître. Ce n'était pas le moment de poser des questions. L'homme allait d'un pas rapide, sans hésiter, dans le dédale des salles. Il n'avait pas de temps à perdre à lui faire visiter le lieu. Les locaux étaient grands comme des cathédrales, éclairés par la lumière crue du jour qui tombait à pans carrés des vitres gris sale d'une toiture en dents de scie. Les ateliers que Pierre traversa étaient pour la plupart bruyants et moites, encombrés d'une forêt de courroies, tendues sur les poulies, qui transmettaient la force mécanique d'un bout à l'autre de l'usine. Même, si juste avant-guerre, l'introduction de l'électricité avait apporté un peu moins de bruit et un peu plus de rendement, les conditions de travail restaient à l'évidence pénibles pour beaucoup. On s'entendait à peine parler dans le cliquetis des métiers qui cognaient à presque cent coups minute et il fallait crier, la main en porte-voix pour s'y faire comprendre. Bien souvent les ouvriers communiquaient par gestes, langage simple et mystérieux pour le profane qui tombait dans cette planète tiède et sonore.

Pierre était ébahi. Ses yeux allaient de droite à gauche, découvrant un monde pour lui inconnu. Dans l'entrepôt du stock matière, le hall des mélanges aperçu brièvement, une odeur de suint passé et de lainage promis à l'effilochage se dégageait des ballots empilés dans des sacs de jute, qui saturait les narines. Que Bordenave, le parfum des genêts et la chanson du ruisseau lui paraissaient loin en ces instants. Dans le grand hall, un peu plus loin, les machines faisaient claquer les navettes en un staccato assourdissant et infernal. Des bobineaux de fil, classés par couleurs, entassés pêle-mêle dans de grands sacs en jute, les « bourras », encombraient les travées des ateliers. Il était dans le ventre de l'ouvrage et le calme paisible des soulanes semblait avoir disparu de la terre. Suivant son guide au pas de charge, Pierre ne comprenait pas très bien l'enchaînement des tâches dévolues à chaque local de cette moderne usine intégrée. Il identifia néanmoins des métiers à tisser. Mais le reste, cardeuses, ourdissoirs, foulons, sécheuses et tout ce qui constituait les apprêts lui demeurait incompréhensible.

Parvenus dans une petite pièce, grise et froide en comparaison de la moiteur des ateliers précédents, le contremaître s'arrêta enfin. Il lui désigna une grande caisse en bois remplie de bobines de fil. Puisqu'il n'avait pas de compétence particulière, puisqu'il n'avait ni CAP ni formation sur le tas dont il pouvait se prévaloir, il ne pouvait donc être employé que comme « rattacheur » au tissage, premier poste dévolu aux « gaffets » en général, aux jeunes apprentis, souvent appréciés en raison de leur petite taille qui leur permettait de se glisser derrière les machines. Il allait trier les restes des bobineaux cassés. Le contremaître tira sa montre de gousset et lui dit :

– Tu dois avoir fini pour quatre heures. Je passerai te voir dans une heure. Compris !

Pierre hocha la tête, posa sa musette par terre et, faute de chaise, se résolut à s'asseoir en tailleur. Le travail n'était pas difficile, simplement long et fastidieux. Il fallait juste avoir de la souplesse dans les doigts. Pierre avait bien compris que s'il voulait avoir une chance de gagner sa vie, c'était de rester ici. Mais pour, petit à petit, obtenir un vrai travail, il lui fallait faire vite et bien, être la petite main indispensable que l'on reprend tous les jours parce qu'elle ne coûte pas cher et rend service. Être humble, œuvrer sans rechigner ni se plaindre, travailler dur, jour après jour, même quand la fatigue vous accable, telle était la seule planche de salut qui s'offrait à lui, Pierre Sagnol, lui qui n'avait même pas fréquenté l'école assez régulièrement pour que l'instituteur du village le présente au Certificat d'études primaires, ce bâton de maréchal des classes populaires. Ici, il pourrait, sur le tas, apprendre un métier, passer un de ces CAP qui le qualifierait comme un ouvrier reconnu. Il s'activa de son mieux et quand le contremaître repassa, une heure plus tard, Pierre avait grandement avancé la besogne. Jourda jugea le travail exécuté, ralluma le mégot qui se coinçait en permanence au coin de ses lèvres puis laissa tomber :

– Termine et viens me trouver à l'ourdissage...

À la fin de la journée, alors que la pendule de l'usine marquait huit heures passées, quand Auguste vint le chercher, Pierre était recru de courbatures et d'efforts mais heureux d'avoir montré à tous qu'il était capable de tenir une place malgré ses quatorze ans tout juste accomplis. Il se sentait plus homme désormais en son for intérieur, fier des menus travaux assumés pendant cette première journée dans ce monde nouveau. Il n'était plus un paysan, un de ces bouseux à qui les gens de la ville parlaient avec condescendance comme les Trocard quand ils étaient venus à Bordenave. Il appartenait maintenant à la race des travailleurs, de ces prolétaires en bleu qui portaient la casquette légèrement de travers, à la mode des vedettes des films de ce nouveau cinéma parlant qu'il rêvait tant de voir enfin de ses yeux, lui qui, comme spectacle de la vie, ne connaissait que la chanson du ruisseau et le pépiement des oiseaux...

Dans l'atelier rempli de cadres piqués de bobines de fil qui prenaient des allures de toiles d'araignée, Jourda ne lui avait pas caché qu'en ce moment il n'y avait pas grand-chose à espérer comme embauche. Son père avait eu beaucoup de chance. Il ajouta qu'il n'était même pas sûr de rester, quoique aux apprêts, par usage, on soit moins regardant sur la qualification professionnelle. Bien sûr, autrefois, avant la guerre de 14, avant que la modernisation industrielle ne se fasse pleinement sentir avec le passage de l'énergie hydraulique et du gaz pauvre à l'électricité, c'était toujours à partir du mois de mai qu'il y avait le plus de travail ici, dans le textile. Mais depuis, la production s'était régularisée en se diversifiant. Ceux qui étaient en place travaillaient désormais à longueur d'année en trois huit. Il n'aurait ainsi, au coup par coup, que des petites journées à lui proposer pour servir de bouche-trou ou de manœuvre.

– Tu es vaillant et capable de bien faire. Tu sais lire, écrire et surtout compter, tu peux espérer mieux !...

Jourda avait marqué une pause comme s'il réfléchissait à ce qu'il avait décidé de lui dire. Il avait craché par réflexe un jet jaunâtre de salive entre ses chicots puis, d'une voix bourrue, habituée à commander mais aussi à expliquer, il avait ajouté en lui mettant la main sur l'épaule en un de ces gestes naturels d'homme :

– Tu devrais aller voir dans une autre entreprise. Je sais que chez Fonquernie, ils cherchent deux ou trois gars...

– Comment vous le savez ? demanda Pierre dans un souffle.

– Je suis bien copain avec Graulle, un contremaître de là-bas. On est du même village tous les deux. On sort de Pereille... Ça crée des liens, tu comprends. Qu'est-ce que tu en penses, petit ?

– Si vous le dites, monsieur. Faut que j'y aille, répondit Pierre

– Bon, alors viens quand même ici demain. Tu feras ta journée et je te ferai un mot de recommandation.

– Merci monsieur.

Le lendemain matin, Pierre se présenta, accompagné d'Auguste, avec la bordée de quatre heures, celle qui finissait à midi, quand le soleil, haut dans le ciel, cueille les travailleurs recrus d'efforts, leur faisant ciller les paupières après huit heures passées sous la lumière artificielle. Jourda l'employa pendant de longues heures à pousser des ensouples, les reins cassés en deux, des ateliers de filature vers ceux du tissage, dans l'aube terne. Manœuvrer ces lourdes bobines, remplies des fils de chaîne, dans des ateliers encombrés n'était pas une affaire facile. Pierre essuya quelques quolibets d'ouvriers grincheux, des plaisanteries parfois grasses qui le firent rougir jusqu'à la pointe des oreilles. Pierre avait l'habitude des jurons, de ces « macarel » et « hil de pute » en usage à la campagne et utilisés pour faire avancer souvent les bêtes rétives. Il était peu vacciné encore contre ceux du monde ouvrier qui tournaient souvent en dérision les choses de la religion, sujet qui lui aurait valu à la maison une sonore paire de taloches de Julia qui n'admettait pas que l'on manquât de respect à la Sainte Vierge ou au Bon Dieu.

Vers huit heures, à la pause casse-croûte, Auguste le rejoignit pour partager un bout de jambon sec et rance entre deux morceaux de pain noir. Assis sur des mottes de laine qui débordaient d'une panière en osier montée sur roulettes, les deux hommes mastiquèrent lentement, dans le silence relatif du stock matière. Un peu de vin coupé d'eau pour faire descendre les bouchées et déjà ils se préparaient à repartir quand Jourda arriva. Il tendit à Pierre une feuille de papier pliée en quatre, visiblement arrachée au petit carnet qu'il glissait toujours dans la poche-revolver de son bleu. Pierre hésita à l'ouvrir jusqu'à ce que Jourda l'y encourage d'un bref signe de tête. Une main plus habile à nouer les fils qu'à tenir la plume avait écrit : « Peux-tu embaucher le petit ? Le drôlle est vaillant. Tu n'auras pas à le regretter. Passe prendre l'apéro dimanche. » Jourda lui expliqua qu'il valait mieux ne pas perdre de temps et y aller tout de suite. Tandis qu'Auguste restait coi, il lui serra la main en disant :

– Allez va...

Et de grommeler un vague « bonne chance ».

Une demi-heure plus tard, Pierre se tenait devant le contremaître de chez Fonquernie. Graulle était de petite taille, plus sec que Jourda encore, à en être presque maigre. Il ressemblait à un oiseau décharné. Les années commençaient à lui voûter le dos et ses épaules en portemanteau n'avaient plus la carrure de ses vingt ans. De même, le cheveu commençait à se faire rare et, malgré quelques mèches plus longues qu'il laissait pousser à dessein, le crâne luisait sous la lumière crue qui tombait des lampes électriques suspendues au plafond. Mais cet aspect quelconque contrastait avec la vie intérieure qui l'habitait. Il avait un regard noir, intense, un regard qui vous transperçait et qui brillait derrière des lunettes à monture d'acier, qu'une presbytie précoce l'obligeait à porter, lui donnant presque l'air intellectuel. On sentait bien, à le voir, que Graulle était un homme d'expérience, un de ces types dévoués corps et âme à l'entreprise et qui ont toute la confiance du patron. Pierre, bien qu'il le dépassât presque d'une tête, se sentit soupesé, jugé, étudié sous toutes les coutures. Puis le regard s'éclaira d'une douceur bienveillante tandis que la voix grave disait :

– Si Jourda t'envoie, je veux bien te prendre à l'essai...

– Merci, monsieur, murmura Pierre rayonnant à la pensée du bonheur que cette annonce allait susciter à la maison et des suites salariales qu'elle impliquait.

– Qu'est-ce que tu sais faire ? demanda Graulle.

– Eh bien, je sais garder les bêtes, labourer, semer...

– Oui, mais ici mon gars, ça ne te servira pas à grand-chose.

– C'est ce que mon père m'a appris.

– Bien sûr, fit Graulle avec un sourire de compréhension. Écoute petit, voilà ce que je te propose. Je vais te faire commencer comme « rattacheur », histoire de voir comment tu te comportes. Ensuite, selon tes qualités, je t'enverrai comme apprenti vers le métier qui te convient et si ça t'intéresse, tu pourras alors suivre les cours du soir pour obtenir une bonne formation professionnelle.

– Où ça ?

– Le conseil municipal fait donner des cours techniques textiles rue Saint-Jean, de huit heures à dix heures, deux fois la semaine, le soir. Ici, à l'usine, tous les jours on t'apprendra, sur le tas, la pratique, là-bas, on t'enseignera encore mieux ce qui te permettra de progresser chez nous. Et tu seras gagnant ! Tu auras toutes les chances de devenir un bon ouvrier, un bon tisserand et, qui sait, tu pourras peut-être un jour t'installer à ton compte...

– Ça coûte cher, un métier, monsieur ?

– Pas loin de vingt-huit mille francs par les temps qui courent.

– Et un ouvrier, ça gagne combien ici ?

– Ça dépend du poste... Un bon tisserand peut se faire jusqu'à douze cents francs par mois et plus même s'il n'a pas peur des heures supplémentaires...

– Comment ils font, alors ?

– La plupart achètent à crédit. Ils empruntent parfois jusqu'à cinquante mille francs pour créer leur atelier, tu sais...

– Ça fait beaucoup d'argent, fit Pierre qui imaginait mal cette somme.

– Mais t'en es pas encore là. Tu as du chemin à faire, dit Graulle en rigolant. Le reste, ça te va petit ?

– Oh oui ! monsieur, s'exclama Pierre en triturant son béret d'émotion entre ses mains.

– Bon, alors je vais te faire visiter l'usine. Inutile que tu passes du temps à te perdre dedans et à comprendre comment on fonctionne. Autant que je te l'explique moi-même, au moins je saurai ce que tu en sais... Allez suis-moi ! Et n'hésite pas à poser des questions si tu ne saisis pas...

Graulle l'entraîna dans une succession d'ateliers bruissant d'activité. Il lui présenta les modernes métiers de type *self acting* qui, par un retordage souple et continu, aboutissaient à la fabrication de bobines trapézoïdales, appelées « mottes », puis les métiers à tisser dont les lames entrecroisaient chaîne et trame pour créer des pièces de drap de différentes laizes tendues sur de lourds rouleaux. Il lui expliqua l'entreprise, son histoire, ses fabrications, sa spécialité des épaulettes américaines. Pierre le suivait tant bien que mal, malgré ses jambes plus longues, car Graulle avait le pas nerveux. À leur passage les têtes se levaient, les regards se tournaient. Parfois Graulle s'arrêtait pour serrer une main, tâter un tissu tout fraîchement sorti du métier, échanger un commentaire ou simplement un hochement de tête entendu avec l'homme, debout devant sa machine, dans le cliquetis métallique des navettes en bois, qui selon un séquençage précalculé fusaient de leurs logements pour dérouler le fil de la fusette.

Pierre avait la tête pleine d'explications qui se bousculaient dans un désordre bon enfant. Ses narines étaient pleines de l'odeur chaude et puissante de l'ensimage. Tenace, elle les accompagnait d'atelier en atelier, lui collait à la peau et imprégnait son vêtement de coutil, se mêlant à la transpiration qui baignait son front. Puis Graulle le fit traverser une vaste salle claire plus calme. Une trentaine d'ouvrières, alignées en files sur trois rangs, étaient penchées sur d'immenses pièces de tissu sombre. Graulle lui expliqua que c'était des rentrayeuses et des énoueuses. Elles exerçaient ce qu'on appelait un métier de visite en gras sous la conduite expérimentée d'une contremaîtresse boulotte qui trônait au fond de la salle, un peu à l'écart du troupeau docile. Ce travail, qui demandait peu de force physique et d'énergie, était traditionnellement dévolu aux filles, souvent jeunes, lui expliqua-t-il en souriant avant de saluer sobrement sa collègue. Il fallait, en effet, de bons yeux pour repérer les défauts dans le déroulé des pièces tendues entre les bobines justes sorties des métiers. Travaillant à l'aiguille et aux brucelles, il fallait surtout beaucoup de patience, d'agilité et de doigté pour repasser un fil là où il avait malencontreusement sauté, pour mettre le nœud de l'endroit à l'envers et réparer ainsi le défaut de fabrication qui rendait la pièce utilisable.

Ils arrivaient au dernier rang de la file des nuques dociles, quand une masse de cheveux châtains, assemblés en un chignon camouflé d'un fichu bleu sombre, se releva de son ouvrage pour les dévisager. Deux yeux verts, en forme d'amande, à peine soulignés d'un sourcil léger, le fixèrent un bref instant. La main de la jeune fille demeura suspendue à la longueur de fil de l'aiguillée. Le visiteur avait une certaine prestance qui contrastait avec la modestie de son vêtement et sa jeunesse. Les yeux étonnamment bleus et les cheveux presque blonds le rendaient différent de la foule des noirauds et basanés de tous poils que l'on croisait ordinairement dans l'usine. Pierre, en marchant, détaillait la jeune fille. Le visage de l'inconnue n'était qu'harmonie. Les yeux s'enchâssaient dans un de ces ovales juvéniles presque parfaits. Le nez, petit et légèrement retroussé, lui conférait ce rien d'impertinence provocante qui contrastait avec la sagesse des traits. Les lèvres étaient charnues comme les cerises mûres qui commençaient à faire ployer les branches des arbres dans les jardins. Pierre croisa son regard. Il était si doux et intense qu'il ne put s'en détacher. Tournant la tête, il y resta accroché en continuant d'avancer derrière Graulle au point de ne pas voir la corbeille de mottes devant lui et de manquer de s'étaler dessus.

La jeune ouvrière le regarda tranquillement, d'une candeur si naïve et désarmante. Il se sentit fondre. Pierre, qui avait pourtant déjà croisé le regard des filles au village, rougit soudain jusqu'au bout des oreilles. Sa bouche devint sèche. Une chaleur nouvelle l'inonda, faisant naître une transpiration subite qui lui mouilla le front d'une moiteur tiède. Il se sentit incapable de prononcer un mot et redouta qu'à ce moment elle ne lui adresse la parole. Si Pierre Sagnol avait fréquenté plus longuement l'école, peut-être alors eût-il lu Alain-Fournier et compris ce qu'éprouva Augustin Meaulnes lorsqu'il rencontra le regard d'Yvonne de Galais. Graulle, en se retournant vers lui, marqua un temps d'arrêt avant d'esquisser un sourire complice d'homme. Il attendit qu'ils eussent franchi la porte à double battant de l'atelier pour glisser à voix basse :

– Elle est mignonne, n'est-ce pas ?

Cela acheva de transformer Pierre en une parfaite tomate mûre. Tandis que son guide l'entraînait vers le local suivant en poursuivant ses explications, Pierre se sentait comme sur un nuage. Il avait la tête ailleurs. Il entendait bien les paroles de Graulle mais sans chercher à en comprendre le sens et l'intérêt. Jamais, de sa vie, il n'avait éprouvé un tel trouble. Sa pensée, accaparée par le visage de l'inconnue, tournait en préoccupation unique : savoir son nom et la revoir. Son image l'imprégnait tout entier mais il s'efforça de ne rien en laisser paraître de peur qu'on se moque de son émoi. Le plus dur, pensa-t-il, serait à la maison : ne pas avoir l'air idiot et absent juste au moment où cette embauche bienvenue apportait enfin un peu plus de clarté à la vie familiale. Il savait la perspicacité de Julia à discerner les changements d'humeur des uns et des autres, l'habileté de Louis à poser des questions insidieuses sans avoir l'air de rien. Revenus dans la cour d'entrée, le contremaître lui dit :

– Je vais te donner au père Magne... c'est un bon ouvrier. Même s'il est un peu rude et parfois prompt à des coups de pieds au cul, il t'apprendra les rudiments du métier. Il termine avec l'équipe de midi... Viens ! Je t'y emmène...

Presque aussi haut que large, François Magne que l'on surnommait « Coussou » comme son père et son grand-père, avait la cinquantaine rubiconde des bons vivants, la trogne fleurie et rouge des fines gueules devant l'éternel, celle des habitués des gueuletons de l'équipe de chasse, des piliers de bars et amateurs de bonne chère. Les veinules rougeâtres qui marquaient son visage n'étaient pas nourries au jus d'orange. Les plantureux repas semblaient rassurer son épaisse carcasse. Il y trouvait non seulement de quoi remplir une panse rebondie mais aussi à désaltérer un gosier plutôt en pente. C'était pour lui l'occasion également d'épanouir le talent naturel de ses cordes vocales avides de trilles et de tyroliennes qu'il poussait volontiers pour le plus grand bonheur des convives vers la fin des banquets. Personne ne lui cherchait jamais querelle en ces occasions car il avait les mains aussi larges que les battoirs que les femmes utilisaient au lavoir municipal. Natif de Laroque-d'Olmes, doté d'un accent rocailleux, nul dans le pays n'avait le souvenir de l'avoir connu comme bon nombre d'adolescents, maigre et chétif sous sa couronne de cheveux qui commençaient maintenant à grisonner. Il respirait la bonne humeur, la joie de vivre et les bons coups entre copains.

Graulle lui expliqua l'affaire en deux mots. François Magne hocha la tête puis décrocha à Pierre une claque à lui démolir l'épaule en éclatant d'un rire sonore et franc, signe qu'il acceptait la mission. Il lui montra les gestes élémentaires qu'il attendait de lui sous l'œil de Graulle, attentif à la bonne marche de son personnel, autoritaire et paternaliste, ne cultivant qu'une seule passion, celle de l'entreprise. La silhouette sèche d'oiseau décharné du contremaître contrastait avec la jovialité débordante de l'ouvrier. Magne lui fit répéter plusieurs fois les opérations puis demanda à Graulle :

– Il commence quand ton gars ?

– Demain... le temps qu'on lui fasse les papiers.

– Bon, alors il pourra faire la grasse matinée. Je ne prends qu'avec l'équipe de midi.

– Merci, monsieur, balbutia Pierre dont la minceur ajoutait à sa jeunesse.

– Sois à l'heure ! fit Graulle. L'exactitude, c'est la première qualité de l'ouvrier, la première marque de respect à son patron, à son travail et à celui de ses camarades aussi.

– N'ayez pas peur, monsieur, je serai là à l'heure.

– Allez, petit, fit Graulle, en tirant sa montre de sa poche, si ton père fait partie de la bordée du matin, il va bientôt sortir de chez Ricalens. Va le rejoindre.

François Magne lui serra la main si vigoureusement de ses doigts courts qu'il faillit lui briser les phalanges. Mais en cet instant, Pierre Sagnol ne grimaça pas et n'en sentit même pas la douleur. Une joie profonde et fraîche l'avait envahi. En parcourant le labyrinthe des ateliers pour sortir, il était tout à son bonheur. Il avait désormais du travail. Il ne serait pas, malgré sa jeunesse, un poids mort. Louis, son aîné de deux ans et demi, n'avait pas fini de marmonner. Pierre savait par avance qu'il l'envierait, digérant mal ce que sa position naturelle de primogéniture aurait dû lui conférer, selon les coutumes ancestrales. Mais Pierre avait aussi une autre raison de nager dans le bonheur en quittant ce monde bruissant. La silhouette et le visage de la rentrayeuse aperçue peupleraient ses rêves, alimentant le désir fou de la revoir, de lui parler cette fois. Il ne saurait pas, peut-être, quoi lui dire de prime abord, mais il avait envie qu'elle soit simplement là, à ses côtés, de regarder ses yeux clairs et d'y lire le reflet des choses de la vie.

Pierre arriva, un peu essoufflé, devant les usines Ricalens, les souliers ferrés du dimanche claquant sec sur le pavé de la route quand la sirène se mit à sonner. Il leva la tête, surpris par ce bruit insolite. Il chercha en vain dans le ciel bleu et limpide une fumée annonciatrice d'un incendie, ignorant qu'ici, en milieu urbain, on faisait des essais le premier ou le deuxième mercredi de chaque mois à midi. Le cœur, lui, battait la chamade tant sa course avait été rapide mais il se sentait des ailes ce matin-là. Il avait hâte d'apprendre à Auguste la bonne nouvelle, de partager avec celui qui l'avait guidé sur les chemins de la vie la satisfaction de savoir qu'il faisait l'affaire, qu'ils auraient moins de problèmes pour régler ce loyer mensuel au propriétaire, versement incongru auquel leur condition de métayers depuis plusieurs générations à Bordenave ne les avait pas habitués. Auguste sortait juste de l'entreprise. Pierre l'aperçut de loin, la musette négligemment jetée sur l'épaule, ayant adopté déjà cette mode ouvrière qui, à l'inverse du milieu paysan où ils avaient vécu jusqu'alors, fermait la porte sur le monde du travail et les soucis dès que le porche de l'usine était franchi.

– Alors ? demanda Auguste.

– J'embauche demain midi chez Fonquernie, lança Pierre dans un souffle.

– Bien... C'est une bonne chose, répondit simplement Auguste en soulevant légèrement sa casquette tandis qu'un sourire léger, le premier depuis longtemps, venait éclairer son visage fatigué et mangé par la barbe.

– Père, j'aurai un quart de compté à la fin de la semaine, dit fièrement Pierre, savourant par avance le plaisir de passer au guichet pour recevoir sa première paye...

Auguste lui mit affectueusement la main sur l'épaule. Le Pierrot était maintenant aussi grand que lui. Il devenait un homme et leur départ de la terre avait accéléré la mutation. Auguste en éprouva une satisfaction légitime et fière. Pierre, si différent de tous les Sagnol, était indiscutablement de la race de ceux qui se battent, savent encaisser et garder la tête haute pour trouver leur honneur dans le travail accompli. En remontant à travers les rues de Laroque pour gagner leur nouveau chez-eux, Auguste et Pierre se mélangèrent à la masse des ouvriers de l'équipe du matin et de celle qui montait. L'air était diaphane, chargé des parfums des fleurs et des foins coupés de la campagne toute proche, de ce monde qu'ils avaient désormais perdu. Par la fenêtre entrouverte d'une maison aux volets verts, un phonographe laissait épancher des flonflons au milieu desquels Pierre distingua que « la guinguette avait fermé ses volets ». Une page était définitivement tournée et ce printemps, marqué du sceau du malheur, resterait pour eux celui des prolétaires qu'ils étaient désormais devenus.

## 5

## *Au bonheur du travail*

Les jours suivants, bien qu'il fût tout entier accaparé par ce travail nouveau qui débutait sous la conduite bonasse de Magne, Pierre chercha à retrouver la belle inconnue, entraperçue lors de la visite de l'usine. L'harmonie de son visage ovale, ses yeux verts, son petit nez, tout était resté gravé dans sa mémoire. L'image revenait sans cesse, la nuit comme le jour, dès qu'il fermait les yeux, peuplant ses rêves et ses songes de manière lancinante. Cette pensée l'obsédait au point de paraître absent, le soir, quand Julia posait le faitout de soupe sur la table, préliminaire obligé de tous les repas, en été comme en hiver, chez les familles de paysans d'alors. Cette rêverie nouvelle déclenchait la raillerie de Louis qui le brocardait gentiment, devinant anguille sous roche. Pourtant, Pierre ne lui avait rien dit. Peut-être parce qu'il connaissait trop les dispositions moqueuses de son frère.

Cette jeune fille, à peine une silhouette penchée sur son drap, l'aiguille à la main, Pierre voulait la revoir, l'approcher, lui parler. Peut-être ne saurait-il rien dire, mais il en éprouvait un besoin impérieux qui le taraudait au plus profond de lui-même. Bien sûr, il ne connaissait ni son nom, encore moins son prénom... Il ne savait même pas ses horaires de travail. Aussi, quand l'occasion lui en était donnée, c'est-à-dire aux heures où les ouvriers embauchent ou débauchent, dans le flot des entrants et des sortants, Pierre se débrouillait-il pour traîner vers l'atelier des rentrayeuses. Il lui fallut plusieurs jours et des ruses de Sioux pour en savoir un peu plus. Un ouvrier tisserand, qui faisait équipe de nuit avec Magne, le renseigna un soir d'un air amusé. Sa femme travaillait dans l'atelier. Elle connaissait toutes les filles.

– La fille dont tu parles, elle s'appelle Lagarde.

– Tu en es sûr ?

– Oui, c'est la plus jeune de toutes... elle a à peine seize ans. Elle a débuté comme bobineuse il y deux ou trois ans et puis elle a suivi le cours de rentrayage, trois heures par semaine. Elle a commencé à donner la main en temps de presse. Et depuis janvier dernier, elle travaille, complètement. Elle a remplacé une fille qui est morte en couches...

– T'en sais pas plus ?

– Elle est de Montferrier. Elle vit seule avec sa mère ici. Il y a quelques années, le père les a abandonnées pour monter à Paris suivre une jeunette...

– C'est tout... ?

– Elle te plaît, hein ?

– Et son prénom, c'est quoi ?

– Je crois que c'est Suzanne... Tu veux qu'on te présente, fit l'ouvrier goguenard tandis que Pierre se sentait rougir jusqu'à la pointe des oreilles avant d'articuler :

– Tu diras rien...

L'ouvrier lui promit le silence mais confia à sa femme, le matin même, que sa jeune collègue avait un soupirant, nouvelle qui fit rapidement le tour des filles de l'atelier. Dès lors, le manège de Pierre ne passait plus inaperçu parmi les ouvrières qui étouffaient un petit rire de connivence en le voyant, l'air un peu gauche et emprunté, entrer et sortir de ce local que rien ne l'obligeait à traverser pour rejoindre son atelier à l'autre bout de l'usine. Mais comme il était plutôt beau garçon, pourvu d'une certaine prestance, les commentaires, en aparté, n'étaient pas tous moqueurs. Jour après jour, la belle Suzanne guettait son passage comme la récréation de journées trop longues. Elle levait la tête, esquissait un sourire charmeur, ce qui provoquait chez Pierre un trouble plus grand encore. Son émoi, ses fuites rapides et rougissantes l'amusaient d'autant plus que, renseignements pris de son côté, elle le trouvait bien trop jeune pour elle, quoique grand et différent des autres.

Fin juin, l'été arriva brusquement sans crier gare en pays d'Olmes. Le ciel prit un bleu intense, simplement troublé par quelques cumulus de beau temps. Et le thermomètre, en l'espace de quelques jours, grimpa vers des valeurs estivales. Cet été 1934 était pour les Sagnol le premier passé en ville, loin de ce monde rural familier qui avait constitué jusque-là leur univers paisible et routinier, simplement rythmé au fil des saisons et des jours par les grands travaux de la terre, les coutumes de l'estive et les fêtes religieuses ou païennes. Dans le bourg, la tiédeur des petits matins était plus prononcée. La fraîcheur disparaissait vite pour s'évanouir définitivement dès neuf heures quand le soleil franchissait les chaînons calcaires du Plantaurel en illuminant la vallée. Aux heures chaudes où, à la campagne, l'on mettait les bêtes à l'abri des arbres, en ville, dans les rues de Laroque ou Lavelanet, les promeneurs passaient systématiquement à l'ombre.

Les après-midi étaient de plus en plus torrides, rendant tout effort pénible. Il régnait alors une chaleur étouffante dans les ateliers. Aussi, parmi les employés aux usines, heureux étaient ceux de l'équipe du matin : d'abord, ils avaient l'après-midi pour faire la sieste et piquer un roupillon salvateur mais surtout, bien que les ateliers n'aient pas évacué tout l'air chaud de la veille, le vent qui descendait à l'aube des montagnes était-il plus frais, donnant l'illusion de respirer un peu. Pour les autres, rester auprès des machines ornait les chemises de larges auréoles de transpiration. La sueur nimbait les fronts, rendant les mouchoirs à tordre. Dehors, même les lézards, les « sinsoles » comme on les nomme ici, cherchaient à se protéger des ardeurs du soleil. Pierre remarquait que les arbres, plus encore qu'à la campagne, étaient écrasés d'une chape de plomb. Elle leur faisait baisser les feuilles comme elle faisait tirer les langues et peupler la terrasse des cafés où la limonade de Fontestorbes devenait alors particulièrement prisée.

François Magne ne semblait jamais se départir de sa bonne humeur. Quelle que soit l'heure à laquelle il embauchait, il avait toujours cette jovialité primesautière qui s'accompagnait de grands éclats de rires sonores. Ses petits yeux noirs et vifs pétillaient de malice. Ils semblaient chercher en permanence la bonne blague à faire, celle qui mettrait les rieurs de son côté et ferait se taper sur les cuisses. Si ses colères étaient homériques, pleines de clameurs furibondes, telle une arène romaine accueillant les jeux du cirque, il était dépourvu d'une once de méchanceté. Et « ce bougre de couillon » qu'il lançait souvent à Pierre, faisant trembler les murs de sa voix tonitruante, n'impressionnait que les néophytes. François Magne jouait de sa corpulence sympathique pour cultiver un profil plaisant, ce qui ne l'empêchait pas d'être un ouvrier consciencieux et attentif, apprécié de ses patrons comme de ses camarades auxquels il témoignait une solidarité sans faille.

Graulle l'avait jugé et compris : Pierre Sagnol avait des qualités d'écoute évidentes et témoignait d'une ardente volonté d'apprendre. Son caractère était déjà assez bien trempé. Il avait le regard franc et clair. Plutôt adroit et précis dans ses gestes, rien qu'à sa façon de tenir un objet, il semblait plus mûr que les garçons de son âge, embauchés eux aussi comme apprentis. Le contremaître avait judicieusement estimé que, pour un tel élève, on ne pouvait procéder comme avec les gaffets. On les embauchait, jadis, avant-guerre, parfois à l'âge de dix ou onze ans et on les dressait tant bien que mal à coup de taloches, les formant sur le tas à « tirer la barre » pour les cacher quand l'inspecteur du travail débarquait. À Pierre, il fallait un professeur capable d'en faire un professionnel d'avenir.

Magne était tout à la fois souple et ferme, avec cette autorité naturelle qui sait mélanger pédagogie, rigueur et bienveillance. C'était l'homme qu'il fallait pour apprendre à Pierre Sagnol le B. A. BA. du métier, pour lui donner l'envie d'aller plus loin. Jour après jour, à intervalles réguliers, Graulle passait, observait, l'air de rien, les progrès de Pierre, ses aptitudes naturelles. Un matin de la mi-juillet, un peu avant midi, Graulle vint glisser un mot à Magne juste avant la sortie :

– Dis-moi François, ça a l'air d'aller ton gars ?
– Oui, il travaille bien.
– Il est adroit aussi ?
– Oui mais surtout, il comprend vite.
– J'en doute pas... je l'ai vu te remplacer l'autre matin et il se débrouillait aussi bien qu'un autre.
– Comment t'as vu ça ?
– Oh, je passais, fit Graulle...
– Tu m'espionnais hein ? répliqua Magne en rigolant.
– J'ai d'autres chats à fouetter.
– En tout cas le petit... il est pas fainéant !
– Alors, il mérite d'aller en apprentissage ?
– Si tu me le demandes, je crois que oui.
– Bon, dis-lui qu'il passe au bureau. On lui préparera son livret.

Magne hocha la tête puis lui serra la main. Pierre avait suivi la conversation sans l'entendre, à quelques mètres de là, dans le bruit sourd des machines qui obligeait les hommes à élever la voix et à se parler à l'oreille pour se faire comprendre. Magne attendit que Delsol, qui faisait midi-huit heures, prenne son service et le remplace pour expliquer à Pierre ce que le contremaître lui avait dit. En l'écoutant, Pierre sentit son cœur faire un bond. Cette voie de l'apprentissage, qui s'ouvrait devant lui, signifiait que maintenant il était d'ici. Après ces semaines où les repères de son enfance avaient basculé vers l'inconnu, il était désormais à nouveau de « quelque part ». Il en éprouvait une joie profonde, un bonheur neuf comme un zéphyr tiède au sortir de l'hiver. Si la blessure de Bordenave était toujours là, présente et encore non refermée, cette nouvelle perspective éclaircissait un peu plus leur avenir.

Auguste avait réussi à conserver son poste chez Ricalens et Julia avait, en effet, trouvé un travail au début du mois, comme dévideuse chez un petit filateur. Même Louis, après avoir fait quelques bricoles par-ci par-là, avait finalement été embauché à mi-temps, aux apprêts, comme manœuvre et homme de peine. Certes, il ne gagnait pas beaucoup mais les quelques francs qu'il ramenait contribuaient à régler des dépenses qu'une vie rurale ne les avaient pas habitués à consentir. Le reste de son temps, Louis se louait pour les travaux des champs dans les bordes environnantes, quelques demi-journées par semaine en cette époque où les travaux de la terre exigeaient encore une main-d'œuvre dont la mécanisation modeste ne permettait pas de s'affranchir. Bien sûr, comme tous, il participait à l'hort qui assurait leur subsistance au quotidien. Ainsi, après les catastrophes de mai, ce mois de juillet était porteur des promesses. Pierre avait hâte de partager cette joie nouvelle avec les siens. Sans plus attendre, il se hâta vers la sortie et les bureaux, le cœur battant la chamade d'un bonheur tout frais.

La masse des ouvriers qui sortait par petits groupes le regarda passer avec l'indifférence amusée de regards blasés. Certains crurent qu'à courir ainsi, il avait rendez-vous avec une fille. Il bouscula un grand type, essuya au passage une bordée de jurons, s'excusa vaguement en se retournant pour se précipiter vers le petit bâtiment des services administratifs. Devant la porte grise, il reprit son souffle, essaya de mettre un peu d'ordre dans ses vêtements, de se recomposer une figure calme et sereine. Puis, après avoir bien respiré deux ou trois fois, il poussa le battant. La pièce était presque fraîche en comparaison de l'extérieur. Derrière un bureau ripoliné en vert bouteille, trônait une secrétaire d'âge mûr. Une petite réglette en bois verni indiquait son nom : DENISE GALY. Elle leva la tête en le voyant entrer. Les yeux clairs, elle avait un regard sympathique et le sourire accueillant. Soignée, et d'une mise stricte sans être austère, elle arborait un tailleur bleu clair de bon goût, une coiffure à la mode, ce qui lui donnait l'air distingué d'une dame bien.

– Bonjour. Le contremaître m'a dit de passer... je viens pour le livret, fit Pierre, un peu intimidé en ôtant prestement sa casquette, tout en regardant les lieux de droite et de gauche.

– Le livret ? demanda-t-elle.

– Oui, mon livret d'apprenti...

– Ah oui ! c'est Graulle qui t'envoie ?

– Oui madame, c'est ça.

– Bon alors, comment tu t'appelles, mon petit ? questionna la dame de l'air assuré d'une femme d'expérience.

– Sagnol... Pierre Sagnol.

– Tu es né le ?...
– Le 31 juillet 1920, madame...
– Où ?
– Eh bien, à Bordenave... madame !
– C'est où Bordenave ?
– Au-dessus de Fougax.
– En Ariège, alors.
– Oui.
– Bon, j'ai noté tout ça. Je t'établirai le livret définitivement quand j'aurai toutes les pièces.
– Les pièces ? fit Pierre sans comprendre.
– Oui, il te faut obtenir des papiers, si tu préfères, pour joindre au dossier...
– C'est compliqué ?
– Non, il te faut juste un extrait de naissance et un certificat médical du docteur.
– C'est obligatoire ?
– Eh oui, mon petit ! On ne peut pas t'embaucher sans ça.
– Et où je vais les trouver, ces pièces ?
– Pour l'extrait, c'est à la mairie où tu es né qu'il te faut demander... et le certificat, c'est le docteur qui te le fera.
– Lequel docteur ?
– Tu n'as qu'à aller chez le docteur Bernadac à Lavelanet de ma part. Il me connaît bien. Il est assermenté et il consulte tous les jours de une heure à trois heures. Tu as bien compris ?
– Oui, madame.
– Alors reviens quand tu auras tout ça, conclut-elle avec le large sourire d'une femme sûre d'elle.
– Merci madame, bredouilla Pierre en sortant du bureau à reculons.

Dehors, l'air chaud le rattrapa sitôt la porte ouverte. Mais Pierre n'avait que faire de la chaleur dans sa hâte d'annoncer la bonne nouvelle aux siens. Il courut à perdre haleine, dans Laroque comme s'il avait le diable à ses trousses. Il traversa les rues du bourg, écrasées du soleil de juillet. À un carrefour, un chien, galeux et hargneux, le poursuivit sur quelques centaines de mètres puis abandonna l'espoir de lui planter ses crocs dans les mollets. Il était en nage quand il parvint à la maison. Les volets, demeurés mi-clos, avaient maintenu une certaine fraîcheur dans la cuisine. Auguste était déjà assis à la table en bois patiné par des générations de Sagnol, Julia, au coin du feu, sur la chaise basse. Auguste leva la tête et regarda la grande comtoise qui égrenait l'éternité du temps. Il avait attendu vainement Pierre à la sortie de l'usine comme d'habitude, puis lassé, il avait pris le chemin de ce qu'il ne se décidait pas à appeler l'« oustal » malgré tous les efforts que Julia avait faits pour l'aménager.

– C'est maintenant que tu arrives, laissa-t-il tomber, désignant le cadran blanc où les grandes aiguilles dorées indiquaient une heure passée sur les chiffres romains.

Quand Pierre eut expliqué les raisons de son retard, la mauvaise humeur d'Auguste disparut et un large sourire accentua les rides de son visage. Julia, elle, l'embrassa, en essuyant discrètement une larme sur son tablier noir, puis, elle se hâta de le faire asseoir et de pousser devant lui une de ces assiettes de soupe trempée de pain noir, propre à rassasier l'estomac affamé d'un adolescent poussé en graine. L'assiette, griffée de la multitude des coups de fourchette, exhalait le parfum d'autrefois, celui du temps perdu de Bordenave. En une bouffée de nostalgie, Pierre revit leur ancienne maison et un flot de souvenirs remonta à sa mémoire. Les parfums de l'enfance seraient à jamais son viatique des jours futurs. Ils l'accompagneraient sur les chemins de la vie, à toutes les étapes de sa construction d'homme, comme le ciment indispensable à son existence. Auguste lui versa un verre de vin et lui mit simplement la main sur la sienne. En cet instant, Pierre sentit une joie profonde lui tenir chaud au ventre. Il était content plus pour eux que pour lui. Il se dépêcha d'engloutir sa soupe à grandes cuillerées avant qu'elle refroidisse trop. Déjà, Julia avait repris sa place au coin du feu.

Bien qu'elle soit devenue presque citadine, travaillant désormais dans le textile, elle aussi, Julia avait conservé l'habitude de la campagne, du temps où ils étaient à Bordenave. Elle se levait à l'aube, allumait le feu de bois dans le cantou et faisait le café. Assise sur une chaise basse à la paille usée, près de la cheminée, le moulin coincé entre les jambes dans les plis du tablier, elle actionnait d'un geste ample et vigoureux la grosse manivelle qui faisait crisser les grains écrasés dans l'engrenage de la meule. Quand le petit tiroir de bois du moulin orné de la marque Peugeot Frères était plein, elle mettait alors une casserole en fer étamé à chauffer sur le trépied. La fumée du bois encore humide enveloppait le récipient, peinant à s'élever dans le conduit noir et froid. Pendant que la casserole commençait à chanter, elle disposait les bols sur la table, sortait le pain, le pot de confiture noire, capuchonné de Cellophane. Dès que l'eau faisait entendre sa mélodie fluette, elle versait alors, à petites louches, le liquide bouillant sur la poudre, et il se dégageait un arôme puissant qui parvenait progressivement aux narines de la maisonnée encore couchée, contribuant au réveil d'Auguste et des garçons. Pierre traînait toujours un peu alors que Louis, matinal par nature, était plus prompt à sauter du lit. L'électricité, ce luxe urbain par rapport à la lampe à pétrole de Bordenave, éclairait le petit déjeuner familial de toute la puissance d'une ampoule blafarde de vingt-cinq watts. Pour l'eau, il fallait toujours aller dehors, mais à la fontaine désormais, ce qui était mieux que la source, censée être potable et donnant moins de ces coliques ravageuses qui les accablaient périodiquement.

Leur logis était modeste mais ils étaient heureux d'avoir un toit. Une grande cuisine aux poutres de bois noirci des feux de bois qu'on allume et qui s'éteignent, deux petites chambres sans cheminée à l'étage et, au fond du couloir, un escalier raide qui conduisait à un grenier immense où ils avaient pu entasser leurs hardes et la multitude d'objets dont ils n'avaient pas voulu se séparer en quittant leur terre ancestrale. Attenant à la maison, s'étendait derrière, à contre-terrain, le petit jardin avec, au fond, les cagibis abritant poulaillers et clapiers, bâtis de bric et de broc, souvent avec des matériaux de récupération glanés dans les emballages des usines. En face, de l'autre côté du chemin en terre battue, un bout d'étable au mauvais toit, chichement concédé par le propriétaire, servait de refuge à Coquette. Auguste y avait aménagé sommairement une petite cloison en bois pour délimiter la bauge du cochon tout rose. Vue de l'extérieur, la maison ne payait pas de mine. Le crépi s'effritait par larges plaques autour des chambranles des portes et fenêtres, usure du temps, mal dissimulée par les feuilles de la treille suspendue à un espalier de fils de fer qui ornait l'entrée et courait sur la façade. Le bleuté vaporeux des pulvérisations successives de bouillie bordelaise palliait l'absence de peinture. Mais ni les uns ni les autres ne prêtaient attention à ce genre de détails, trop heureux de n'être pas à la rue, d'avoir du travail et un salaire, de quoi remplir chaque jour son assiette. La joie spontanée, fraîche et naturelle des gens simples les habitait après le choc des épreuves vécues.

Pour Julia plus que pour Auguste, cette vie nouvelle était un vrai bouleversement. Elle qui était née tout comme lui à la terre, mais dans les conditions des femmes de la fin du dix neuvième siècle, soumises et corvéables, elle découvrait au quotidien, l'existence moderne de la vie des ouvrières d'usine qui n'avait cependant rien à envier à celle qu'elle avait laissée derrière elle en quittant Bordenave. Là-haut, comme dans la borde de ses parents dès son plus jeune âge, elle avait dû bêcher, planter, faner, moissonner, garder jour après jour les bêtes, par tous les temps. Ici, l'hort était plus petit, mais on dépensait plus de sueur encore pour lui faire produire le simple nécessaire. Sur le bout de pré, loué à prix d'or à un voisin grincheux pour faire paître Coquette, elle allait ramasser, après sa journée de travail à l'usine, les reins brisés, ces « coutènes » dont elle nourrissait les lapins et qui leur servaient certains soirs de salade pour eux-mêmes quand le pissenlit se faisait rare et que la laitue ou la scarole n'avait pas encore atteint une taille suffisante.

C'est elle qui encore, à la nuit presque tombée, prenait le « bigoucet », cette petite houe à deux dents, pour sarcler les semis de haricots juste levés, ces « monges » qui constituaient, une fois secs et écossés, une des bases de leur alimentation de l'hiver avec les pommes de terre, le jambon et le lard. Ce qui avait changé pour Julia, c'est qu'elle était désormais assujettie huit heures par jour à une machine bruyante qui exigeait toute son attention et son habileté quand un fil venait à se rompre. Mais en rentrant, elle avait toujours autant de travail pour tenir sa maison, pourvoir aux repas, au linge et au ménage, veiller à l'entretien de son mari et des enfants.

Désormais elle n'allait plus laver au ruisseau sur la grande pierre plate où s'étaient échinées des générations de mères et de filles à Bordenave. Ici, un lavoir tout neuf que la municipalité venait de faire construire était à la disposition de toutes. Mais si l'eau y était tout aussi glacée, on avait les bavardages et les cancans en prime. Et toutes les semaines, le samedi matin vers les dix heures, Julia prenait le chemin de ce lavoir, ses bassines en zinc remplies du petit linge de corps de chacun, posées sur la brouette à claire-voie. Le lavoir avait l'avantage d'être couvert et d'éviter aux femmes d'être à genoux, d'avoir le dos cassé par le maniement du battoir, cette planche en bois épaisse que lance et relance le bras sur le plan de travail en ciment, incliné vers le bassin. Les draps, en toile assez grossière pour être quasi inusables, étaient rarement changés. Deux à trois fois l'an avait lieu la grande lessive. C'était alors toute une affaire. Elle mobilisait même Auguste et les garçons.

Les draps, les serviettes, les torchons et tout le linge plat étaient d'abord trempés dans les grands bassins du lavoir, savonnés et battus à grands coups sonores pour être ramenés à la maison encore tout humides et vaporeux de la mousse du savon de Marseille. Après ce prélavage, Julia entassait tout dans le « cémal », une grande lessiveuse en fer, tronconique, d'un mètre de diamètre posée dehors sur un trépied. Elle recouvrait le linge d'une grosse toile écrue pliée en plusieurs épaisseurs et versait dessus une bonne couche de cendres. Elle utilisait toujours de la cendre de bois blanc, jamais celle des résineux qui peuplaient la forêt de Bélesta. Déjà, dans l'âtre, un grand chaudron d'eau chaude achevait de bouillir. Quand il commençait de chanter en un frémissement musical, Julia, avec une casserole en cuivre à long manche, puisait de l'eau bouillante et la répandait sur la cendre d'où s'élevait une fumée blanche. On recueillait le liquide, le « lessif », par un petit robinet situé en dessous de la cuve. Une lessive durait ainsi tout l'après-midi. Le lendemain, le dimanche, Julia portait les corbeilles de linge au lavoir, elle le rinçait soigneusement dans l'eau claire et glacée qui pissait de la courte buse. Puis, avec Pierre ou Louis, on tordait le linge, chacun en sens inverse pour chasser l'eau avant de l'étaler sur le pré voisin où le soleil, mélangé au parfum de l'herbe, donnait une odeur d'air pur qui embaumait durablement l'armoire aux draps bien pliés.

À la maison, ni les uns ni les autres ne l'entendaient se plaindre. Mieux, elle savait d'un mot, d'une gâterie, chasser la morosité ambiante, apaiser les humeurs et les coups de colère, rendre le sourire. Toujours d'humeur égale, Julia incarnait la permanence et la continuité. Elle était le réconfort des mauvais jours, ceux de peine et de lassitude, ceux d'orage et d'angoisse. Elle était l'histoire matricielle, la mémoire des hommes, le point nodal, la réponse aux questions... elle était le berceau, la coque, le foyer, le feu, la soupe. Elle était la vie... Elle était Bordenave ressuscitée et l'innocence retrouvée. Elle était la mère, tendre et aimante, irremplaçable principe premier de la cohésion, source éternelle et nourricière, l'âme vivante des Sagnol. C'est à elle que tous donnaient leur paye, tous les quinze jours, quand on leur faisait la « comptée ». C'est elle qui alors enfermait l'argent dans la boite à biscuits, la cachait entre les draps de l'armoire, près d'un bouquet de lavande acheté au colporteur, après avoir inscrit le montant sur un petit carnet vert cartonné. Personne, même pas Auguste, ne se serait permis d'aller voir ce qui intéressait les dépenses domestiques de la maisonnée. C'était là son domaine comme Auguste avait le sien. Elle-même n'était jamais intervenue pour l'achat de bêtes ou de semences quand ils étaient métayers.

Pour tous, l'usine était désormais l'horizon quotidien. Seul le travail au jardin, à l'hort, rompait la monotonie. Ainsi, jour après jour, Pierre s'instruisait, tant par le geste observé chez son mentor et reproduit des dizaines de fois jusqu'à ce qu'il ait la même efficacité que par les questions posées à Magne qui ne rechignait pas au dialogue. « Coussou » s'était peu à peu pris d'affection pour ce petit qui le dépassait d'une tête et qu'il trouvait presque maigre par rapport à lui. Il aimait sa droiture, sa volonté, son sens des responsabilités. Le petit était attentif, il avait les mains fines et les doigts habiles. On pouvait lui faire confiance. Magne n'était jamais avare de commentaires sur le travail. Il s'efforçait de satisfaire la curiosité de son poulain, sachant que l'intérêt est le meilleur ressort de la motivation et du travail bien fait. C'était facile : Pierre voulait tout savoir, tout comprendre pour s'améliorer, progresser encore... Il savait bien que le textile était son avenir et qu'il ne reviendrait jamais à la terre. À être déraciné, autant repartir du bon pied. Parfois, fatigué, en fin de journée, Magne, de guerre lasse, lui disait :

– Mais enfin, pourquoi tu poses toutes ces questions ?

– Pour être le meilleur... Pour pouvoir un jour m'installer à mon compte...

– Tu as bien le temps ! Moi, j'y pensais pas à ton âge. C'est peut-être pour ça que je suis resté ouvrier.

– C'était pas pareil de ton temps ?

– Oh, tu sais, le métier a bien changé depuis ma première embauche !

– Comment ça ? demanda Pierre.

– C'est beaucoup moins dur...

– Vraiment ?

– Toi, tu peux pas faire de différence c'est sûr. Il n'y a pas assez longtemps que tu es dedans. Tu l'as toujours connu comme ça ! Quand j'étais jeune c'était pas pareil.

– Depuis quand il y a du textile ici ?

– Ici, vois-tu, on a toujours filé et tissé. C'est une industrie ancienne. On m'a même dit que du temps des Romains, il paraît que les métiers tournaient et que la région était active... Oh remarque, comme souvent dans les campagnes d'alors sans doute. Tu connais le système : comme on n'avait pas beaucoup d'argent, fallait se débrouiller avec ce qu'on avait ! Alors, les paysannes filaient la laine de leurs moutons et le chanvre au coin du feu. La quenouille et puis les rouets étaient dans chaque maison. Et dans les villages, tu sais, il y avait toujours quelques métiers pour tisser ce dont on avait besoin, les draps, les pantalons, les chemises. C'était de l'artisanat. Les gars n'avaient pas beaucoup de formation... mais, à la mauvaise saison, ça occupait un peu les gens en leur faisant gagner quatre sous que le roi et le seigneur leur prenaient bien vite sous forme d'impôts ou de redevances !

– Il y a plus de roi, mais ça n'a pas beaucoup changé depuis.

– C'est bien vrai. Le pays a commencé à se développer juste avant la Révolution, avec quelques familles qui travaillaient en relation avec des fabricants de Chalabre... À l'époque, les anciens m'ont dit que c'était des métiers en bois qui marchaient à bras. La région était si pauvre ! Les premiers métiers mécaniques sont apparus au milieu du siècle dernier avec les machines à vapeur. Tout le monde s'y est mis. Et dans les familles, les enfants dès l'âge de six-sept ans étaient à l'ouvrage parfois douze heures par jour ! Moi, quand j'ai commencé bien avant la guerre de 14, je faisais dix heures !

– Et vous travailliez quoi ? la laine ?

– Oui, on faisait du cardé par tradition.

– C'est toujours vrai ?

– Oh, le peigné a gagné du terrain depuis la guerre.

– C'est pas fini sûrement... moi je crois que c'est l'avenir !

– En tout cas, ici, comme dans le Nord, c'est au dix-neuvième que ça s'est industrialisé. Faut dire que la main-d'œuvre avait l'habitude du travail. C'était plus facile qu'ailleurs peut-être. Ce qui a changé, c'est que simplement, avec la mécanisation, on a abandonné l'utilisation des laines du pays. Comme les transports se modernisaient, on a commencé à en faire venir de l'étranger et les usines ont peu à peu remplacé les petits ateliers et les artisans sont devenus ouvriers. Oh ! pas tous bien sûr ! Il est resté pas mal de façonniers qui travaillaient en sous-traitance pour les patrons.

– C'était commode pour eux ?

– Oui, c'était souple... pour répondre à la demande.

Autant Pierre était avide de savoir, autant Louis se contentait à l'usine de faire ce qu'on lui demandait sans chercher midi à quatorze heures. Jour après jour, d'un naturel plus taciturne, il traînait sans zèle excessif sa silhouette trapue dans l'atmosphère chaude et moite de l'atelier des apprêts, à jamais nostalgique de Bordenave. Il ne se plaignait pas, ne parlait jamais du temps d'avant, mais on voyait bien à son regard que ses pensées étaient là-bas, quelque part dans les gorges de la Frau, suspendues à un maudit matin de mai. Le modeste salaire qu'il percevait le motivait peu et Louis préférait garder ses forces pour se louer, au coup par coup, chez les paysans des environs, l'après-midi ou le matin, retrouvant ainsi les bonnes joies et les bonnes peines du travail des champs.

Avec la fin juillet, le temps des moissons était, en effet, arrivé. Dès l'aube, le pays fourmillait d'activité, guettant fébrilement l'arrivée des batteuses qui allaient de ferme en ferme. Plus tard l'après-midi, sous le soleil implacable, les routes et les chemins, bien souvent étroits et, par endroits simplement empierrés, s'encombraient de charrettes tirées par des attelages de bœufs puissants et débonnaires qui rentraient la paille dans des granges surchauffées. Louis était toujours prêt à donner un coup de main. La dernière bouchée du déjeuner avalée, il partait en courant comme le gamin qu'il avait été quand il dénichait les pies au lance-pierre sur les bords de l'Hers. Il lui importait peu alors, à la nuit tombée, d'avoir le dos moulu par les nombreuses charrettes de paille qu'il avait dû monter, en vrac, juché sur une échelle précaire, dans le fenil, à la pointe de la fourche.

Sa demi-journée terminée, il se redressait, épongeait simplement son front d'un grossier mouchoir à carreaux pour en chasser la sueur et la poussière qui s'accumulaient dans ses juvéniles rides d'expression. Alors, il rentrait à la maison, le cœur léger, le visage serein malgré la fatigue qui lui cernait les yeux, fier des quelques pièces qui tintaient au fond de sa poche. En arrivant, sans dire un mot, il les tendait à sa mère et elles allaient rejoindre leur trésor. Puis, il s'asseyait à la grande table, attendant que Julia pousse devant lui une de ces assiettes de soupe si épaisse que la cuillère tenait dedans. Il l'avalait méthodiquement, en commençant par les bords parce que c'était moins chaud et qu'il avait toujours craint la chaleur. Louis, déraciné et orphelin de sa terre, était de la race des laborieux. Il pensait à accumuler, à économiser sous après sous, non pas dans une avarice stérile, mais un patient effort quotidien tendu vers une pensée unique : racheter une terre pour s'y établir et renouer ainsi les fils rompus par un propriétaire inhumain. Cela l'obsédait dans son for intérieur, mais il se gardait bien d'en souffler mot à quiconque. Même à Pierre, il n'aurait avoué ce désir secret.

Aussi, bien qu'il allât sur ses dix-sept ans, les filles n'étaient pas sa préoccupation première. Certes, il les regardait avec intérêt, mais sa convoitise était étouffée par la crainte de se voir traiter de balourd, de passer pour un rustre. Il redoutait leurs fous rires malicieux et chantants, leurs regards appuyés, leurs plaisanteries de jeunes femmes délurées, rendues moins timides depuis la guerre par le poids du nombre en ce monde ouvrier. Depuis qu'ils habitaient presque en ville, les occasions de rencontres s'étaient multipliées par rapport à l'isolement relatif de Bordenave, mais, de lui-même peu hardi, il n'avait su en exploiter aucune et se distinguait de ceux de son âge, plus audacieux en ce domaine.

Les dimanches d'été, quand il faisait trop chaud pour travailler la terre inondée de ce soleil qui poussait naturellement les hommes et les bêtes vers l'ombre, tandis qu'Auguste faisait la sieste et que Julia raccommodait patiemment la trame d'un torchon usé, Pierre et Louis s'échappaient vers le Touyre tout proche. À travers les prés, faisant fi des clôtures bâties par un savant tricotage de branches de noisetiers, ils gagnaient le torrent tout juste assagi par la pente adoucie. Les aulnes et les noisetiers ombrageaient ses rives, constituant une voûte verdoyante et rassurante. Sitôt la berge atteinte, ils posaient leurs espadrilles à l'abri d'un tronc, ôtaient leur chemise et, le bas du pantalon bien retroussé sur les cuisses, ils rentraient dans l'eau avec des précautions de Sioux sur le sentier de la guerre. Pour attraper les truites qui survivaient malgré les rejets des teintureries, il fallait être discret et éviter le moindre clapotis. Ces belles dames mouchetées étaient farouches et méfiantes. Aussi la moindre remue d'un caillou suffisait à les faire fuir pour gagner l'abri d'une racine, entre deux roches grises, là où elles ne risquaient rien. La main fureteuse des deux garçons progressait, lentement, évitant les obstacles naturels pour se faufiler comme une tête chercheuse entre les pierres polies par l'écoulement millénaire. Le pouce et l'index déployés, telle une pince, ils exploraient la moindre anfractuosité jusqu'à ce qu'un appel jaillisse à voix basse :

– Je la tiens, disait l'un.

– Belle ? demandait l'autre.

– Oui... c'est une « fario »...

– Sors-la !

Alors, dans un brusque battement de queue qui faisait

jaillir une petite gerbe d'eau, on voyait surgir des eaux claires du Touyre un fuseau noir à ventre argenté, saisi par deux doigts enfoncés dans les ouïes rouges. La truite se débattait soudain furieusement pour échapper à l'étreinte mortelle. Elle se tortillait en tous sens, donnant de vigoureux coups de queue désordonnés. Le combat était bref, se terminant par la mise à mort rapide, le pouce de l'autre main enfoncé sur le haut du crâne pour écraser les centres nerveux. Devenue souple, la truite allait bientôt rejoindre ses consœurs, suspendues à un brin d'osier qu'ils portaient autour du cou, comme des colliers baroques.

– La garce, elle a failli glisser, expliquait Louis en essuyant le mucus qui lui nappait la main d'une pellicule glissante.

À demi nus, le visage rouge et congestionné, ils ressemblaient alors à ces indigènes d'Afrique arborant à loisir leurs amulettes magiques telles qu'ils les avaient découvertes récemment dans les documentaires que le cinéma du Casino passait en première partie de programme. Bien sûr, pêcher ainsi était interdit et le garde veillait au grain, surtout en ces jours de repos et d'oisiveté, naturellement propices au braconnage pour nombre de travailleurs. Mais, outre le plaisir évident de braver les représentants de la loi en pêchant sans avoir le timbre, le jeu permettait le soir, en famille, de faire un repas d'autant plus délicieux que les prises étaient illicites.

Attraper une dizaine de truites prenait juste une heure ou deux et occupait utilement l'après-midi. À cet exercice, Pierre et surtout Louis étaient les plus habiles des garçons du bourg. Parfois l'orage brutal les surprenait et ils se hâtaient de sortir de l'eau, connaissant les dangers de la foudre. Leur besogne accomplie, ils enfilaient simplement leur chemise sur leurs torses nus pour camoufler leur forfait. Ils revenaient alors vers la maison à grandes enjambées, peu désireux de croiser un voisin dont le regard curieux serait attiré par les frémissements de quelques coups de queues spasmodiques. Ils étaient fiers de leurs prises, peu enclins à la peur du gendarme ni à un sentiment de culpabilité. Malgré leur âge, ils avaient conservé intactes ces joies de leur enfance : ils se sentaient toujours des héros en regagnant la maison, oubliant d'évoluer, ici, maintenant dans un monde plus codifié que celui de Bordenave.

– On en a eu sept, lançait Pierre en apercevant Auguste plié en deux, en train de sarcler les haricots verts qui déployaient leurs feuilles tendres.

– Ça tombe bien, répondait Julia, je n'avais rien de prêt pour ce soir, pose-les sur l'évier. Je finis de pincer les tomates et je vais les préparer.

– Montre, faisait Auguste, tandis que Pierre exhibait son collier de fuseaux argentés.

– Il y en a pas mal, tu sais, père, disait Louis. J'ai bien envie de préparer une corde pour en prendre plus régulièrement. Je pourrais les vendre à l'auberge. Ça nous ferait un peu plus, ajoutait-il en pensant à la cagnotte de l'armoire à linge.

– Tu te ferais attraper pour de bon, c'est sûr, répliquait Auguste, peu désireux de voir son fils se lancer dans une braconne régulière.

– En tout cas, ça nous arrangera bien ce soir, tempérait Julia en s'essuyant les mains sur son tablier noir.

Après avoir ligaturé de raphia le dernier pied de tomate Saint-Pierre et éliminé d'un coup de pouce les gourmands qui naissaient à l'intersection des rameaux, elle rentra dans la cuisine. Il faisait presque frais en comparaison de la chaleur de l'extérieur. Elle jeta un œil à la comtoise, il était déjà six heures. Chez les Sagnol, on mangeait tôt en hiver par cette tradition paysanne qui voulait que l'on suivît le soleil et tard en été pour mieux travailler dans les champs. Depuis qu'ils étaient à Laroque il avait fallu s'adapter à un autre rythme, celui des machines. Désormais ils mangeaient plus tôt même en été puisque les équipes de nuit commençaient à huit heures du soir. Aussi, les autres jours, avaient-ils continué ainsi, ce qui leur laissait des soirées plus longues, occupées au jardin le plus souvent. Julia se lava les mains, passant la brosse en chiendent sur ses doigts pour enlever la couleur vert-jaune que les tomates y avaient laissée. Elle cura ses ongles noirs et rainurés de travailleuse avec la pointe d'un Pradel qui traînait.

Elle se sécha les mains sur un torchon usagé, pendu au coin de l'évier. Il faisait partie de cette série qu'elle avait confectionnée l'hiver dernier dans de vieux draps si usés que la trame était transparente. Puis, elle sortit un faitout de soupe du garde-manger et le posa sur le fourneau à pétrole qu'une voisine charitable lui avait prêté depuis quinze jours, ce qui évitait désormais d'allumer la cuisinière en été. Pierre avait posé les truites dans un plat rond, tout couturé des coups de couteaux, sur la paillasse de l'évier. Julia se saisit d'une paire de ciseaux dans le tiroir du buffet et, tenant les poissons de la main gauche, incisa de deux petites entailles les ventres argentées. D'une pression des doigts, elle chassa les vessies natatoires puis fit couler un filet d'eau dans les incisions effectuées jusqu'à ce que l'eau perde toute trace de sang et coule clair. Au fur et à mesure, elle alignait les poissons, bien rangés, tête-bêche, sur une moitié de linge blanc pour les laisser s'égoutter avant de les sécher en repliant l'autre moitié. Elle avait presque terminé quand Auguste rentra. Le dimanche, sans autre préoccupation que le jardin à faire, il retrouvait son pas lent de paysan, cette démarche mesurée qui appartenait à ceux qui vivent au rythme de la nature.

– Passez à table, fit Julia. Vous savez bien que ça n'attend pas !

– Sers-nous la soupe alors... inutile de la faire chauffer davantage. Le lampant coûte assez cher comme ça, fit Auguste en désignant le faitout frémissant sur le réchaud de cuivre jaune.

– Je le sais bien... c'est moi qui tiens les comptes ! D'ailleurs, tu pourras en porter demain, répliqua Julia.

Auguste grogna vaguement en finissant sa soupe. Il pensa que demain il devait reprendre le travail avec la bordée de midi. C'était celle qu'il aimait le moins parce qu'elle le laissait sortir tard le soir. Elle ne lui permettait pas une réelle autre activité car la simple matinée était bien courte pour démarrer un travail suivi, même en se levant de bonne heure comme il avait coutume de faire. Auguste préférait embaucher à l'aube et sortir vers midi, se reposer une heure et partir, la bêche sur l'épaule vers l'hort qui, en quelques semaines, avait pris, à force de sueur versée, le visage d'un petit bijou avec ses allées tracées au cordeau, ses plates-bandes dont rien ne venait déranger l'ordonnancement. Bien que semés ou plantés tardivement, les choux, carottes, navets ou poireaux auguraient de belles récoltes grâce au fumier de Coquette. Les uns et les autres s'y escrimaient assez à longueur de jour et de soir, depuis leur arrivée, tant par nécessité ménagère que par orgueil de paysan attentif aux remarques désobligeantes que les voisins n'auraient pas tardé à formuler.

Auguste regarda le calendrier perpétuel qui trônait sur la cheminée. Demain c'était le lundi 20 août 1934. Cela faisait donc un peu plus de deux mois qu'ils avaient quitté Bordenave. La terre lui manquait, mais il s'efforçait de ne rien en laisser paraître aux siens. Sa pudeur paysanne le poussait naturellement au silence. Pour lui aussi, partir avait été un arrachement inguérissable. Il en était ainsi des blessures secrètes, jamais refermées. Par fierté, par dignité, il n'avait pas envie de montrer qu'il cultivait des regrets. Pas question de s'attendrir, d'avouer ses faiblesses. À l'occasion, il suivait Louis, l'après-midi, dans les bordes aux environs de Laroque pour gagner quelques sous, modeste viatique qui compensait mal les pommes de terre laissées en place à Bordenave. Elles devaient être belles maintenant, pensait-il parfois, la rage au cœur. Par le bouche à oreille, en questionnant les « pays », Auguste savait que Trocard, son ancien propriétaire, n'avait pas encore trouvé de fermier pour occuper la propriété. Auguste n'en était pas mécontent au fond de lui-même. Le pharmacien avait ainsi perdu de l'argent en les chassant. Mais pas question de monter là-haut. Il regrettait simplement de ne pouvoir récolter ce qu'il considérait comme son bien légitime.

Dans un grésillement d'huile chaude, Julia avait posé la poêle sur la table. Attrapées quelques heures auparavant, les queues des truites se dressaient fièrement dans un panache odorant. Leur œil mort, rond et sombre, les fixait. Les poissons avaient une peau croustillante et dorée à souhait, offrant çà et là quelques traces plus noires, reliquat d'un coup de flamme. C'était là ce que Pierre préférait. Ce goût de brûlé, parfum sauvage venu de l'aube du temps où les hommes devaient chasser et pêcher pour vivre, lui enchantait les papilles plus que tout autre mets. Comme d'habitude, depuis qu'elle était ici, Julia leur avait garni le ventre d'un peu de thym, histoire de leur donner un peu plus de saveur et de chasser le parfum de la rivière qui prenait parfois les couleurs de l'arc-en-ciel sous les rejets des teintureries. Leur chair, blanche et délicate, se découpait en des filets tendres et goûteux qui encadraient une arête à peine rosée. Auguste alternait méthodiquement les bouchées de poisson et de pain, mastiquant avec un plaisir évident les fruits d'une après-midi de braconnage.

Ces journées étaient des parenthèses dans la monotonie laborieuse des semaines et des jours. Plus que leur cadre de vie et le travail, c'était le temps qui avait changé ici. Désormais, rivés à leurs machines, ils avaient perdu la liberté d'être leur seul maître, sentiment confus qu'ils dépassaient par le désir de s'en sortir. Demain, il faudrait recommencer, toujours et encore, parce que, selon la tradition ouvrière, un jour sans travail était un jour sans pain. Mais ni les uns ni les autres n'étaient des contestataires de l'ordre établi. Les discussions du Café du Commerce n'avaient pas leur place autour de la table familiale. Même si Auguste ne ratait jamais un scrutin électoral, chez les Sagnol, on ne parlait jamais politique. Julia aurait été bien en peine de dire pour qui Auguste se prononçait. On évoquait simplement les prix, pour constater qu'ils allaient dans le mauvais sens, trop chers quand on achetait et trop bas quand on vendait.

Au reste, Auguste, Julia, Louis et Pierre suivaient peu l'actualité. Tant qu'ils habitaient là-haut, à Bordenave, dans leur ferme du bout du monde, elle leur était parvenue assourdie, déformée par les opinions des uns et des autres, mêlée des ragots du café. Depuis, ils n'avaient pas changé leurs habitudes : ils n'achetaient que rarement le grand journal radical du pays, *La Dépêche*, et se contentaient de lire les titres de la presse nationale à la devanture du kiosque à journaux. Ils feuilletaient parfois le quotidien chez un commerçant, en faisant la queue, s'attardant sur les avis de décès ou sur les pages sportives, rubriques que les deux garçons avaient découvertes dans leur vie nouvelle. De temps à autre, un camarade d'usine, syndiqué à la CGTU, passait à Auguste *L'Humanité*, histoire de lui faire partager ses idées. Dans la partie « magazine » et « vie sociale de la famille ouvrière », Julia découpait soigneusement les recettes de cuisine, des trucs de bonnes femmes qui pouvaient toujours servir, méli-mélo pittoresque de bonnes prescriptions et de remèdes de cheval.

Certes, la nouvelle de l'émeute du 6 février 1934 leur était parvenue quand ils habitaient Bordenave, mais très lointaine. Quant à la mobilisation des intellectuels antifascistes qui avait suivi ou le changement de stratégie du parti communiste en juin, sous l'influence de Staline, ils en ignoraient totalement l'existence. L'idéologie ne les avait pas imprégnés et les concepts politiques du temps restaient flous pour eux, même s'ils y étaient désormais plus sensibles du fait de leur vie citadine. Les syndicats distribuaient bien quelques tracts, vite enfouis dans les musettes mais leurs préoccupations majeures étaient ailleurs en ce début d'été. L'argent gagné « comptée » après « comptée » pour Louis, les cours après le travail pour Pierre, la perspective de s'en sortir enfin pour Auguste et Julia, voilà qui suffisait à combler leur horizon et leurs bonheurs respectifs. Ils n'en demandaient pas plus à la vie, heureux d'avoir, après le drame du printemps, un toit sur la tête, un travail et un bout de jardin pour faire pousser quelques légumes. Les projets des uns et des autres passaient simplement par là et quiconque les entreprenait sur autre chose se heurtait à un silence poli parfois accompagné d'un haussement d'épaules.

# 6

## *Le temps des illusions*

Jour après jour, semaine après semaine, la vie des Sagnol avait pris le goût de cette répétitivité ouvrière qui ne connaît jamais de vacances ou de congé. Mais aucun ne s'en plaignait, effectuant sa besogne sans rechigner. Auguste, chez Ricalens, maniait les grandes cuves des pièces fraîchement foulées dans l'atmosphère chaude et humide des apprêts. Julia dévidait à longueur de journée le fil des fuseaux pour en faire des canettes qui servaient à établir la trame sur les métiers à tisser. Louis prêtait la force de ses dix-sept ans à toutes les tâches qu'on voulait bien lui confier. Pierre était sûrement le plus chanceux : à la rentrée d'octobre 1934, il avait commencé à suivre l'enseignement de ces cours techniques textiles que la mairie, dirigée par le docteur Bernadac, celui-là même qui lui avait établi son certificat médical, encourageait pour améliorer autant l'industrie textile que la vie des ouvriers.

Ainsi, deux fois par semaine, le soir, après sa journée de travail chez Fonquernie, Pierre reprenait le chemin d'une école que sa jeunesse paysanne ne lui avait pas permis de fréquenter assez longtemps. Il avait retrouvé, avec un peu d'appréhension au début mais très vite beaucoup de plaisir, les charmes de la communale : l'odeur de la craie, de l'encre violette, le bois dur et inconfortable des bancs, le couinement lugubre des pupitres quand on en rabat le dessus... Mais tous, élèves en retard, au seuil de l'âge adulte, ne se perdaient plus désormais dans les profondeurs du tableau noir, en de champêtres rêveries. Ils étaient là, au numéro 8 de la rue Saint-Jean, dans les locaux de l'ancienne mairie de Lavelanet, dans le crépuscule d'une belle journée d'automne, une quinzaine de jeunes gens, venus à pied ou à bicyclette, oubliant leur fatigue pour apprendre et se perfectionner, sous la férule de professeurs confirmés dans ce métier qui était l'horizon de leurs jours.

La première leçon avait commencé le mercredi 10 octobre et s'intitulait : « Les qualités principales du tisserand. » Renouant avec cette plume Sergent-Major longtemps oubliée, Pierre avait, sur un cahier à grands carreaux, écrit les premières lignes de cet apprentissage que la chance lui offrait comme porte de sortie. Il devait longtemps se souvenir de ces premiers mots : « Le métier de tisserand est un des plus longs et délicats à apprendre de l'industrie textile... parce que les machines qu'on lui confie sont délicates, portées à la brisure et à la casse si mal entretenues... Si par sa faute, incapacité ou mauvaise volonté, un défaut est reproduit dans le drap, c'est une dégradation qui reste et une perte de valeur pour la pièce et le patron... La qualité principale du tisserand est l'attention... » Et pour qu'il ne rate pas une heure de ces précieux cours, Magne avait même accepté de lui prêter son vélo, un Peugeot flambant neuf dont il n'était pas peu fier.

À force de passer dans l'atelier des rentrayeuses pour entrer ou sortir sans raison valable, faisant ainsi lever la tête des ouvrières et notamment celle de la belle Suzanne, provoquant de petits rires entrecoupés de chuchotements qui perturbaient la quiétude laborieuse et active des filles, Pierre s'attira l'intervention aigre-douce mais musclée de la boulotte contremaîtresse qui cornaquait le troupeau des petites mains. Assurément, elle devait le guetter car elle fondit sur lui dès qu'il entra, l'attrapant fermement par le bras pour lui dire d'une voix rude et autoritaire qui n'admettait pas de protestation, ses yeux bien plantés dans les siens :

– Tu as perdu quelque chose ?

– Non madame...

– Mademoiselle s'il te plaît !

– Non, mademoiselle...

– Alors, rejoins ton poste... t'as rien à faire ici.

– Je fais que passer, murmura-t-il.

– Ça dérange, compris !

Pierre rougit et battit prudemment en retraite, honteux de s'être fait réprimander devant toutes ces filles. Il n'avait su quoi dire et gardait dans ses oreilles le gloussement moqueur des rentrayeuses. Les mains encore tremblantes, il se sentait vexé, presque humilié d'avoir été traité comme un gamin que l'on chasse, comme un importun que l'on congédie sans ménagement. Il devait avoir un air bizarre en rejoignant son métier car Magne fronça un sourcil et, sans quitter la main de la barre, lui demanda en criant pour se faire entendre dans le claquement des lames qui s'entrecroisaient :

– Ça va petit ?

Il était difficile de résister à la bonne humeur contagieuse de Magne. Il avait depuis longtemps repéré le manège de son élève et affecté de ne rien en laisser paraître. Mais, là, le voyant malheureux, avec ce regard de chien battu, il se sentit le devoir d'intervenir. Il n'avait pas qu'un métier à lui apprendre, que des gestes techniques à lui faire acquérir. Faire de lui un bon ouvrier, c'était aussi savoir lui dispenser un accompagnement moral et humain qui le transformerait en un homme digne, pouvant regarder bien en face n'importe quel patron ou contremaître quand quelque chose n'allait pas. Ralentissant le métier pour mieux se faire entendre sans élever le ton et ameuter les autres tisserands, Magne, de sa voix chaleureuse, habituellement tonitruante, mais qui pouvait être douce parfois, le confessa avant de lui expliquer :

– Faut comprendre, Pierrot. Si tous les gars font pareil, Lucile, la contremaîtresse, elle pourra rien en faire de ces filles ! Déjà que souvent, à cet âge, elles pensent qu'à ça, en tirant l'aiguille !

– Je faisais que passer, fit Pierre un peu contrit.

– Tu sais, elle doit les obliger à se taire dans l'atelier, sinon elles pépieraient comme des mésanges ! Alors pas besoin de les distraire en passant et repassant. Si tu viens les titiller, elles ont moins le cœur à l'ouvrage, leur attention se relâche, elles voient plus les défauts dans les pièces et finalement c'est le travail qui en pâtit, tu comprends. Et puis, enfin il vaut mieux que je te le dise... n'y pense pas trop à la Suzanne.

– Pourquoi tu dis ça ?

– C'est pas une fille pour toi. Elle va au bal, tu comprends !

– Que veux-tu dire ?

– Elle a pas froid aux yeux, si tu préfères. Même si comme ça, avec son visage d'ange, on lui donnerait le Bon Dieu sans confession.

– Explique...

– Je veux pas te faire de peine. J'ai bien compris que t'avais le béguin pour elle, n'est-ce pas ? C'est vrai que c'est un joli brin ! Mais mon copain m'a signalé qu'il l'avait vue avec un ouvrier de chez Ricalens, un grand avec des moustaches noires, bien plus âgé que toi, assurément. Il la tenait par le bras, pas plus tard que la semaine dernière. Tu vois, Pierre, faut pas trop penser à elle...

– Tu peux pas comprendre, fit Pierre en s'essuyant le nez, se mouchant par réflexe sur la manche de sa chemise.

– Elle t'a rien promis ? demanda Magne, l'air badin.

– Non, mais on s'était regardé et souri...

– Ça n'engage à rien... Elle te trouve peut-être agréable, mais trop jeune sans doute... et toi tu as cru que c'était arrivé, pas vrai ? Tu m'en veux pas ? fit Magne en lui mettant le bras sur l'épaule en un geste affectueux qui contrastait avec sa rugosité usuelle.

Pierre marmonna quelque chose d'incompréhensible dans la barbe naissante qui commençait à lui envahir les joues. Depuis qu'ils avaient quitté Bordenave, il avait emprunté à plusieurs reprises le rasoir de Louis, quand celui-ci avait le dos tourné, pour paraître plus propre avant d'aller travailler. C'était un Gillette de sécurité tout chromé dont le manche rond et lourd se vissait sur la tête à angle droit prenant ainsi une forme en râteau. Moderne, il occasionnait moins de coupures que le traditionnel coupe-chou au manche en corne noir auquel Auguste était resté fidèle contre vents et marées, assurant qu'il l'avait mieux en main et qu'il taillait de plus près. Il s'installait alors sur une chaise, à côté de l'évier de la cuisine, devant un broc d'eau chaude et un miroir rond, dont le tain s'effritait, calé dans un verre à mazagran. Puis, comme il l'avait vu faire, il s'efforçait de tirer la peau pour bien la tendre et racler les quelques poils blonds qui l'agrémentaient en prenant soin de ne pas l'écorcher. Un peu d'eau de Cologne, du « sent bon », comme disait Julia et il se sentait alors un autre homme, surtout lorsqu'il savait qu'il allait croiser la belle Suzanne...

Il se retourna vers le métier, la tête basse, digérant mal les paroles de la contremaîtresse. C'était la première fois qu'il se faisait rembarrer devant des filles. Une boule de dépit lui nouait la gorge. Il aurait préféré recevoir un bon coup de poing dans la figure. Il aurait pu le rendre, au moins. Mais les gloussements des ouvrières avaient été assassins. Il savait qu'un homme ça ne pleure pas. Il serra les dents pour ne pas éclater, mais il se jura de ne pas oublier la leçon et de prendre un jour sa revanche. Avant de démarrer son métier, il se concentra sur le comptage des duites qui composaient le motif tissé en courant entre les fils de chaîne d'une lisière à l'autre. Il vérifia si cela correspondait bien à sa fiche de travail, contrôla le dévidage des navettes, refit deux ou trois nœuds et lança la machine sans oser regarder Magne, en face de lui.

Avec l'automne et l'inéducable ralentissement des activités agricoles qui complétaient son emploi du temps ordinaire, Louis, s'était mis à courir les bois, pris d'une fièvre mycologique qui lui faisait parcourir les soulanes et les ombrées. À la recherche des cèpes et des girolles qu'il vendait soit à l'hôtel Tap, soit à l'épicier de l'Étoile du Midi ou à celui de la coopérative La Fuxéenne, il montrait la même ardeur que lorsqu'il portait les gerbes de paille à la pointe de la charrette. Parfois, quand la récolte était abondante, il n'hésitait pas à aller jusqu'à Lavelanet, profitant du marché, pour proposer sa marchandise au chaland, installé sur une caisse en bois, ses grands paniers, garnis de fougères fraîches, débordants de bolets à tête noires et au parfum délicat de sous-bois humide.

Quand la récolte n'était pas suffisante pour être proposée à la vente, Louis la portait simplement à la maison. Quoiqu'il ne connût pas encore tous les coins proches du bourg, il avait assez le sens inné des bois et le cœur au ventre pour courir plus qu'un autre et trouver l'introuvable. Aussi, s'il n'y avait que quelques champignons, trop vieux ou abîmés par les limaces gloutonnes, Julia marquait d'une petite moue son désappointement mais se gardait bien de lui faire une remarque. Elle se débrouillait toujours pour en faire une fricassée convenable qui venait en complément de ce qu'elle avait prévu pour le soir pour l'un ou l'autre de ses hommes affamés. Cèpes, girolles ou lactaires délicieux, ici nommés « rouseillous », sautés à la poêle avec une pointe d'ail et de persil étaient toujours appréciés. Si la cueillette permettait néanmoins d'en préparer un plat complet, elle leur offrait un autre accommodement à sa manière.

– Vous voulez un gratin ce soir ?

– Oui, mais tu as ce qu'il faut ? s'inquiétait Auguste rentrant du jardin.

– Il me reste un peu de chair à saucisse et juste assez de fromage.

– Ça sera pas trop long ? demandait Auguste qui commençait avec la première équipe le lendemain matin.

– Affûte-moi le couteau plutôt pour tailler du jambon, répliquait Julia.

Tandis qu'Auguste sortait du placard la traditionnelle pierre de Saurat, pour refaire sur son grain fin le fil tranchant d'un couteau à la lame longue et mince, Julia, après avoir jeté un coup d'œil à la pendule, entreprenait de nettoyer les champignons dorés. Elle les équeutait, les essuyait d'un linge propre pour chasser les restes de terre qui s'accrochaient aux pieds mais ne les lavait jamais pour leur conserver leur parfum sauvage de « boisé ». Puis, dans un plat en terre bruni, elle déposait quelques cuillerées de graisse de canard qu'elle faisait fondre sur la cuisinière. Pendant ce temps, elle émincait des échalotes ou un oignon selon ce qu'elle avait sous la main. Armée du couteau fraîchement aiguisé, elle taillait de minces lamelles du « cambajou », ce jambon de pays sec à souhait par un passage prolongé dans la cheminée. Elle disposait les copeaux dans le plat en terre, en un lit régulier, y ajoutait un peu de thym, quelques feuilles de laurier. Puis elle déposait soigneusement la première couche de champignons, rouseillous ou bolets, vite recouverts d'un peu de chair à saucisse. Selon les circonstances, elle l'agrémentait d'un mélange de crème de lait, d'ail et de persil en un lit bien lissé, ajoutait une nouvelle couche de champignons complétée de fines tranches de « ventrèche », cette « cansalade » des Pyrénées. Quelques pincées de fromage fraîchement râpé et le tour était joué. Il ne restait plus qu'à enfourner le plat dans la cuisinière et patienter jusqu'à ce qu'il gratine.

Une odeur délicieuse ne tardait pas à se répandre dans la pièce, s'élevant en volutes de fumée à travers la porte mal jointe du four. Le délicat fumet avait vite fait de rassembler tout le monde autour de la table. Julia faisait les parts, prenant pour elle-même toujours la plus petite. Dès la première bouchée, toutes les saveurs de la terre remplissaient le palais. Le mystère de la création s'accomplissait pour exploser en une cacophonie baroque de tonalités sauvages. On n'entendait plus rien. Le crissement des fourchettes sur la faïence se mélangeait simplement au bruit d'une mastication appliquée, entrecoupée de hochements de tête d'une satisfaction évidente. Tous savaient gré à Louis d'aller ainsi dans les bois leur trouver ce régal. Cela durerait quelques semaines, jusqu'à ce que les premières gelées glacent les combes et stoppent la pousse. Louis était heureux de leur procurer ce bonheur gastronomique simple. Il consacrait tous ses loisirs à cette frénésie bucolique, ayant décliné poliment les propositions de l'Union sportive laroquaise qui, intéressée par son gabarit trapu et son ardeur, l'aurait bien engagé dans son équipe de rugby, histoire de renforcer son potentiel physique face à celle du puissant voisin lavelanétien.

Déjà le raccourcissement des jours devenait sensible et l'heure des feux de bois avait sonné. L'air du soir s'emplissait de l'odeur du sapin brûlé. Elle se mélangeait, au détour des rues de Laroque, à celles du tissu et de l'ensimage, parfois ponctuées dans les périphéries du bourg par celles de quelques vaches, restes persistants d'une campagne demeurée toute proche. La grisaille du ciel n'était bientôt plus perceptible que quelques heures par jour : le plus souvent, les Sagnol partaient tôt le matin et ne rentraient que tard, dans l'après-midi, ajoutant trois ou quatre heures supplémentaires à une journée bien remplie. En cette saison où le travail des champs était en roue libre, ils avaient trouvé ce moyen pour arrondir un peu la comptée de la semaine et améliorer un salaire modeste. Ils avaient beau gagner plus d'argent que lorsqu'ils étaient à Bordenave, ils en dépensaient plus au quotidien. Bien qu'ils n'eussent pas les repères sociaux d'une culture salariée et ouvrière, ils n'en ressentaient pas moins les difficultés de tous les jours que les syndicats, fortement implantés dans ce bassin textile, se plaisaient à souligner.

Dans les usines du pays d'Olmes, on vivait l'actualité politique de la vie parisienne avec le décalage obligé de l'éloignement provincial. On n'échappait pas aux grandes fractures du moment : ainsi la dérive néo-socialiste du député Alexandre Rauzy, dans le droit fil de celle de Marcel Déat, alimentait les conversations du Café du Commerce. De même, le 11 février 1934, l'important défilé de Foix où deux cent cinquante personnes avaient parcouru les rues de la ville en chantant la *Marseillaise* et l'*Internationale*, avait fait l'objet de nombreux commentaires, surtout dans la presse radicale-socialiste, chez les « radis » comme les brocardaient sans ménagement les communistes de la CGTU. Si les nouvelles parisiennes arrivaient atténuées en Ariège, en revanche la crise économique était bien sensible.

Alors que le gouvernement d'Union nationale unissant les radicaux et la droite, formé par Gaston Doumergue, l'ancien président de la République, au lendemain de l'émeute du 6 février 1934, loin d'avoir la popularité de celui de Poincaré, s'empêtrait dans les problèmes économiques et sociaux face à l'agitation des Croix-de-Feu du colonel de La Rocque qui prônaient un régime autoritaire, national et social, lointain héritier du boulangisme rampant, le prix du pain, celui de la vie quotidienne, était un sujet brûlant chez l'ouvrier. Si le départ des radicaux, qui poussa Doumergue à démissionner en novembre 1934, apparaissait à beaucoup comme un avatar de plus, une péripétie dans cette incapacité gouvernementale à résoudre les problèmes et à sortir de la crise, le nouveau gouvernement dirigé par Flandin n'allait pas leur donner davantage de confiance, pas plus que celui formé par Pierre Laval, en juin 1935, dont la décision brutale de baisser en juillet les salaires et les prix de 10 % pour relancer l'activité, provoqua surtout le vif mécontentement et la colère des salariés face à ces « décrets-lois de misère » qui amputaient leur pourvoir d'achat. Et à Lavelanet, comme ailleurs, le malaise était patent dans les classes populaires, alimentant bien des conversations de voisinage.

– Alors grand-père, ça va ce matin ? lança Pierre en rentrant de l'usine par-dessus le muret qui bordait la maison de son voisin Marcelin Vidal, un vieux et paisible retraité de chez Ricalens.

– Oh, faut le dire vite mon gars, fit le pépé, le front barré d'une ride de souci.

– Qu'est-ce qui vous arrive aujourd'hui ?

– C'est que ça pourrait aller mieux, petit...

– Et pourquoi donc ? Il va faire beau, non ? répliqua Pierre en regardant les montagnes sous le ciel bleu des Pyrénées.

– Té, regarde, dit l'autre en lui tendant une enveloppe. Le facteur vient de m'apporter ma retraite.

– C'est un bon jour alors, père Marcelin ?

– Hum, c'est toi qui le dis ! mon pauvre Pierrot. Il l'avaient bien annoncé mais je voulais pas le croire.

– Quoi donc... ?

– Ma retraite... ils me l'ont diminuée ce mois-ci. Tu te rends compte ! Comment on va faire ! Et le pain lui, il ne va pas baisser !

– Vous avez bien le jardin, répondit Pierre en désignant le potager méticuleusement tenu où pas une herbe folle ne venait envahir les allées.

– Tu sais que ça suffit pas. On joint juste les deux bouts avec.

– C'est l'affaire d'un mois ou deux peut-être, hasarda Pierre en se voulant optimiste.

– Oh ! tu es trop jeune pour savoir ce qu'on a dû lutter pour en arriver là. En 26 t'étais qu'un gaffet !

– J'avais six ans, en effet.

– Hum... Si ça continue comme ça, autant mettre la clé sous la porte. Ils ne s'en rendent pas compte à Paris, mais moi je vais plus y arriver... Faut que vous, les ouvriers, vous vous mettiez d'accord pour changer ça ! Si seulement je pouvais travailler encore !... Mais à soixante-quatorze ans, quel patron voudrait de moi ? Je peux même plus faire un nœud avec mes rhumatismes !

Marcelin Vidal avait dû être entendu quelque part, car si l'union des forces de gauche, dans le contexte de la montée du fascisme en Europe, face à la conjoncture économique et sociale du moment, se révélait plus difficile au niveau des états-majors, sur le terrain, la base avait anticipé l'unité et, dans les ateliers, l'heure était davantage à la fraternité syndicale qu'à l'affrontement idéologique entre frères ennemis. On prenait désormais le temps de lire les tracts des autres, de discuter lors des pauses, de commenter les prises de position des chefs, de se comprendre simplement. À Lavelanet plus qu'ailleurs, tout en entretenant le culte du travail bien fait et le respect sacro-saint des dates de livraisons, la syndicalisation restait massive, surtout chez les ouvriers des usines dites intégrées. Chez les petits patrons façonniers en revanche, on restait plutôt à l'écart de cette tendance générale, coincé que l'on était entre les intérêts de classe, souvent induits d'un revenu modeste, et ceux découlant de la position sociale de chef d'entreprise...

Les Sagnol, fraîchement débarqués de la terre matricielle, suivaient le mouvement avec cette prudence paysanne héritée du fond des âges. Ils écoutaient les avis de tous, faisaient leur profit des feuilles d'informations syndicales, mais évitaient de livrer leurs opinions ouvertement. Peu politisés par tradition, ils n'étaient pas encore assez imbibés de culture ouvrière pour que cela modifiât leur comportement. Auguste était le moins disert en la matière. Pierre se serait livré plus facilement, mais un regard de Julia suffisait à lui rappeler que le silence était préférable à des prises de position intempestives. Il avait beau travailler, être salarié et gagner sa paie, il n'était pas pour autant un adulte à part entière. Le fait de se raser presque une fois par semaine ne l'autorisait pas à entreprendre des discussions politiques à tout bout de champ, même dans le cadre de la maison.

L'année 1935 passa ainsi, dans la monotonie du labeur quotidien qui faisait alterner bonnes joies et vraies souffrances, comme le soleil des beaux jours, le mauvais temps de l'hiver. Il y eut bientôt un an qu'ils avaient quitté Bordenave pour cette existence nouvelle au rythme des équipes montantes et descendantes. Attentif, vaillant, Pierre apprenait bien et par son opiniâtreté, il avait su gagner l'estime des autres ouvriers. Magne savait l'encourager du regard autant que de sa voix rocailleuse et tonitruante de bon vivant. Le père Graulle, lui aussi surveillait en silence les progrès de son poulain, se félicitant chaque jour un peu plus de lui avoir fait confiance. Bien sûr, il ne lui en aurait jamais touché un mot, ne voulant pas le flatter inutilement...

– Si une autre fille ne vient lui gâter l'esprit, en le faisant penser à l'amour, on en fera quelque chose, dit-il à Magne lorsqu'il eut ouï-dire l'épisode de la belle Suzanne.

– C'est vrai qu'il ne demande qu'à réussir, renchérit Magne. Il suffit juste de l'encourager et son talent s'épanouira tout seul.

Graulle hocha la tête, convaincu lui aussi. Quelque part, au fond de lui-même, il entretenait, en un jardin secret, une petite dizaine de cas semblables qui constituaient son orgueil ouvrier de contremaître. Ceux-là étaient sa fierté, son palmarès. Beaucoup s'étaient maintenant installés à leur compte et faisaient tourner dans le pays quelques dizaines de métiers à façon. Ce tableau d'honneur-là, pour Graulle, n'avait pas de prix. Aucune médaille d'honneur du travail ne viendrait jamais en célébrer les mérites. D'ailleurs, nul ne pouvait en comprendre l'essence intime. Sa gloire, tout intérieure et cachée, se conjuguait bien avec son engagement fervent pris dans sa jeunesse pour les idées de Jean Jaurès dont il avait mis en pratique la maxime « prendre un métier et bien le faire ». L'accès à des responsabilités dans l'usine, sa promotion de contremaître ne l'avaient pas fait changer d'avis ni de comportement.

Pour les Sagnol, de la grisaille de l'hiver à la luminosité du renouveau du printemps, l'usine était devenue leur monde, celui de leur principal horizon. La terre s'éloignait chaque jour davantage. Le travail dans l'hort leur apparaissait presque secondaire, accessoire en tout cas, au regard du temps consacré autrefois. Il n'était plus que, tel un loisir, un délassement, une porte encore ouverte vers ce qui n'est plus, vers un monde déjà perdu. Mais avec cette pudeur paysanne qui continuait de les imprégner, ils n'en parlaient jamais entre eux ouvertement. Pourtant, ni Louis ni Pierre n'avaient oublié leur serment. Ils évitaient simplement d'évoquer le sujet parce qu'il était encore trop sensible, préférant l'enfouir au rayon des choses à examiner plus tard.

Pierre avait encore pris quelques centimètres cet hiver-là et Julia ne pouvait plus rallonger les pantalons de son aîné sans tomber désormais dans le ridicule. Heureusement, maintenant qu'ils travaillaient ici, dans le textile, pouvaient-ils se procurer aux magasins d'usine des coupons à de bons prix pour qu'une culottière du pays lui taille un costume correspondant à sa taille, ce qui lui donnait tout de suite une meilleure présentation, le faisant paraître plus adulte encore. Pierre dépassait Louis d'une bonne tête maintenant et l'âge entre les deux garçons accentuait les contrastes. Autant Louis était râblé, brun, trapu, autant Pierre avait le teint clair, la silhouette élancée, la taille bien faite, le port altier. Il avait les attaches fines et les doigts longs et élégants alors que Louis avait la patte carrée et déjà velue.

Ce dernier attendait avec impatience d'avoir l'âge de partir faire le service militaire. Sans trop d'illusions sur son avenir dans ce secteur textile, faute d'une formation professionnelle comme celle que Pierre était en train d'acquérir, il avait conçu le projet secret d'un engagement éventuel, après son temps légal, histoire d'alléger la charge des parents. Prudent, il avait longuement fait les comptes sur ce qu'il pouvait gagner en restant ici, dans cet emploi à mi-temps de manœuvre aux apprêts, maigrement compensé par des journées agricoles à la saison. Pressé de questions à propos d'un petit carnet où il notait ce qu'il gagnait, il avait brièvement exposé son idée à Pierre, en lui faisant jurer le silence le plus total sur ce qu'il avait conçu, s'engager dans la Coloniale !

– C'est pas pour vous laisser, tu comprends, avait murmuré Louis dans un souffle.

– Pourquoi alors ?... lui avait demandé Pierre, surpris

par cette idée qu'il trouvait saugrenue et qu'il jugeait presque comme une désertion.

– Mais ici, demain, dans dix ans, je ferai rien de plus que maintenant !

– Et qu'est-ce que tu en auras de plus là-bas ?

– Une solde ! Un vrai salaire...

– Au risque de te faire tuer... chez des sauvages ! avait répliqué Pierre.

– Nos colonies sont toutes pacifiées. Tu sais bien qu'ici, en hiver, je gagne à peine ce que je mange.

Pierre n'avait pas insisté, connaissant le caractère têtu et renfermé de Louis. Il avait gardé la nouvelle pour lui, espérant sans trop y croire que Louis changerait d'avis.

Au début de cette année 1936, comme de coutume dans la France d'alors, les autorités municipales du canton avaient commencé le recensement de tous les jeunes ayant eu vingt ans dans l'année. C'était l'acte fondateur de la classe, ce groupe de garçons, inscrits sur une même liste et unis par une solidarité qui transcendait les différences politiques, sociales ou religieuses. Quelques semaines plus tard, au printemps, à Lavelanet, le conseil de révision proprement dit avait eu lieu. Autour d'un représentant du préfet, excusé pour la circonstance, un officier supérieur, le commandant du dépôt de recrutement, un conseiller municipal et un médecin militaire, chacun portant ses insignes de grande tenue, s'étaient réunis en une séance solennelle orchestrée par la gendarmerie. Louis, qui venait d'avoir ses dix-huit ans, aurait dû normalement appartenir à la classe 1938 mais, après une longue discussion avec son père, Auguste, il avait demandé à anticiper son appel.

Tous les jeunes gens de la classe étaient là, dans la salle de la mairie, les absents craignant d'être automatiquement considérés comme aptes au service armé. Un brigadier de gendarmerie à la tête ronde et débonnaire fit l'appel selon l'ordre établi. Le conseil les examina individuellement, posant des questions que certains trouvèrent saugrenues. L'examen physique était le plus redouté pour beaucoup. Il fallait alors se dénuder devant l'assistance bien que la consultation avec le médecin militaire soit théoriquement à huis clos. Tous étaient soucieux de donner une bonne image d'eux à cette occasion, surtout devant les officiels, assis derrière leur table recouverte d'un drap vert. Il fallait être propre pour être digne, même si on était pauvre. Car cette étape était pour les jeunes gens un véritable rite initiatique, indispensable à la vie adulte. D'un seul coup, elle les transformait en hommes. Parmi le troupeau de futurs bidasses rassemblés, tous les jeunes gens eurent vite fait de repérer un grand barbu maigre si mal attifé qu'on l'eût pris facilement pour un vagabond.

– Pouah !... C'est pas supportable cette odeur ! lança finalement quelqu'un, l'air dégoûté.

– C'est pas possible... Il y a trois semaines que tu t'es pas lavé, renchérit quelqu'un autre en fixant le grand maigre.

– C'est de moi que tu parles ? répliqua le barbu, vexé.

– Oui ! peut-être bien... ou alors tu as le nez bouché ! C'est horrible, cette odeur ! Tu sens pas ? Ça pue le bouc !

– T'es berger de ton métier ?

– Oui, mais je me suis lavé hier ! Même que j'ai pris un bain complet et qu'il y a longtemps que ça m'était pas arrivé...

– Ben dis donc, je crois que c'était pas du luxe et même que tu pourrais recommencer...

– C'est quel savon que tu utilises ? demanda perfidement un autre qui se pinçait ostensiblement les narines en provoquant les fous rires mal contenus.

– Ma foi, j'ai fait chauffer de l'eau dans le chaudron

du « crabilhou », celui que j'utilise pour le fromage de chèvre, protesta le barbu qui était, en effet, berger d'un important troupeau de chèvres au-dessus de Montségur, déchaînant par cet aveu une tempête de rires gras.

À la fin de la journée, l'épreuve surmontée, bientôt décorés de rubans tricolores, de médailles de pacotille et de colifichets achetés quatre sous, ils s'étaient répandus de bistrot en bistrot en hurlant que, puisqu'ils étaient « bons pour le service », ils étaient aussi « bons pour les filles... », comme la tradition le voulait.

Louis ne savait pas quand il serait appelé. Il lui tardait de gagner complètement sa vie, de n'être pas qu'un demi-salaire comme il disait à Pierre parfois. L'un comme l'autre savaient que les temps étaient durs. Les marches de la faim se multipliaient, témoignant de la dégradation de la situation économique et du pouvoir d'achat ouvrier. Pour les Sagnol, leur hort leur était devenu indispensable ; il les dispensait de tout dépenser chez le père Marrot, l'épicier du bourg où ils se servaient, à crédit bien sûr comme les autres, réglant à la quinzaine quand la comptée leur était versée.

La boutique de Marrot était sombre et étroite. C'était un monde en elle-même, un résumé des existences laborieuses et ternes de ces prolétaires-clients. Sur la façade, les lettres du mot ÉPICERIE achevaient de se dissoudre dans la morosité du temps. Cette simple devanture vitrée qu'il fermait soigneusement chaque soir en repliant les contrevents en bois, était le lieu de perdition des gamins avides de caramels mous. Passé l'entrée, marquée d'un traditionnel baril de sardines séchées qui offraient leurs silhouettes dorées et chatoyantes comme une fleur de tournesol au grand soleil, le visiteur était accueilli par le tintement cristallin d'une clochette invisible dès qu'il s'avançait entre un sac de haricots secs et l'habituel fût zingué d'huile Lesieur. Ici, on trouvait de tout dans un désordre bon enfant où le père Marrot, le cheveu blanc neige se faisant rare au-dessus d'une bouille ronde, était le seul à se reconnaître. Le crayon vissé sur l'oreille du 1er janvier au 31 décembre, il arborait un sourire commercial toujours avenant mais n'oubliait jamais de marquer sur son grand cahier noir ce que les uns ou les autres lui achetaient.

Comme ses clients, qu'il écoutait maugréer contre la vie chère, Marrot se plaignait lui-même en permanence de la dureté des temps. Il arguait qu'il fallait que ça change et que les prochaines élections, au printemps 1936, clarifieraient peut-être les choses. Gagné par l'élan social qui faisait de plus en plus palpiter sa clientèle ouvrière, il prêtait une oreille désormais plus attentive au programme de ce Front populaire qui, sur le thème « Pain-Paix-Liberté », conjuguait une amitié retrouvée comme le démontrait la réunification syndicale issue du congrès de Toulouse où CGT et CGTU avaient fusionné. Mais s'il penchait maintenant plus à gauche, le père Marrot évitait néanmoins de s'engager ouvertement car, comme il le faisait remarquer, « ça fait du tort au commerce », ce qui ne l'empêchait pas de prendre parti quand il avait confiance dans son interlocuteur. Ainsi, ce 17 avril 1936, quand Pierre entra dans la boutique sombre, sur le coup de midi, pour lui acheter ce que Julia lui avait commandé au sortir de l'usine, il le trouva assis sur une chaise à cette frontière entre arrière-boutique et magasin, limite du public et du privé marquée par un rideau de perles bleues, écoutant dans un silence religieux le discours radiodiffusé de Maurice Thorez dans le poste monumental qui trônait sur le buffet de la cuisine. « Nous te tendons la main, catholique, ouvrier, employé, artisan, paysan, nous qui sommes des laïques parce que tu es notre frère... nous te tendons la main, volontaire national, ancien combattant des Croix-de-Feu parce que tu es fils de notre peuple... »

– Il me faudrait un kilo de farine, dit Pierre en pénétrant dans l'antre.

– Il parle bien... hein ? fit Marrot en désignant le poste de bois verni de marque « Sonora » d'un signe de tête.

– Oh ! vous savez, moi, balbutia Pierre.

– Toi, tu t'en fous... c'est ça ? Ah les jeunes d'aujourd'hui !

– Moi, je veux simplement devenir tisserand à part entière.

– Qu'est-ce que tu en auras de plus ? Tu gagnes bien ta vie, non ?

– Je veux être libre, mener plusieurs métiers... pas dépendre d'un patron.

– On dépend toujours de quelqu'un, tu sais...

– Bien sûr, mais je veux être mon propre maître, répondit Pierre d'un air assuré.

– T'es pas content là où tu es ?

– Ce n'est pas ça !

– C'est quoi alors ?

– Je veux pouvoir m'installer à mon compte comme tisserand, créer mon entreprise...

– Tu as bien le temps, regarde les difficultés des petits façonniers ! Ils arrivent juste à faire la culbute !

– C'est peut-être parce qu'ils sont trop routiniers, fit Pierre.

– Tu crois que tu feras mieux ? demanda Marrot en haussant les épaules.

– Il me reste encore un an à suivre les cours avant de passer le CAP. Alors, vous savez, pour moi, la politique, c'est pour ceux qui ont du temps à perdre...

– Ah ! c'est bien d'avoir de l'ambition !

– Vous savez, quand on a tout perdu, il n'y a que par le travail qu'on remonte la pente !

– Depuis deux ans maintenant que vous êtes ici, comme vous êtes tous vaillants, ça doit aller mieux non ?

– On a payé nos dettes, si c'est ça que vous voulez dire... mais vous, vous avez toujours été là, dans votre boutique, comme vos parents... vous pouvez pas comprendre. Nous, on nous a chassés de chez nous.

– Et vous voulez y remonter, là-haut ?

– Non pas ! C'est fini ce temps-là. On a tourné la page, par force ! répondit Pierre en se gardant bien de dire un mot sur le serment qu'il avait prononcé avec Louis à l'époque. Alors, vous me la donnez, ma farine ? ajouta-t-il, peu désireux de continuer sur ce terrain.

– C'est tout ce qu'il te faut ?

– Oui, vous le marquerez ?

Marrot hocha la tête, décrocha le crayon gras de derrière son oreille et ouvrit son grand cahier noir pour y porter sur leur compte l'achat du jour. Les Sagnol n'étaient pas dépensiers. À eux, on pouvait faire crédit sans crainte. Ils avaient conservé la mentalité des paysans. Ils économisaient sou par sou, contrastant ainsi avec le comportement des ouvriers qui claquaient bien souvent la paye dès qu'ils l'avaient touchée. Quand Marrot releva la tête, Pierre avait déjà tourné les talons, se hâtant de rentrer à la maison afin de ne pas être en retard pour la soupe de midi. Il savait qu'Auguste, Julia et Louis l'attendraient, assis en silence autour de la grande table qui les avait suivis depuis Bordenave.

La victoire du Front populaire, le 3 mai 1936, et la constitution de ce nouveau gouvernement qui comprenait, pour la première fois, des femmes, et se donnait, à l'image de Gabin, en casquette, un parfum de prolétariat triomphant, laissa les Sagnol très dubitatifs et circonspects, se démarquant ainsi de l'attitude majoritaire des ouvriers qui, comme l'écrivait Bertrand de Jouvenel, entamaient « un pique-nique prolongé », faisant ainsi allusions aux grèves joyeuses sur le tas qui éclataient un peu partout en France. Mais ici, dans ce pays d'Olmes où le souvenir des grandes et dures grèves de l'année 1926 restait vivace, par l'effet d'une industrialisation moindre et parce que l'on s'attardait encore dans un ruralisme passéiste et suranné qui faisait cohabiter, cahin-caha, les activités de la terre et de l'atelier, le mouvement revendicatif de ce mois de juin 1936 fut sans doute moindre qu'ailleurs.

Dans les cours des usines, la foule bon enfant des ouvriers en bleu de chauffe avait simplement l'air plus heureuse et détendue. Les arrêts de travail se ponctuaient de valses musettes et d'airs de tangos langoureux, débités sur des phonos qui crachotaient des notes aigrelettes de leurs aiguilles usées. Parfois, dans un coin d'atelier, un accordéon, ce piano à bretelles du pauvre, laissait entendre sa rengaine tandis que, sur un coin d'établi, assis sur des balles de laine ou des bobineaux de fil, on partageait le saucisson et le vin rouge en tapant la belote dans une bonne humeur contagieuse qui faisait croire que tout était possible, comme l'écrivait Marceau Pivert, le leader de l'aile gauche de la SFIO. Plus loin, d'autres profitaient de ces jours d'illusion pour effectuer l'entretien et les réparations, trop longtemps différés, de leur machine. Les Sagnol continuaient d'aller à l'usine, portés par les événements qu'ils suivaient plus qu'ils n'y participaient, ce qui leur valait parfois quelques remarques acerbes d'ouvriers plus engagés :

– Alors, tu fais pas grève, petit ? lui lança, moqueur, un type maigre en voyant Pierre préparer son métier et nouer les fils avec son habileté coutumière.

– Ben tu vois, je m'occupe.

– Tu serais pas un peu jaune, des fois ? questionna l'autre, insidieux.

– Tu travailles bien toi, répondit Pierre.

– Moi, ah non !

– Pourquoi tu as la burette d'huile à la main ?

– J'entretiens, nuance !

– « La machina del patron !... » gaussa en un mauvais français, teinté d'un accent à couper au couteau, un émigré espagnol au poil noir et dru, anarchiste convaincu et notoire sympathisant de la FAI, qui avait trouvé du travail de l'autre côté des Pyrénées comme un bon quart de la population de Laroque.

– Mon métier, c'est mon gagne-pain, Mossieu ! Qu'il soit au patron ou pas, c'est lui qui me fait manger. S'il tombe en panne, c'est pas toi qui nourriras mes gosses, répliqua l'autre, vexé.

– Te fâche pas ! Je te comprends, moi, répondit Pierre en haussant les épaules tandis que l'Ibère s'éloignait en sifflotant.

Dans cette atmosphère où le temps semblait suspendu dans l'entrecroisement historique du politique et du bonheur, les accords de Matignon, le 6 juin, furent très vite acceptés chez Ricalens et, dans la foulée, l'ensemble des patrons du textile suivirent. Si l'annonce de quinze jours de congés payés alimenta largement les commentaires dans les usines, suscitant joie et espérance, Auguste, lui, haussa les épaules et, le bigoucet sur l'épaule, se contenta de murmurer un soir en rentrant du jardin : « C'est quoi, les vacances ? » Il n'en avait jamais eu et ce mot lui paraissait vide de sens, creux et presque incongru. Encore imprégné d'un monde où l'on ne se posait pas de questions sur le labeur parce qu'il correspondait au rythme immuable des saisons et des jours, Auguste et les siens n'appartenaient pas encore à cette « populace des congés payés prête à se tremper les pieds dans l'eau des plages réservées aux bonnes familles », comme la presse de droite l'écrivait.

Louis reçut sa convocation pour l'armée à la fin juin 1936 dans la tiédeur d'un été qui s'annonçait déjà chaud. À Laroque-d'Olmes, sur les contreforts calcaires du Plantaurel, les faucheurs venaient juste de finir les foins et des paillers tout frais se dressaient, telles des jeunes sentinelles, sur les premières pentes des Pyrénées. Leur groupement, par deux ou trois, servait de point de repère à l'identification des métairies qui se blottissaient, modestes bâtisses couvertes de tuiles canals rouges, derrière les bosquets d'ormeaux et de chênes vert tendre. Louis rentrait à peine de l'usine et se préparait, une assiette de soupe avalée, à partir pour le hameau d'Esclagne où il donnait la main ces jours-là pour épouiller les pommes de terre des doryphores que le sulfatage à l'arséniate de plomb n'avait pas encore tués. Les feuilles, bleutées par ce produit tellement toxique que les sulfateurs portaient un mouchoir en guise de masque et buvaient du lait comme antidote, devaient être nettoyées à la main et, bien vite, les doigts devenaient gluants des larves écrasées. Certains, cédant aux sirènes de la modernité, utilisaient des produits plus modernes, tel ce « Foudroyant » que vantaient les réclames dans les journaux. Le facteur, surnommé Milou, diminutif naturel d'Émile Loubet, lui apporta cérémonieusement sa convocation avec le courrier du matin, arborant un large sourire sur son visage barré d'une moustache épaisse, portée à l'ancienne, les crocs tombants.

– Té, après ça, tu seras un homme, glissa-t-il en lui tendant le pli.

Louis tourna l'enveloppe ornée d'un drapeau tricolore entre ses doigts épais aux ongles noirs. Il venait juste d'avoir dix-huit ans et il attendait ce moment-là avec impatience. Il ouvrit sa convocation quand Milou se fut éloigné, sa grosse boîte noire dans le dos, d'un coup de pédale habilement donné avant d'enfourcher son vélo. « Par ordre du ministre de la Guerre, il est prescrit au destinataire de se présenter le mercredi 2 septembre 1936 à la caserne Cafarelli à Toulouse,

Haute-Garonne. » Son cœur se mit à battre un peu plus fort. Il passa sa main dans ses cheveux courts et noirs. Il se redressa, huma l'air doux de cette matinée de fin juin. Le grand moment était arrivé. Pierre n'avait pas fini de lui en parler ! Il posa la convocation sur le buffet, bien en évidence pour que les siens la voient au sortir de l'équipe du soir, puis après un coup d'œil à la grande comtoise, se hâta de déjeuner pour repartir plus vite au travail.

Trois semaines plus tard, dans cet été torride où l'on venait juste d'éteindre les lampions d'une Fête nationale marquée par l'euphorie persistante des accords de Matignon, le soulèvement d'une partie de l'armée en Espagne jeta un froid parmi tous ceux qui étaient ici en âge de porter les armes. Tandis que la jeune république de ce *Frente Popular* organisait la résistance contre le *pronunciamiento* venu du Maroc espagnol pour embraser toute la terre ibérique, on comptait les coups de canon de l'autre côté de Pyrénées, en se réfugiant pour beaucoup dans la stratégie frileuse de la non-intervention, même si certains, plus politisés, bouillaient d'en découdre avec les fascistes, comme ils l'exprimaient ouvertement à la sortie de l'usine ou dans les réunions syndicales. Chez les Sagnol, seule Julia manifestait une sourde inquiétude de femme et de mère, compatissant instinctivement aux douleurs qui broyaient des familles entières à quelques centaines de kilomètres de là. Auguste, marqué par le souvenir de l'hécatombe de 1914 qui avait ensanglanté sa jeunesse, se réfugiait dans le mutisme d'une expectative pacifiste. Pour Pierre, tout entier à l'apprentissage de son métier qui le passionnait, ces événements étaient lointains et, dans l'insouciance de ses jeunes années, il ne s'en préoccupait pas vraiment, même si la perspective du service militaire de Louis les rendait plus proches par bouffées.

Au début septembre, dans l'illusion de ce franc « élastique » qui cachait mal une dévaluation de fait, Louis prépara son balluchon pour Toulouse. C'était son premier voyage et pour lui qui n'avait jamais dépassé les limites du canton, toute une aventure que de devoir partir par l'autobus jusqu'à Foix pour ensuite prendre le train et arriver enfin à la gare Matabiau. Julia lui avait repassé trois chemises propres, une pour chaque jour. Louis avait mis le costume du dimanche, une cravate qui l'étranglait un peu par manque d'habitude et des souliers neufs dont la forme pointue lui martyrisait les orteils.

Après un tub, bien récuré de la tête aux pieds, habillé ainsi, il avait une tout autre allure avec cette casquette pied-de-poule achetée sur le marché, le vendredi précédant, à un commerçant ambulant venu de Pamiers. « Tu ressembles à un "mousiou" », lui avait dit Pierre, riant de le voir ainsi attifé, lui qui d'ordinaire offrait une apparence bien rustique. Louis avait eu droit aux conseils de Julia, à la litanie de ses recommandations, à ses mises en garde sur les dangers supposés ou réels de la grande ville. Elle lui arrangea, en un geste maternel, le col de la chemise, avant de l'embrasser sur les joues, les yeux un peu embués de le voir partir. Alors Auguste avait pris dans l'armoire son gros portefeuille de cuir brun pour lui glisser dans la main quelques billets afin qu'il puisse payer un coup à boire à la compagnie et tenir son rang. « Fais-en bon usage... », ajouta-t-il en lui donnant une rugueuse accolade assortie d'une tape sur l'épaule.

Louis se souviendrait toute sa vie de son débarquement à onze heures du matin, dans le fracas enfumé des locomotives à vapeur, sur le quai de cette gare Matabiau. Sa valise, serrée d'une sangle, à la main, il se sentait un peu gauche. Jusque-là, tout s'était bien passé. Au départ du car de Lavelanet, il avait retrouvé une bande de joyeux lurons qui, comme lui, allaient dans la Ville rose. L'autobus, asthmatique et peinant dans la côte de Nalzen avec ses cylindres usés, les avaient déposés à la gare de Foix où ils avaient pris l'omnibus de neuf heures vingt-trois. Ces jeunes paysans et ouvriers, sous l'immense verrière noircie de fumée, cherchaient leur chemin, désorientés. L'air de septembre était doux mais empuanti par la circulation dense des automobiles. Descendre la rue Bayard, suivre les grands boulevards et ils pénétraient bientôt, au-delà d'une grille en fer, dans une vaste cour ombragée de platanes où un drapeau tricolore flottait au sommet d'un mât, tandis qu'un groupe de musiciens en uniforme kaki s'entraînait à marcher au pas en jouant la *Madelon*.

Trois jours plus tard, après être passés à la toise, à la pesée, avoir déchiffré des suites de lettres de tailles et de couleurs différentes, avoir pissé dans un bocal sous l'œil soupçonneux d'un infirmier rogue qui leur demanda s'ils n'avaient pas bu de vin blanc la veille, s'être fait palper, examiner, tripoter jusqu'à leur intimité, s'être fait photographier, avoir montré qu'ils connaissaient les quatre opérations, qu'ils savaient lire et écrire, ils avaient été livrés aux mains d'un médecin-major qui, d'une voix nasillarde et sèche, leur avait annoncé, la bouche en cul-de-poule, qu'ils étaient aptes à être incorporés. Dès lors, le sourire aux lèvres et les chansons à boire dans la tête, ce troupeau braillard de joyeux engagés rendus, pour un soir de quartier libre, à la vie civile avait retrouvé les rues de la capitale occitane. Et certains, grisés par cette liberté et leur nouvel état, avaient fait halte dans l'un des nombreux bordels et hôtels de passe qui parsemaient leur remontée de la rue Bayard vers la gare Matabiau.

– Allez les gars... on y va ! jeta en braillant un petit

frisé originaire du Volvestre répondant à l'invitation d'une demoiselle de petite vertu, tous charmes dehors, qui faisait le trottoir le plus naturellement du monde en aguichant les clients de passage d'un langoureux « tu montes chéri ? »...

– Eh ! Louis... viens avec nous ! lui avait lancé un grand gars costaud à l'œil égrillard et torve, qui avait dit être garçon boucher aux abattoirs municipaux de Pamiers, en le voyant poursuivre son chemin vers la gare.

– Oui, viens, on va bien rigoler ! ajouta un autre de ses compagnons de fortune, passablement éméché par de multiples arrêts où il avait ingurgité Picon et bière, ce qui accentuait son allure bovine, dénonçant manifestement un habitué de la fréquentation des mauvais lieux.

La fille avait l'œil salace et la bouche, outrageusement maquillée, racontait le programme de toutes les turpitudes d'alcôve. Mais Louis, dûment chapitré par Auguste, instruit par son expérience de la guerre de 1914, s'était contenté de boire un bon coup avec ces copains de circonstance, ce qui l'avait rendu un peu gris, ne tenant pas à ramener, comme beaucoup, un souvenir douloureux de ses premiers faits d'armes. Il était plongé dans l'expectative. Il avait bien expliqué à l'officier qu'il voulait partir assez vite, dans les prochains mois, et si possible dans la Coloniale. Il lui avait répondu que le choix d'une affectation était fonction des besoins... Fort de ces maigres certitudes, il était rentré à la caserne, la tête lourde et brumeuse de ces traditionnelles virées qui consacraient l'entrée dans la vie militaire.

# 7

## *De l'espoir à la crainte*

Depuis que Louis avait rejoint l'armée, en ce mois de septembre 1936, et bien que quelques semaines avant, Léon Blum se fût engagé à ne pas intervenir dans la guerre d'Espagne, on était plus attentif à l'actualité internationale chez les Sagnol. Comment, d'ailleurs, aurait-on pu être sourd au bruit de bottes qui résonnait partout en Europe comme le canon de l'autre côté de la frontière ? En mars 1936, six mois auparavant, Hitler avait récupéré la Rhénanie, malgré les avis de prudence de ses généraux et les stipulations du traité de Versailles. Les fanfaronnades d'Albert Sarraut président du Conseil, atténuées par les perspectives d'une grève des syndicats, l'envoi de troupes – sans munitions –, le défilé des guignols patentés, civils et militaires venus inspecter les troupes déployées, dans leurs casemates ou, plus simplement, à plat ventre derrière leur FM 24/29, gonflaient les cocoricos illusoires que les actualités cinématographiques se plaisaient tant à rapporter. Nous avions la ligne Maginot ! Il était vrai que ces extraordinaires fortifications avaient de quoi rassurer les plus craintifs. La bonne terre grasse des tranchées était remplacée par du béton et de l'acier.

Après quelques mois de classes, à Toulouse, Louis y effectuait son temps de service militaire, sans savoir pourquoi le destin, dans sa malice, l'avait envoyé au 2e Bataillon du 156e Régiment d'infanterie de forteresse, là-haut, presque à la frontière ardennaise, lui qui, rêvant de soleil et d'exotisme, voulait aller dans la Coloniale. « Faut attendre la fin de ton temps... », lui avait conseillé un sergent de carrière. Mais en attendant, il était le seul gars du Midi, face à une majorité de Lorrains, de gars du Nord et de Parisiens à l'accent pointu, ce qui lui valait de se faire chambrer gentiment par ces derniers.

L'écusson à croix de Lorraine orné d'un beau chardon, illustrant sa fière devise « qui s'y frotte s'y pique » témoignait de la combativité de ceux qui, l'arme au pied, veillaient à nos frontières. Louis avait l'impression d'être sur un bateau. On y faisait le quart, « veille, alerte, repos », selon ce rythme ternaire immuable des navires de la flotte. D'ailleurs, on disait l'« équipage » pour désigner les hommes qui armaient les fortifications. Deuxième classe, affecté à l'ouvrage du Kerfent, bloc numéro II, Louis ne se privait pas de donner des détails à ses parents sur l'énorme puissance de feu : « C'est un ouvrage formidable mais petit par rapport à d'autres encore... Si le père voyait ça... rien de comparable avec 1914... il y a trois cloches de tir dont une pour un mortier de 60 dont on attend la livraison... De l'acier épais de plus de trente centimètres... Des chambres de tir spacieuses et bien protégées, des portes blindées, un ascenseur qui nous descend vers la caserne, les chambrées avec cabinets à la turque et lavabos... On est bien installés. Les Allemands peuvent venir, on tiendra encore mieux qu'à Verdun ! La campagne autour, ça ressemble pas à chez nous, bien sûr... De mon poste, on domine le village de Boucheporn et on voit jusqu'à la frontière... »

Louis attendait sa première permission comme une jeune fille son promis au retour d'un lointain voyage. Les mornes croupes de l'est de la France n'avaient pas le panache des sommets des Pyrénées à ses yeux de Méridional. Habitant désormais sur la planète des « bovidés », tenu éloigné de ce monde civil où Léon Blum venait de proclamer, à l'occasion d'un discours radiodiffusé, la pause dans le mouvement social enclenché par le Front populaire, Louis était avide de lire les lettres de Pierre, promu à la maison, par habitude, depuis leur arrivée à Lavelanet, à tenir la plume. Elles lui réchauffaient le cœur surtout en cette saison où les forêts de la Lorraine glacée, toutes proches de Saint-Avold, se couvraient de givre pour apparaître poudrées à frimas dans le petit matin blême quand la sentinelle frissonne dans le soleil pâle et terne qui se lève. Louis y dévorait les détails de ce quotidien qu'il connaissait sur le bout des doigts, lisant et relisant cent fois ces feuilles de papier d'écolier pliées en quatre.

Pour lui comme pour les siens, les journées s'écoulaient monotones, dans la répétitivité des tâches qui ici faisait alterner gardes et corvées, comme les pièces d'étoffe sur les métiers à tisser, là-bas. Revenu en permission quelques jours pour la Noël 1936, Louis se sentit un peu décalé. Son vécu était désormais différent, ses espérances, autres. Il avait pris un peu de distance avec ce monde-là, même s'il éprouvait fierté et admiration pour Pierre qui abordait la dernière année de sa formation de tisserand. Quand celui-ci lui expliquait le soir, au coin du cantou, dans le rougeoiement des dernières braises qui expiraient en volutes de fumées évanescentes, les derniers trucs techniques que Graulle ou Magne lui avaient montrés, il se sentait presque étranger à ce monde de duites, de fils et de bobines. Il était de là, mais sûrement de trop fraîche date pour y avoir des racines. Il s'efforçait, pourtant, de ne rien en laisser paraître.

En ce printemps 1937, les passions françaises redoublaient, faisant fléchir Léon Blum qui subissait le poids de la « haine de classe », révélateur des fractures profondes d'une France divisée. Le choc culturel de 1936 digéré, la bourgeoisie acceptait mal l'ascension du monde ouvrier et l'antisémitisme se réveillait déjà dans la bouche d'un Xavier Vallat, sympathisant de l'Action Française, futur commissaire général aux questions juives, qui déclarait que, « pour la première fois, ce vieux pays gallo-romain sera gouverné par un Juif ». Partout le Parti social français recrutait des milliers d'adhérents qui se reconnaissaient dans sa devise « Travail, Famille, Patrie ». Dans l'armée même, les organisations d'extrême droite faisaient des adeptes. Louis, comme les siens, là-bas en Ariège, restait bien loin de cette agitation politicienne. Pour occuper les heures d'inactivité, entre deux gardes, il lisait assidûment les journaux du foyer du soldat. Il avait ainsi fait des progrès dans sa maîtrise de la langue française, lui qui n'avait eu qu'une fréquentation irrégulière de l'école à Bordenave. Étendu sur son étroite couchette métallique, dans cette chambrée de seize lits séparés les uns des autres par une armoire en bois blanc où les occupants précédents avaient souvent gravé leurs initiales, il dévorait toute lecture qui lui tombait sous la main. La pièce sentait un mélange écœurant de tabac gris froid, de sueur d'hommes, de vinasse et de graisse. Elle était un univers bien différent de ses vertes Pyrénées que des permissions trop rares lui laissaient revoir.

Là-bas, après un printemps pluvieux qui gonfla le Touyre et l'Hers, provoquant le désespoir des pêcheurs à la mouche au moment où se produisaient les éclosions des éphémères, mai éclata dans la chaleur moite d'une attente libérée. Partout, les fougères osaient déployer leurs crosses charnues. L'herbe poussait à vue d'œil dans les prés et là-haut, dans les estives, les soulanes, balayées par un vent tiède, se paraient des fleurs jaune d'or des pissenlits. Pierre révisait tous les soirs, un livre sur les genoux, dans le silence compréhensif d'Auguste et de Julia qui savaient la concentration que demandait l'examen approchant à toute vitesse maintenant. Pierre présentait le plus difficile, celui de tisserand, le plus noble comme le lui avaient enseigné Magne et Graulle.

Après plusieurs épreuves théoriques difficiles et où les pièges étaient nombreux, les candidats avaient abordé les épreuves pratiques qui, malgré leur caractère concret et plus familier, n'en étaient pas pour autant plus faciles. Pierre, le moral gonflé à bloc, avait fait de son mieux, mais il avait un peu la gorge nouée et l'estomac malmené à la perspective des résultats. Il se gardait bien d'afficher une mâle assurance comme certains de ses condisciples qui confondaient décontraction et fanfaronnade. L'examen était difficile, exigeant des connaissances sûres et bien dominées. Il sanctionnait une expérience et la capacité de mise en œuvre d'un savoir-faire rodé qui laissait peu de place à l'hésitation et à l'à-peu-près. Malgré la valeur de l'enseignement dispensé par les professionnels du métier, la réussite n'était pas évidente. Bien sûr, comme pour beaucoup de ses camarades, pour Pierre, c'étaient les épreuves théoriques les plus redoutables. Les bancs de la communale étaient loin. Pour tous ou presque, la pratique, lot quotidien des jours ordinaires, faisait moins peur. Le 4 juillet 1937, à Lavelanet, dans la cour des ateliers techniques municipaux, furent proclamés les résultats des CAP.

Pour l'occasion Pierre avait emprunté un vélo à son voisin, le père Vidal, afin de ne pas perdre de temps. Malgré le réglage de la selle, l'engin, un vélo de récupération, n'était pas très bien adapté à sa haute taille et ses genoux touchaient le guidon, ce qui le faisait aller de guingois. Néanmoins, c'était tout de même plus pratique que de marcher.

L'heure était solennelle : Le directeur, en costume-cravate, le chapeau vissé sur la tête, tenait une feuille de papier à la main frémissant dans le zéphyr déjà chaud qui descendait du Fourcat. Il égrena les noms selon l'ordre alphabétique en indiquant le rang de mérite. La liste des reçus n'était pas bien longue. Il prenait son temps et, en quelques minutes, les nerfs étaient mis à rude épreuve par cette énumération, surtout pour ceux, qui, comme lui, avaient la malchance de porter un patronyme commençant par une des dernières lettres de l'alphabet.

Enfin, dans un silence religieux évoquant celui des cathédrales gothiques, là où l'éternité du temps rejoint l'infini pour atteindre la dimension de Dieu, il entendit prononcer : « ... Sagnol Pierre... » Son cœur fit un bond et une onde de bonheur le submergea en une vague déferlante qui balaya en un instant ses doutes et ses appréhensions. Il était reçu ! Et il était même reçu second. D'un seul coup, la vie lui parut, en cet instant, différente, comme si les nuages s'étaient brusquement dissipés dans le ciel. Et, tandis que l'allégresse lui montait aux lèvres en une légitime fierté, ses premières pensées furent de pédaler jusqu'à l'usine Ricalens pour prévenir son père, puis de passer chez Fonquernie pour annoncer la bonne nouvelle à Julia, à Magne et au père Graulle. Pierre se précipita dehors et ivre de joie, il enfourcha le vieux vélo pour pédaler comme un fou vers Laroque.

– Je suis reçu ! Je suis reçu ! lançait-il à tue-tête et si fort en traversant la cour de l'usine Ricalens que les ouvriers qui vaquaient à leurs occupations se retournaient sur son passage.

– Té ! en voilà un qui a l'air heureux, laissa tomber un type en bleu de travail délavé.

– Oui, qu'il en profite bien ! Le bonheur, ça court pas toujours les rues, ajouta un grand diable au faciès et au poil ibère.

Pierre savait que son père tiendrait sa promesse. Il l'aurait, ce vélo qui le faisait tant rêver, ce Peugeot devant lequel il salivait en passant chaque fois devant le marchand de cycles. Mais au-delà de cette récompense, pour Pierre, en ce début juillet 1937, la vie s'ouvrait, belle et prometteuse comme un ciel d'orage éclairci des cumulus de l'avenir. Son succès lui faisait presque oublier ces coups de canon et ces bruits de guerre qui résonnaient en de sinistres massacres, de l'autre côté de la frontière, annonciateurs d'une de ces tragédies abjectes dont l'Histoire a le secret. Lui, il était au temps des illusions, et son bonheur lui masquait les saisons du vent mauvais.

Pour Pierre Sagnol, l'été 1937 fut un bel été. Jamais les filles de l'usine, dans leurs robes aux couleurs chatoyantes, légèrement soulevées par l'autan fripon, ne lui avaient paru aussi jolies. Du haut de ses dix-sept ans, libéré du poids de cet examen qui avait mobilisé toute son énergie, il les regardait avec un intérêt plus marqué, notant dans leurs yeux qui se voilaient l'émoi semé dans leurs âmes juvéniles. Même les plus âgées, qui n'affichaient pourtant guère plus de vingt-cinq ans, n'étaient pas insensibles à sa mâle prestance et Pierre devinait dans leurs rires clairs et leurs regards effrontés des promesses lourdes de passions et d'étreintes. La belle Suzanne, qui l'avait enflammé trois ans auparavant, lui semblait loin. Pierre avait appris qu'elle avait épousé l'année passée son grand gaillard aux moustaches noires tombantes. L'homme était costaud et sa force constituait, à coup sûr, son seul charme, son regard bovin en disant long sur la vivacité de son intelligence. Pierre avait parfois croisé Suzanne, à la sortie du travail, les cheveux couverts d'un fichu bleu qui la vieillissait et durcissait les traits d'un visage éloigné à jamais de la grâce mutine de ses seize ans.

Riche depuis quelques semaines d'un Peugeot bleu tout neuf, Pierre pédalait de toute l'ardeur d'une jeunesse encore insouciante. Il faisait tinter à loisir, en un plaisir non dissimulé, le timbre aigrelet de sa machine, passant en trombe dans les rues étroites de Laroque, poussant sur les pédales de sa bécane comme un beau diable, déhanché dans une pointe de vitesse fulgurante grâce à une montée en danseuse et à l'usage pertinent du dérailleur à trois vitesses. La tête haute, la casquette rejetée en arrière, malgré le poids respectable de son engin, il se sentait alors des ailes à l'image de ce Roger Labepie qui venait de remporter la Grande Boucle de cet été 1937. À peine avait-il le temps d'entendre ce que lui criait Julia, quand dès l'aube qui pointait, tendre et encore fraîche en ces petits matins d'août, juché sur sa bicyclette flambant neuve, il se précipitait, le café juste avalé, pour rejoindre son travail à l'usine. Au retour, sur le coup de midi, accompagné cette fois d'une chaleur plus franche, il se pressait moins, surtout quand Gabrielle Surre sortait en même temps que lui de son atelier.

Gabrielle, que tous ici appelaient naturellement Gaby, était presque sa voisine. Grande – un mètre soixante-dix –, elle habitait le quartier, à quelques maisons de là. Rousse flamboyante aux cheveux longs, sagement ramenés en arrière pour lui dégager le front, son visage rieur et avenant avait gardé la fraîcheur d'une enfance simple mais heureuse, passée au sein d'une fratrie nombreuse, à seconder très jeune, en tant qu'aînée, ses parents, ouvriers eux aussi à l'usine. À dix-neuf ans, on ne lui connaissait pas encore d'amoureux et elle avait la réputation d'une fille sérieuse. Gaby avait le rire clair et son petit nez retroussé dominait un océan de taches de rousseur. Aussi, les mauvaises langues, sur les bancs de la communale, disaient qu'elle avait pris le soleil à travers une passoire. Pierre, quand il rentrait avec elle, aurait pu sans difficulté la prendre en amazone sur son porte-bagages pour lui éviter de rentrer à pied. Mais il préférait, en sa compagnie, prendre son temps et marcher simplement à ses côtés, la main droite négligemment glissée dans la poche du pantalon, l'autre tenant le vélo par le guidon. Ils parlaient de tout et de rien, du travail, des saisons et des jours.

– Tu vas aider ton père ce soir ? demanda Gaby en le regardant de ses yeux verts.

– Bien sûr, faut ramasser les haricots, répondit Pierre.

– Moi aussi, confessa Gaby.

– Ta mère fait aussi les conserves en ce moment ?

– Comme la tienne... c'est l'époque !

– Chez nous, la lessiveuse ne chôme pas, assura Pierre.

– Vous n'avez pas de stérilisateur ?

– Non, Marrot les vend trop cher.

– C'est pourtant bien commode.

– On se débrouille autrement.

Souvent Pierre lui vantait son atelier, lui disait la rude camaraderie des tisserands, la qualité de la production des métiers, l'ardeur qu'il mettait à l'ouvrage, bref tout ce qui faisait sa vie au quotidien huit heures par jour. Elle, en retour, d'un ton badin, lui contait les amourettes des filles et les potins du sien. Quand il dissertait sur le temps trop chaud, sur l'orage à venir, Gaby lui racontait le film de ce Marcel Pagnol, ce *Marius*, qu'elle avait vu au cinéma du casino et qui l'avait émue aux larmes. Elle lui détaillait le « roman » entre Orane Demazis et Pierre Fresnay, n'osant avouer que, elle aussi, elle songeait au bonheur. Et en passant au fil des rues, les odeurs de navarin, de choux braisés ou parfois de

« mounjetade », ce cassoulet de cocos de Pamiers tout frais, venaient parfumer leurs narines tandis que, dans la pénombre des salles à manger, entretenue par des volets entrebâillés sur des fenêtres ouvertes, s'échappaient un air de tango ou une chanson de Carlos Gardel et les notes mélancoliques d'un bandonéon. Ils conjuguaient ainsi leurs préoccupations quotidiennes, osant, à de brefs moments, se projeter dans un avenir dont l'horizon international s'assombrissait de rodomontades et de bruits de bottes.

– Tu vois, Gaby, ce que j'aimerais un jour, c'est avoir mon métier à moi.

– Comme un façonnier ?

– Oui... Je sais bien que c'est pas toujours facile, surtout depuis quelques années ! soupira Pierre.

– Un seul métier, à la maison, ça fait pas toujours très bien vivre en effet ! Surtout si tu as une famille nombreuse, rajouta-t-elle en plaisantant.

– Oui, il y en a beaucoup qui ont arrêté pour rentrer à l'usine ces dernières années.

– C'est peut-être pas le moment. Les affaires peinent à reprendre. Regarde, Pierre, tout le monde se plaint. Mon père dit que les augmentations de salaire obtenues l'an dernier ont fondu comme neige au soleil avec le franc qui baisse. Tout est plus cher chaque jour !...

– Quand on a plusieurs métiers, on peut mieux s'en sortir, c'est vrai... mais il ne faut plus travailler tout seul alors !

– Il te faudra embaucher ou te marier ! fit-elle en riant.

– Hum !... pour ce qui est de se marier, à mon âge, j'ai encore le temps !

– Oh, il y en a qui y pensent déjà...

– Toi par exemple ? demanda Pierre en baissant les yeux vers elle.

– J'ai pas dit ça, protesta mollement Gaby, soudain timide.

– Moi, ce que je voudrais avant tout, ça serait de créer mon entreprise, tu vois... Être indépendant ! Et puis, pour fonder un foyer, il faut pouvoir faire vivre sa femme, non ?

– Et ton frère, tu as des nouvelles ? coupa Gaby.

– Il doit venir en permission la semaine prochaine pour cinq ou six jours.

– Il ne vient pas souvent, dis-moi ?

– Tu sais, c'est loin où il est... Il faut qu'il passe par Paris et il a presque un jour de train pour redescendre et autant pour remonter...

– Enfin, il est content ?

– Il ne se plaint pas. Mais, à la maison, il nous manque, surtout à la mère, laissa tomber Pierre sans avouer que, pour lui aussi, l'absence de Louis avait changé la vie familiale.

– Allez Pierre... à demain ! fit Gaby en arrivant à l'endroit où leurs chemins se séparaient avant de lui coller une bise sonore sur la joue.

Pour Pierre, l'arrivée de Louis était un grand bonheur. Si les deux garçons, au seuil de l'âge adulte, continuaient à ne pas se ressembler, ils affichaient toujours une solide complicité faite du bonheur du partage et d'une émulation affectueuse. Avec le retour de Louis, dans les derniers jours caniculaires de septembre, la maison allait bourdonner un peu plus. Le rythme monotone et bien rodé de la semaine qui les faisait passer du travail de l'usine à celui de l'hort serait brisé par les dernières parties de pêche avant la fermeture administrative officielle. Malgré la brièveté de son séjour, Louis ferait comme d'habitude des journées dans les fermes du voisinage pour gagner quelques francs. Le temps des vendanges approchait et ici, bien que les conditions bioclimatiques soient moins favorables qu'ailleurs, dans un pays où, traditionnellement, la petite polyculture familiale d'autoconsommation était la règle, beaucoup de paysans avaient encore une ou deux parcelles complantées en vigne qui ne donnaient qu'un produit médiocre. Leur vin, clair et peu charpenté, atteignant péniblement les neuf degrés d'alcool les bonnes années, ne se conservait pas longtemps. Il avait une fâcheuse propension à s'aigrir, surtout quand les barriques, souvent vieilles et mal entretenues, touchaient à leur fin, donnant des ulcères à l'estomac de ceux qui en buvaient trop.

– Il n'y pas de quoi se soûler ! maugréait souvent Louis à qui, pour prix du labeur d'une journée passée les reins courbés sur les souches, le sécateur à la main, le paysan, près de ses sous, donnait parfois deux bonbonnes du vin de l'an passé, histoire de régler le salaire du vendangeur et faire aussi de la place dans la cave.

– C'est toujours ça qu'on aura pas à acheter, disait Auguste en rangeant les bonbonnes enveloppées d'osier tressé dans la resserre qui jouxtait la cuisine.

– Les prix ne diminuent pas, mon pauvre Louis. Heureusement qu'on a trois paies et le jardin ! répondait Julia, qui tenait les cordons du ménage, pour le consoler.

Moins d'une semaine plus tard, Louis était déjà reparti pour ses casemates de béton glacées et humides, perdues dans ces contrées inconnues qui leur paraissaient si lointaines. Ces jours de bonheur fugace avaient vite passé et, en cet automne 1937 où Louis fêtait déjà sa première année sous les drapeaux, les nuages continuaient de s'accumuler à l'horizon d'une paix précaire : Hitler lorgnait sur une Autriche que Mussolini abandonnait à son sort, plus préoccupé de reconstruire l'antique Mare Nostrum. Quelques mois plus tard, le 15 mars

1938, dans la fraîcheur d'un hiver finissant, ses prétentions se transformaient en actes et l'Anschluss inaugurait les débuts du Grand Reich et le glissement inévitable vers une guerre que l'on ne voulait pas. Chaque semaine apportait dès lors sa moisson de déclarations inquiétantes dans une Europe martelée du bruit des bottes, frémissant au vent sinistre de l'épidémie des dictatures. Mais pour les Sagnol, le lot quotidien était beaucoup plus dans l'alternance des équipes montantes ou descendantes, dans le précieux fumier de Coquette à épandre sur l'hort, sur cette terre désormais leur et qui réclamait sa dose de sueur avant la plantation des pommes de terre. Ils percevaient, assourdis, les bruits d'un monde finissant où l'Histoire s'accélérait dans le déchirement de l'insouciance des jours heureux.

Personne, ici, à Laroque ou même à Lavelanet, la capitale de ce pays dont le cœur battait au rythme des métiers, ne savait où était Karlsbad, cette petite ville des monts Métallifères, où un obscur Konrad Henlein, par une proclamation publique inquiétante, faisait émerger l'existence des Sudètes dans l'actualité diplomatique des chancelleries occidentales, pourtant déjà bien occupées par l'agonie de la République espagnole.

Pour Pierre, Auguste et Julia, pour Magne ou Graulle comme pour beaucoup de ces gens du peuple qui travaillaient ici à façon ou dans les grandes usines intégrées, les prochaines foires et surtout la fête du village, située le jeudi qui suivait la Sainte-Trinité, semblaient plus proches que ce pays de barbares teutons où se déroulait une querelle lointaine. Et, naturellement, en rentrant de l'usine, alors qu'ils se séparaient au carrefour de leurs rues respectives, ce vendredi de juin, après la longue journée de travail dans le bruit assourdissant des métiers qui tapaient, Gaby avait demandé à Pierre :

– Demain, tu vas à la fête à Laroque ?

– J'irais bien faire un tour le soir...

– Moi aussi... On pourrait s'y retrouver, se hasarda Gaby en baissant les yeux légèrement pour mieux l'observer, les paupières mi-closes.

– Oui, si tu veux, dit Pierre, peu habitué à ce genre de rendez-vous.

– Tu me feras danser, suggéra-t-elle.

– Mais, Gaby, tu sais bien que je sais pas danser !

– Eh bien, faudra que je t'apprenne alors ! dit-elle en riant avant de s'enfuir, mutine, la crinière rousse flottant au vent des Pyrénées rendues proches par l'autan.

Le lendemain soir, dans la tiède douceur qui baignait Laroque, caressant tel un zéphyr câlin la peau des filles qui osaient se promener bras nus, étrennant souvent leur nouveau corsage de printemps, Pierre avait mis le costume du dimanche pour faire honneur au rendez-vous de Gaby. La fête battait son plein, dans les flonflons parfois dissonants de l'orchestre amateur qui éraillait un tango langoureux, sous la lueur blafarde des lampes de quarante watts ternies par des saisons d'exposition au mauvais temps. Les couples dansaient malgré tout avec conviction, chacun collé à sa chacune, dans une passion à peine dissimulée, le pas glissant, souple, sur le parquet en bois qui servait de piste, rythmant des mouvements de leur corps les pulsations musicales de l'accordéon. La casquette en arrière, dégageant le front pour libérer une mèche rebelle, la main enserrant la taille ou posée sur l'épaule avec ce qu'il faut de sentiment, certains prenaient un air inspiré, essayant de saisir, l'espace d'une danse, le bonheur de tenir quelques minutes du bout des doigts celle qu'ils espéraient enfin, peut-être, conquérir. Qu'importe le rythme, marche, valse ou tango, elle avait dit oui, acceptant d'être devant tout le village aperçue dans ses bras. Et le bellâtre, se prenant au jeu, finissait parfois par croire que c'était gagné, devenait plus pressant devant le trouble de sa cavalière, suivi des yeux par l'alignement des mères et des tantes toujours prêtes à chaperonner la jeunesse.

Pierre était arrivé presque à la tombée de la nuit, au moment où le « petit bazar », chez Anastasie, repliait ses volets de bois, masquant les plaques publicitaires en tôle émaillée qui vantaient les vertus du Byrrh, du bouillon Kub ou du cirage Lion noir. Derrière les vitres encombrées de réclames, s'étendait un monde merveilleux qui faisait rêver tous les gamins du bourg, avides de couteaux de poche, de yo-yo multicolores, de taille-crayons offrant quelques vues naïves des grands monuments de la France et de souvenirs montagneux qui laissaient retomber des flocons de neige quand on les retournait. Pierre ne voulait pas être en retard. Gaby avait eu au fond des yeux une lueur qui, d'un seul coup, la lui avait fait voir autrement en ce mois de juin 1938, pour cette Fête-Dieu qui marquait traditionnellement le début des festivités du bourg.

Gaby survint peu après, suivie de sa mère et de deux de ses frères cadets qui lorgnaient plus vers les quelques baraques foraines installées à proximité que vers le bal et l'orchestre. Chapeautée, elle arborait une ravissante robe en cotonnade fleurie que Pierre ne lui connaissait pas. Les manches courtes et légèrement bouffantes dévoilaient des bras dorés et musclés par l'alternance du travail à l'usine et celui du jardin. Elle l'embrassa sur la joue, lui faisant respirer au passage l'eau de Cologne dont elle s'était discrètement parfumée, dans le mouvement souple de sa crinière rousse. Autour de la piste, des chaises de bistrot dépareillées offraient un mélange de couleurs vives et ternes. Leurs lattes rouges et blanches, repeintes de frais pendant l'hiver alternaient avec d'autres, sans âge, dont les tons vert-marron douteux, évoquaient le reliquat des surplus de l'armée américaine.

– Allez, on y va ! lui lança Gaby, à peine arrivée, en l'entraînant vers le parquet où évoluait déjà une foule serrée de danseurs.

– Mais, je sais pas faire, protesta vaguement Pierre.

– Laisse-toi guider, fit-elle, enjouée, en le saisissant par la main sous l'œil de sa mère qui cherchait une chaise pour la surveiller tranquillement.

Dans les bras de Gaby, Pierre se sentait gauche et maladroit, promené d'un côté et de l'autre en un tournoiement rythmé par une main habile obéissant à une logique qui lui échappait. Il tentait de suivre le mouvement imprévisible que la musique impulsait, mais avait l'impression d'avoir toujours un temps de retard. Gaby avait du savoir-faire, de l'aisance. Pierre découvrait une Gaby inconnue. Elle était légère, aérienne, d'une souplesse jamais devinée, parfois sautillante, pleine de tendresse dans ses frôlés, s'abandonnant presque pour mieux se ressaisir au dernier moment, s'échappant de ses bras pour mieux y revenir. Pierre était désorienté par ce comportement nouveau et un trouble profond lui faisait battre le cœur. De temps à autre, il percevait son regard amusé qui plongeait dans ses yeux avec une intensité nouvelle, brillant d'une flamme inconnue. Parfois, en tournant la tête, elle cherchait à distinguer sa mère dans la masse des badauds attroupés au bord de la piste.

Gaby était infatigable. Elle enchaînait tangos et valses avec un bonheur toujours renouvelé dans la fraîcheur qui tombait des montagnes proches, faisant couvrir les épaules d'un gilet de laine. À l'autre bout du bal, les villageois s'étaient rassemblés, souvent par familles, autour de vieilles tables de bistrot en marbre rouge, cerclées de laiton jaune cabossé par les ans que l'on avait sorties pour l'occasion de la réserve où elles dormaient habituellement. Assis devant un bock de bière fraîche, grignotant quelques cacahuètes grillées, puisées dans une soucoupe de bakélite rouge, les hommes, casquette sur la tête, bonasses, écoutaient leurs femmes faire leurs commentaires, empreints de sous-entendus, sur les couples qui se formaient et se laissaient. Souvent vêtues de noir ou de gris, signe d'un deuil encore proche, le chapeau du dimanche savamment arrimé au chignon, elles n'arrêtaient leurs cancans que pour s'humecter le gosier d'une gorgée de limonade de Fontestorbes avant de reprendre leurs litanies de remarques perfides et de vraies fausses nouvelles sous l'œil indifférent de leurs maris. L'air s'empuantissait de temps à autre de l'odeur du gris roulé sur la feuille de RIZLA+ que l'on allume dans le grésillement âcre du briquet à essence. Pour tous, danseurs et spectateurs, ces soirs-là, étaient porteurs des espérances de l'été tout proche.

– Gaby ! On rentre maintenant, lui lança le plus jeune de ses frères.

– Allez-y ! Je fais encore un tour ou deux avec Pierre ! On vous rejoint ! répondit-elle, la tête penchée en arrière, jetant un regard complice à son cavalier.

– Tarde pas trop !

– Non, c'est promis... je rentre pour minuit, maman !

– On a du travail demain ! cria sa mère en la voyant happée par le tourbillon des danseurs.

– Vous faites quoi ? demanda Pierre.

– La lessive, comme chaque quinzaine, soupira Gaby en l'entraînant dans une marche endiablée.

Les douze coups de la cloche de l'église sonnèrent le départ. Dans une dernière pirouette, Gaby s'échappa des bras de Pierre. Main dans la main, sur le chemin du retour, ils restaient silencieux, comme deux enfants complices. Dans la pénombre d'un éclairage public lointain, parvenus à l'embranchement de leurs rues, Pierre s'arrêta. Il distinguait à peine le visage de Gaby. Comme il n'osait rompre le charme de ce moment irréel, ce fut elle qui l'embrassa. Ses lèvres avaient un goût de framboise. Ce baiser le chavira complètement, le laissant pantelant et fébrile, telle une vague sur une plage abandonnée. Jamais de sa vie, il n'avait eu un tel choc mais aussi autant envie de recommencer. Il se sentit à ce moment devenir double, se transmuter pour s'enrichir d'une épaisseur nouvelle. Le monde leur appartenait, dans sa complexité désormais simplifiée, à Gaby et à lui. Avant de se dégager, elle murmura à peine un « à demain », le laissant seul au coin de la rue, la tête pleine de pensées confuses, mais claire d'une seule idée, revoir Gaby demain.

Pierre se sentait tout bizarre en rentrant chez lui. D'abord parce qu'il n'avait pas l'habitude de traîner dehors si tard, mais surtout à cause de ce baiser avec Gaby qui lui ouvrait les portes d'un monde inconnu et merveilleux. Le cœur battant, il rentra sur la pointe des pieds, ne sachant comment il cacherait à Julia et à Auguste ce qui ressemblait au début du premier amour de sa vie. La fraîcheur des draps de fil n'apaisa pas le trouble qui l'assaillait, peuplant ses rêves du souvenir parfumé de sa souple chevelure rousse. Mais Pierre n'eut pas longtemps à se torturer l'esprit à ce sujet : dès le lendemain, Gaby qu'il retrouva sur le chemin de l'usine l'embrassa avec la même fougue et en pleine lumière cette fois.

Trois jours plus tard, une voisine, bonne âme de commère, qui passait sa vie derrière le volet entrebâillé de sa cuisine quand elle n'était point sur le pas de sa porte à regarder circuler les passants, glissa à Julia :

– Alors, ça y est... il fréquente ton Pierre ?

Julia fronça les sourcils, ne répondit pas mais, rentrée à la maison, sut habilement lui faire avouer ce tendre penchant. Elle avait dû mettre Auguste au courant car, alors qu'ils sarclaient ces haricots plats que l'on nomme ici « taoulettes », Pierre encore courbé en deux sur son rang, s'entendit conseiller à demi-mot de ne pas mettre la charrue avant les bœufs. Tout surpris, il marqua un temps d'arrêt, s'empourpra comme une pivoine, puis se redressant trouva la force de murmurer : « On n'a rien fait de mal... », en regardant Auguste dans les yeux. Ni l'un ni l'autre n'en dirent davantage, mais par le légitime souci des convenances, quand Gaby le raccompagnait chez lui, elle s'arrêtait toujours au petit portillon blanc qui symboliquement fermait le jardin de devant et où Julia s'était mise à faire pousser quelques fleurs, imitant ses voisines en un réflexe citadin qui voulait qu'on s'enorgueillisse de son « devant de maison ».

Pour Pierre Sagnol, l'été 1938, comme celui de 1937, mais pour d'autres raisons, fut ainsi un été magnifique, plein d'une insouciante gaieté partagée avec Gaby en de longues promenades le long du Touyre, plein de rêveries conjuguées, un brin d'herbe aux lèvres à l'ombre de ces paillers qui, telles des sentinelles immobiles, marquaient les champs de leurs silhouettes trapues et débonnaires. Ces instants, volés au labeur de la semaine et au travail du jardin le dimanche, étaient d'autant plus précieux qu'ils restaient rares. L'un comme l'autre savaient que leurs obligations domestiques et filiales prévalaient sur leurs sentiments. Louis, bien décidé de s'engager dans l'armée, n'en venait pas moins de passer une semaine de permission à Laroque-d'Olmes, à la mi-juillet, partageant, l'espace de quelques jours, leur bonheur neuf.

Toutefois, cette douceur de vivre, retrouvée aussi dans les bals du samedi soir, à l'occasion des fêtes de villages environnants, se troublait peu à peu des menaces grandissantes en Tchécoslovaquie. Paris et Londres avaient pris la défense de la jeune démocratie face aux appétits allemands. Partout, le sang montait à la tête des États.

Aux frontières, l'armée française avait donc renforcé son dispositif. Les permissions étaient désormais supprimées. Louis, dans ses lettres, depuis son croiseur de béton et d'acier en Lorraine, se faisait l'écho des angoisses du moment, tentant de persuader les siens qu'il ne risquait rien grâce à la puissance défensive des ouvrages : « On nous a doublé la dotation en munitions. Ça sent pas bien bon... mais on est prêts ! Qu'ils viennent ! Ils se casseront les dents sur notre béton... et on leur mettra une bonne raclée, pire qu'en 1914... » Mais en ce début septembre les courriers qu'il leur envoyait ne rassuraient ni Auguste ni Julia.

– Hé, Auguste ! tu es au courant ? l'interpella Roger Raynaud, un collègue d'atelier.

– Au courant de quoi ?

– Lagarde, Bouissou, Couderc et Rousse..., fit Roger.

– Eh bien ?

– Ils ont reçu leur ordre de rappel !

– Comment ça ? demanda Auguste.

– Té, ils l'ont dit hier soir au poste !

– Tu sais bien, Roger, que je n'ai pas la TSF.

– Ah ! c'est vrai que vous êtes pas bien modernes encore ! Enfin, comme je te le dis : hier soir, ils ont annoncé sur Toulouse-Pyrénées qu'ils rappelaient certaines classes de réservistes et ce matin, c'était affiché à la mairie quand je suis passé devant.

– Quelles classes ils rappellent ? questionna Auguste, soudain inquiet.

– Les plus jeunes. Pour l'instant, nous, ceux qui avons fait 14, on risque rien.

– Ça finira mal toute cette histoire, conclut Auguste en se grattant la tête, pensif.

– Surtout que leur Tchécoslovaquie, c'est loin, renchérit Roger Raynaud. Qu'est-ce qu'on a à faire là-bas, à y voir nous dans leurs histoires ! On va quand même pas faire la guerre pour ces gens-là... On comprend même pas ce qu'ils se disent quand ils se parlent !

– C'est quand même grave...

– On ne va pas verser notre sang pour eux ! On a assez dégusté la dernière fois ! Moi, je n'étais pas planqué comme certains... j'ai fait mon devoir ! J'étais au Chemin des Dames, ajouta Roger avec une fierté mêlée de sous-entendus.

– Moi, j'étais à Verdun, si tu veux savoir.

– Oh ! je parle pas pour toi bien sûr, se radoucit Roger peu désireux d'entamer une polémique sur un sujet qui restait sensible chez tous les anciens combattants.

La conférence de Munich, à l'initiative de Mussolini, quelques jours plus tard, les délivra de l'angoisse existentielle qui, au-delà des conversations, se lisait sur les visages de tous, en « lâche soulagement », comme l'écrivait Léon Blum. « La France était rendue à la belote et à Tino Rossi » et elle avait sacrifié sur l'autel d'une paix illusoire son meilleur allié en Europe centrale. Ces graves soubresauts de l'actualité n'avaient pas fait changer Louis d'avis sur son avenir. Promu caporal, jouissant du privilège d'un box pour dormir un peu à l'écart des autres, il avait persisté dans son désir d'engagement dans les troupes coloniales et s'apprêtait maintenant à rejoindre le 9e Régiment de zouaves en Algérie. Cette perspective n'enchantait pas Julia outre mesure, mais elle n'en montrait rien, apaisée un peu par l'éloignement du théâtre de combats éventuels en Europe. La crise tchèque passée, l'agonie de la République espagnole était redevenue, ici, dans les Pyrénées, l'actualité des jours ordinaires, délivrant son cortège de familles rompues et brisées, spectacle pitoyable d'une humanité de pauvres diables qui gardait au fond des yeux l'étrange lueur des horreurs vécues.

Le flot des réfugiés s'intensifia à la mi-janvier, quand les franquistes passèrent l'Èbre. Une masse de plus en plus dense se pressait désormais sur toute la frontière pyrénéenne, par des sentiers de montagne enneigés. C'était la *Retirada* de tout un peuple, une longue marche, avec parfois, dans le poing serré, un peu de la terre sacrée d'une démocratie vaincue. En Ariège, ils arrivaient par l'Andorre, plus rarement par le Perthus. Ils campaient dans les bois, dans les ravins, allumant de pauvres feux où les femmes aux visages ravagés par les épreuves faisaient sécher du linge multicolore. Bien sûr, à Lavelanet, dans les usines du pays d'Olmes, les Espagnols, on les connaissait de longue date. De nombreuses familles travaillaient déjà dans les fabriques et les ateliers avant que la guerre n'éclate. Pourtant, même parmi les ouvriers, ce n'est pas sans appréhension que beaucoup voyaient débarquer cette populace transie de froid et de faim qui déambulait dans les rues.

– Té regarde... en voilà encore, fit Magne en montrant à Pierre un groupe qui avançait, misérable, sur la place de Laroque à l'heure où ils sortaient, eux, de l'usine.

– D'où viennent-ils comme ça ? soupira Pierre en contemplant ces réfugiés dans des vêtements qui n'étaient plus que des hardes fatiguées.

– De toute l'Espagne... enfin, ceux-là, c'est sûrement de Catalogne maintenant, répondit Magne en faisant allusion à la chute de Barcelone, le 26 du mois passé, qui avait précipité l'exode des républicains.

– Où va-t-on les loger s'ils arrivent nombreux comme ça ? demanda Pierre.

– J'ai lu dans *La Dépêche* qu'ils ont ouvert des camps. Graulle m'a même dit que dans la région, il y en avait un à Bram et un autre à Montaillou.

– Ils vont nous prendre le travail, vous verrez ! ajouta, un brin xénophobe, un ouvrier qui marchait à côté d'eux.

– Pauvre idiot, lui jeta Magne. Ils ne savent pas faire ce que nous savons !

– Ils apprendront vite, dit l'autre, mauvais.

– Prenons garde à ne pas être comme eux bientôt, répliqua Magne en le toisant froidement.

Ces vaincus, qui avaient pris la route du Nord, celle d'une France qu'ils espéraient amicale et fraternelle, les Sagnol les voyaient défiler quotidiennement, juchés parfois sur des mulets, mais le plus souvent à pied. Ils traversaient Laroque, hagards, demandant leur chemin aux passants et aux ouvriers sortant des usines en un sabir haché d'émotion. Tous étaient encombrés de balluchons, traînaient des malles informes, des valises fermées par des ficelles. Les yeux cernés par la fatigue et la peur mais brillants d'une flamme étrange, le cœur broyé de désespoir et de rage, ils redressaient néanmoins la tête en un ultime sursaut de fierté. Sous prétexte de les désarmer, on les avait fouillés pour leur confisquer leurs dernières richesses. Ils avaient laissé leur or et même les femmes avaient dû abandonner leurs alliances. La frontière qui s'était ouverte à partir du 5 février 1939 laissait passer à présent un pitoyable troupeau de femmes, de jeunes, d'enfants. Les hommes valides, le visage mal rasé, malgré leurs cris et les implorations de leurs épouses et de leurs gosses, étaient, eux, refoulés sans ménagement par les mobiles et les tirailleurs sénégalais qui n'hésitaient pas à user de la matraque comme le ministre de l'Intérieur leur en avait donné l'ordre. Ainsi, sur le chemin de l'exode, la séparation familiale allait souvent de pair avec l'arrachement au pays.

Mais pour les Sagnol, bercés par l'illusion d'une paix qui serait pourtant éphémère, le temps réservait encore quelques petits bonheurs. Ainsi, en ce printemps 1939,

Julia qui s'était laissé circonvenir par une voisine pour prendre un billet de loterie nationale, dépense qu'elle n'avait pas osé avouer à Auguste, eut-elle la surprise de voir que son billet, un dixième de la tranche des Gueules Cassées, était gagnant. À deux numéros près, pour un peu, elle aurait eu le gros lot, tel ce Paul Bonhoure, coiffeur à Tarascon dans les Bouches-du-Rhône, gagnant lors du premier tirage, le 7 novembre 1933, la somme fabuleuse de cinq millions de francs avec le billet 18414 dans la série H, H comme heureux ! Bien que son gain fût beaucoup plus modeste, Julia eut les mains toutes tremblantes en découvrant que ce petit morceau de papier, coloré de savantes arabesques, valait mille huit cent soixante-sept francs, c'est-à-dire plusieurs mois d'économies. Mis au courant le soir même, Auguste, assis sur la chaise basse du cantou, après avoir froncé les sourcils un instant, s'exclama :

– Ça fait beaucoup d'argent !

– Eh bien, justement, fit Julia, on va en profiter...

– Et pour quoi faire ? demanda Auguste, habitué à la parcimonie.

– On va l'employer cette somme... pour acheter quelque chose d'utile !

– Tu veux acheter quoi ? questionna Auguste, inquiet.

– Un poste de radio ! lâcha-t-elle soudain.

– Un poste de radio ! Mais ça coûte cher !

– Je sais bien !

– Jusque-là, on s'en est bien passé, argua-t-il.

– Il faut vivre avec son temps ! Beaucoup de nos voisins en ont un aujourd'hui.

– Après tout, c'est toi qui l'as gagné, fit Auguste, qui en avait envie lui aussi sans oser l'avouer. J'irai me renseigner demain sur les prix...

Quelques jours plus tard, ils passèrent commande à

Saint-Étienne par l'intermédiaire du *Chasseur français*, d'un magnifique poste de marque « Sonora » pour la somme de mille trois cent trente et un francs. L'arrivée de cette nouveauté fut un événement mémorable. Le poste était imposant, plus haut que large, carrossé d'une belle ébénisterie vernie. Les boutons en bakélite permettaient de choisir la station que l'on désirait. Il était même pourvu d'une prise de terre reliée à un piquet de fer fiché dans le mur. Le plus complexe fut l'installation de l'antenne, un long fil de cuivre qui à travers le plafond de la cuisine rejoignait un mât planté pour l'occasion dans le jardin. Dès lors, dans des crachotements sympathiques mêlés de ronflements, ils tendaient tous l'oreille à l'écoute de Radio Toulouse. Parfois, Auguste essayait de prendre Sottens ou Radio Paris mais la réception était moins bonne. Aussi revenait-il sur le poste régional qui disposait d'un émetteur plus puissant. Pierre, lui, avait une préférence pour Radio Andorre, une station plus musicale. Mais à l'heure des informations, le soir, la musique devait s'oublier. Auguste exigeait le silence et il fallait se taire pour écouter le speaker débiter les dernières nouvelles.

L'emballement de la vie politique internationale faisait retenir, de plus en plus, son souffle à chacun dans un mélange de crainte et d'illusion. La fin de la République espagnole, le drame qui se jouait là-bas, « *tras los montes* », prenait ici une acuité particulière malgré la distance que l'on s'efforçait d'y mettre en pratiquant la politique de l'autruche. À la sortie des usines, aux pauses casse-croûte, les inquiétudes se lisaient sur les visages des ouvriers au fil des soubresauts d'une actualité lourde de menaces. La guerre, ce mot maudit depuis la grande boucherie de 1914, ce mot que l'on voulait refouler au tréfonds de l'Histoire, occupait les pensées de chacun.

Tenant un exemplaire de *La Montagne socialiste* à la main, ce journal de la SFIO qu'un militant lui prêtait régulièrement dans l'espoir de le voir adhérer au mouvement, Magne, en marchant, commentait à voix haute l'éditorial en poussant des exclamations furibondes :

– Tu te rends compte ce que Alexandre Rauzy, notre député, a osé écrire ?

– Non ! il a dit quoi ? demanda Pierre qui manifestait peu d'intérêt pour la politique ayant, au-delà de sa jeunesse, des préoccupations plus professionnelles.

– Écoute ça : « Je suis quant à moi un partisan déterminé d'un rapprochement franco-allemand... » Il est gonflé, le bougre !...

– Qu'est-ce qu'ils en disent eux, ceux de la SFIO ?

– Hé, ils sont pas d'accord, bien sûr... Té, écoute ça : « M. Marcel Déat ne veut pas mourir pour Dantzig. C'est une opinion. Tous ceux qui, dans ce pays, n'ont pas perdu le goût de la liberté répondront à M. Marcel Déat qu'ils ne veulent pas mourir dans un camp de concentration. » C'est envoyé, non ?

– C'est bien dit, en effet, concéda Pierre. Mais pourquoi l'a-t-on élu, ce type ?...

– Le premier coup, aux élections de 1928, tu n'étais qu'un gamin à l'époque, il a piqué par surprise le siège de député aux radicaux. Après, en 1933, il a suivi Déat et les néo-socialistes contre la ligne du parti. Aujourd'hui encore, vers Tarascon, il compte pas mal d'amis, expliqua Magne.

– Moi, la politique locale, tu sais, ça me laisse un peu froid. Je préfère mon métier de tisserand. C'est la seule chance que j'aie de réussir maintenant, de m'en sortir. Au Pas de l'Ours, il y a cinq ans, on a tout perdu. On n'avait pas grand-chose, bien sûr, on était pas riches... mais on était libres, tu vois. Évidemment, tu me diras que c'était le destin peut-être. Si tu savais ce que ça a été de devoir partir de cette terre qu'on croyait nôtre parce qu'on l'avait tant travaillée !

– Aujourd'hui, ça dépasse la politique, mon pauvre Pierre... Ce monsieur Hitler, il va nous foutre la paix en l'air ! fit Magne. Toi, t'as pas encore l'âge tout à fait, mais tu as ton frère Louis sous les drapeaux, non ?

– Oui, répondit Pierre.

– Et même ton père Auguste, il est pas bien vieux. Il pourrait bien être rappelé comme certains l'an passé, en septembre, juste avant Munich. Nous, les travailleurs, on a souvent été de la chair à canon ! poursuivit Magne pour le convaincre.

Pierre baissa la tête, ne sachant que répondre à ces arguments. L'occupation de toute la Tchécoslovaquie et son incorporation au Reich au printemps 1939, les discours musclés sur le nécessaire espace vital, les parades militaires dans le claquement des oriflammes et les roulements de tambour de l'autre côté du Rhin, tout donnait, hélas, chaque jour davantage raison à Magne. Pierre s'efforçait de ne pas trop y penser, se concentrant sur ce métier de tisserand qu'il aimait et qui alimentait ses rêves d'installation pour les transformer en des rêves d'entrepreneur. Quand Pierre n'était pas à l'usine ou au travail, les reins courbés sur la glèbe, au jardin, il flânait avec Gaby, main dans la main, et dans ses bras, la Tchécoslovaquie était bien loin. Depuis l'automne dernier, Gaby elle-même, gagnée par l'engouement communicatif de Pierre, prenait des cours du soir pour devenir aide-comptable et échapper ainsi au destin tout tracé de sa condition. Mais l'annonce surprise du pacte germano-soviétique, en plein cœur de l'été 1939, vint mettre un terme à leur insouciance.

# 8

## *Les saisons du vent mauvais*

Dans l'incompréhension totale de cette alliance germano-soviétique contre nature qui se faisait par un protocole secret au détriment de la Pologne, basculant de la paix à la guerre en une logique meurtrière, le destin des Sagnol à l'instar du celui de la France, en l'espace d'une semaine, ne pouvait éviter le cours du temps, celui des saisons du vent mauvais. Auguste avait à plusieurs reprises, cette semaine-là, sorti de l'armoire de mariage son livret militaire qui y dormait depuis 1919, date de son retour au foyer après quelques mois passés en occupation dans une Allemagne en train d'inventer le mythe du coup de poignard dans le dos. Il attendait que la maison soit déserte, qu'ils soient tous au jardin pour ouvrir le tiroir secret de l'armoire. Il ne voulait pas qu'ils s'inquiètent au-delà de ce que la radio ou la presse annonçait à grand renfort de manchettes alarmantes.

Seul dans la cuisine, Auguste demeurait pensif en feuilletant les pages jaunies du document. Son regard glissait de son numéro matricule à la lettre qui indiquait son ordre de mobilisation. Il n'était pas dans les premiers, évidemment... Bien sûr, à son âge, il ne devrait pas aller au front, en première ligne comme en 14. Enfin, du moins l'espérait-il, car il savait bien que, lors du conflit précédent, quand on avait eu besoin d'hommes pour combler les vides laissés par les mitrailleuses Maxim dans les rangs des jeunes vies françaises, on avait jeté dans la bataille des quadragénaires et même quelques quinquagénaires, affectueusement surnommés « pépés » par leurs camarades. Auguste, depuis sa libération dans l'euphorie de la victoire, était passé en 1re, puis 2e réserve avant d'être versé finalement dans la territoriale.

Ces derniers jours d'août étaient chauds, lourds et étouffants, à l'image de l'actualité internationale. Le soir, les Sagnol, comme beaucoup de Français, demeuraient l'oreille collée au poste de TSF dans l'attente des nouvelles. Mais, dès le 28 août, le gouvernement avait décidé de rétablir la censure qui filtrait les informations. Auguste tournait lentement le bouton de bakélite noire du majestueux Sonora qui trônait sur le buffet. Dans le crachotement d'une réception rendue difficile, selon les conditions météo, par les montagnes proches et malgré l'antenne il tentait de suivre ce glissement inévitable de la paix à la guerre. Il détournait alors les yeux pour éviter de répondre aux questions qu'il aurait pu lire sur le visage de Julia. Il ne se faisait guère d'illusions mais ne voulait pas l'affoler inutilement.

– On va quand même pas se battre ? murmurait Julia en finissant d'essuyer sa vaisselle qui s'égouttait sur la paillasse de l'évier.

– Mais non ! répondait-il. De l'autre côté du Rhin, on se souvient trop de ce que c'est la guerre.

Elle faisait semblant de le croire, mais son angoisse demeurait entière. Julia pensait à son fils, Louis, engagé volontaire dans ce régiment de troupes coloniales, parce qu'il lui avait dit vouloir voir du pays, sans oser lui avouer que c'était un moyen d'être une bouche de moins à nourrir. Elle pensait à toutes les épreuves qu'ils avaient traversées depuis le drame de Bordenave, cinq ans auparavant. Maintenant ils commençaient à s'en sortir, et tout risquait d'être remis en cause... Julia ne voulait pas y penser. Ses doigts usés et déjà déformés par des rhumatismes précoces serraient un peu plus fort les assiettes dans le torchon humide. La grande comtoise égrenait le temps, immuable, mais l'éternité qu'elle écoulait à chaque coup de balancier semblait soudain bornée d'une réalité crue, aux aspérités dangereuses.

Les Sagnol, qui avaient pris leurs désormais traditionnels quinze jours de congé payés, délaissant les usines Fonquernie et Ricalens, étaient naturellement restés à la maison en ces jours d'été. Avec l'hort, pas question de s'éloigner ! Ils passaient la plupart de leur temps au jardin, sarclant haricots, salades, poireaux selon le vieil adage qu'un binage vaut deux arrosages. Mais passé midi, ils se calfeutraient, cherchant un peu de fraîcheur à l'abri des murs épais. Après le déjeuner, c'était l'heure de la sieste et le moment pour Pierre, bravant la chape de chaleur, de rejoindre Gaby pour s'installer avec elle, à l'ombre d'un chêne vénérable à la sortie de Laroque, sur la route de Saint-Roch. Ils restaient là, à l'abri des chaînons calcaires du Plantaurel, deux ou trois heures, assis dans l'herbe, au bord du chemin, parlant à voix basse en se regardant, main dans la main, essayant de retenir ce bonheur fugace.

– Heureusement que tu n'as pas encore l'âge d'être soldat, dit Gaby.

– Il ne s'en faut pas de beaucoup, répliqua Pierre.

– En tout cas, tu ne partiras pas.

– Je peux toujours m'engager, puisque j'ai dix-huit ans passés !

– Tu me laisserais ? dit-elle en plongeant ses yeux dans les siens.

– Tu sais bien que non ! Mais s'il fallait faire son devoir, faudrait bien que j'y aille.

– Qu'est-ce qu'il en dit ton père de tout ça ?

– Il dit rien, mais je vois bien que ça le travaille...

Tiens, pas plus tard qu'hier, je l'ai vu sortir son livret militaire !

– Il est encore mobilisable ?

– Oui. Pas le tien ?

– Je ne crois pas.

– Pourquoi ?

– Famille nombreuse !... Tu oublies que je suis l'aînée et que j'ai cinq frères et sœurs. Si mon père était rappelé, je sais pas avec quoi on mangerait ! s'exclama Gaby.

Pierre hocha la tête, pensif. De temps en temps, il lui volait quelques baisers sans qu'elle proteste. Vers les quatre heures de l'après-midi, on sentait l'orage monter, inexorable. Ils se dépêchaient de rentrer car, rituellement, il éclatait une heure plus tard, brutal et ravageur, faisant gonfler le Touyre et l'Hers d'un flot impétueux chargé de terre arrachée aux berges desséchées. Pendant quelques dizaines de minutes, le ciel, devenu noir d'encre, s'illuminait d'éclairs violets qui zébraient l'espace en des craquements sinistres qui se répercutaient en écho sur les crêtes des montagnes proches. Les Sagnol, plus que tous les gens de la terre, n'aimaient pas les orages. Cela leur rappelait de trop mauvais moments et les souvenirs de Bordenave n'étaient pas bien loin. Aussi, l'abat d'eau passé, ils se précipitaient, le « bigoucet » à la main, pour réparer les dégâts au jardin.

En l'espace de quelques jours, comme ces orages qu'ils redoutaient tant pour l'hort, le conflit fondit sur eux : le 1er septembre, Hitler faisait entrer ses troupes en Pologne et, deux jours plus tard, le gouvernement français, pris par ses engagements diplomatiques, déclarait la guerre au IIIe Reich. Mais bien peu de Français avaient envie de « mourir pour Dantzig » selon le mot de Marcel Déat dans *L'Œuvre*. Quelques semaines plus tard, Maurice Chevalier pourrait bien chanter sur les scènes des théâtres aux armées que « tout ça, ça fait d'excellents

Français », loin de partir la fleur au fusil, l'enthousiasme grave de 1914 avait laissé la place au doute, à l'expectative et à la frilosité.

Tout était allé trop vite : les affiches de cette mobilisation générale redoutée, placardées sous le tableau grillagé, accroché au mur de la mairie de Laroque-d'Olmes, où d'ordinaire, à cette saison, on publiait plutôt les arrêtés pour l'ouverture de la chasse ou les bans de vendanges, le discours de Daladier dans la foulée expliquant qu'on faisait la guerre parce qu'on nous l'imposait, le départ des premiers réservistes... Alors que la presse se glorifiait que, grâce aux événements, trente mille petits Parisiens évacués devenaient campagnards, que les journaux populaires se faisaient l'écho de la mobilisation à l'école de l'air de Salon-de-Provence, de Charles Trenet, Auguste, en silence, avait préparé sa petite valise, entassant lui-même quelques caleçons, deux ou trois chemises, un pantalon propre et son rasoir à main. Son fascicule de mobilisation, vu son âge, le faisait partir le cinquième jour pour rejoindre le dépôt de Châteauroux.

Ce n'était pas de gaieté de cœur que l'on quittait son foyer, sa femme, sa fiancée, ses parents, ses frères et sœurs, ses amis, ses copains, son travail, son patron, tout ce qui faisait ce quotidien banal et confortable de chacun, cette somme d'apéros au zinc du Café des Sports entre potes, de parties de pêche au bord de la rivière, de belotes, d'émotions au cinéma, de vertiges au bal, de promenades dans les bois et de bons repas le dimanche en famille. Remettre brodequins et bandes molletières, ceinturons et casques Adrien, retrouver l'odeur fade des cuisines de l'intendance, n'emballait nullement la majorité des Français qui conservaient vivace le souvenir de 1914 dans leur mémoire meurtrie. Bien sûr, ils feraient leur devoir, comme l'avaient fait leurs aînés...

Sous l'œil humide de Julia, vêtue du tablier de tous

les jours, Auguste serra longuement Pierre dans ses bras, muet d'émotion, plein de cette gravité d'expérience des anciens combattants. Le feu, lui, il savait ce que c'était quand les obus déchirent l'azur en mélangeant le ciel et la terre. Auguste appartenait à une génération sortie victorieuse mais étrillée d'une véritable guerre civile européenne qui avait naïvement cru que le drame de sa jeunesse massacrée serait la der des ders. Pierre, bien que plus grand d'une bonne tête, se sentait tout petit face à lui. À dix-neuf ans, avec le départ d'Auguste, son frère étant déjà engagé dans les rangs du 9e Régiment de marche des zouaves, il était désormais le seul homme de la maison. À lui de faire face, de seconder Julia dans la multitude des tâches de tous les jours. Il lui faudrait ainsi fendre le bois avec le lourd merlin, travail qu'Auguste affectionnait en disant que cela le détendait après les heures passées à l'usine. Pour ce qui était du jardin, c'était facile. Pierre possédait toute l'expérience que concède une jeunesse passée à la terre.

Mais c'était surtout au niveau salaire que le départ d'Auguste allait se faire sentir. Pour les Sagnol, ces jours de guerre s'annonçaient comme des jours de vaches maigres. La modique solde de première classe d'Auguste ne compenserait pas la perte de salaire du chef de famille. Il faudrait tous les jours se priver un peu plus, économiser davantage, faire durer les choses plus longtemps, tenter de vendre quelques légumes de l'hort. Ces jours de guerre n'allaient pas arranger les prix, pensait Julia. La viande, qu'elle soit de bœuf ou de porc, était chère depuis le début des années trente. Les paysans comme les consommateurs se plaignaient. Le prix à la production faisait le grand écart avec le prix au kilo chez le boucher. Ça n'allait pas baisser ! Le pain, la farine, l'huile, le beurre, le sucre étaient assez bon marché mais pour combien de temps ! En attendant, Julia, instruite par la mise en place du rationnement en 1914, devait se préoccuper de faire quelques réserves.

Avec cette déclaration de guerre, ici à Laroque comme partout dans les usines du pays d'Olmes, nombre d'hommes avaient rejoint leur unité, délaissant leur métier à tisser, leur poste à la filature ou aux apprêts. Toutefois, la main-d'œuvre n'avait pas manqué : on embaucha quelques réfugiés espagnols fraîchement arrivés, surtout quand ils étaient parents avec ceux qui travaillaient déjà au pays depuis plusieurs années. Quant à ceux qui étaient restés à leur poste, ils se virent imposer par le gouvernement assez d'heures supplémentaires pour avoir la nostalgie des conquêtes de 1936. Aux apprêts, les couleurs à la mode avaient changé. Désormais c'étaient les marron, le kaki qui dominaient. On tissait du drap pour les capotes, comme en 1914, et les besoins étaient si grands qu'on disposait les métrages dehors, pour les faire sécher sur de grands fils de fer en guise d'étendoirs, au soleil d'automne. Levé tôt, couché tard, Pierre travaillait dur, sans se plaindre, conscient de participer à sa manière à l'effort de guerre. Il se plaisait à se considérer parfois comme mobilisé au même titre que son père qui avait été affecté, finalement, comme garde-voie, au sud de la Seine à la surveillance d'aiguillages stratégiques contre les méfaits supposés de la Cinquième Colonne.

Sans jamais le dire, Julia craignait beaucoup pour Louis qui risquait d'être exposé plus qu'Auguste. Aussi, les premiers jours, elle avait été soulagée de voir son régiment, le 9e Zouave, être dirigé vers le sud tunisien pour faire face à une éventuelle menace italienne. Là, le danger est moins grand, pensait-elle. Mais, dès la mi-octobre, le régiment était rentré en France pour prendre position dans le secteur de Sarreguemines en Moselle. Heureusement, le front était calme ! Les semaines, les mois passaient et les jours distillaient leur train-train. Déjà décembre s'annonçait et, avec lui, un premier hiver de guerre, froid et neigeux. Tous s'étaient installés dans la guerre avec un lot d'inconfort et de contraintes, faisant contre mauvaise fortune bon cœur. Philippe Hériat obtenait le Goncourt pour *Les Enfants gâtés* et les municipalités organisaient des collectes de ferrailles, payées cent cinquante francs la tonne, don qui donnait droit à recevoir un bulletin « bleu-blanc-rouge », témoignage de la reconnaissance nationale. La propagande s'organisait laborieusement, mais l'écho de ses consignes parvenait bien assourdi en pays d'Olmes, à Laroque, où l'on avait du mal, loin d'un front calme, à croire que des oreilles ennemies écoutaient.

Auguste puis Louis eurent dans l'hiver une huitaine de jours de permission, à quelques semaines d'intervalle, retrouvant l'illusion d'un monde civil qui s'était habitué à cette guerre semblable à une partie de campagne. L'un comme l'autre, désorientés par cette rupture d'une routine militaire déjà bien enracinée, allaient et venaient entre usine et maison, un peu désœuvrés, cherchant leurs marques dans l'utilité des coups de main à donner, racontant cette guerre qui ne ressemblait à rien. Heureux d'être de retour, ils répondaient de leur mieux aux questions de leurs voisins, de leurs camarades d'atelier, sans voir clair eux-mêmes dans ce tunnel sombre d'une actualité où il ne se passait rien. Ainsi, Magne, qui avait « fait » les Éparges et Verdun vingt-cinq ans auparavant, avait bien du mal à comprendre cette « drôle de guerre ».

– Dis-moi Auguste, c'est moins dur qu'en 14, hein ?....

– Ce n'est pas pareil... en tout cas !

– Mais qu'est-ce que vous attendez pour attaquer ?

– On les laisse venir, pour mieux les écraser sous nos canons, essaya d'expliquer Auguste en se référant à ce qu'il entendait dire quand un officier se laissait aller à une confidence.

– Et s'ils n'attaquent pas ? s'inquiéta Magne.
– On attendra le temps qu'il faut, répliqua Auguste
– Mais alors, on restera en guerre !

Le printemps arrivait mais l'on gardait l'arme au pied. Le seul changement de l'hiver avait été le remplacement de Daladier par Paul Reynaud qui, s'il passait pour plus belliqueux, croyait tout autant à un règlement pacifique du conflit. Le front demeura donc calme, engourdi, dans l'attente d'une hypothétique attaque que l'inactivité démentait au quotidien. Auguste et Louis donnaient régulièrement des nouvelles. Pour Auguste, qui avait peu l'habitude de tenir un porte-plume, l'exercice était méritoire. Il écrivait de petites lettres. Il s'appliquait à les rédiger, suçant parfois le bout de son porte-plume dans un réflexe de potache retrouvé, sachant que cette missive, lien ténu vers ce là-bas où la vie continuait, serait lue et relue par Julia et Pierre. De même, pour lui, dans sa cagna, surveillant tout autant que prisonnier de ces aiguillages qu'il se prenait à haïr, recevoir du courrier était le rayon de soleil des jours monotones. Ainsi, l'arrivée du vaguemestre du bataillon, Vergé, un gars de Chalabre, était-il un temps attendu de la journée.

– Té, Auguste, t'as des nouvelles du pays aujourd'hui ? lui lança en souriant le facteur militaire en descendant de vélo, célibataire gouailleur, quincaillier dans le civil, avec lequel il parlait patois.

– Tu en as eu, toi aussi, des nouvelles ? s'enquit Auguste en prenant sa lettre.

– Moi non ! Les copines, quand elles écrivent, elles me parlent d'autre chose, vois-tu ! Mais les types me racontent ce qu'on leur dit... ça remplace ! Té ! tu connais Sabathié de la 3e Compagnie, celui qui est de Mazères ? Eh bien, lui, entre sa femme et ses sœurs, il reçoit bien trois lettres par semaine. Un vrai journal. Pas plus tard que ce matin, il m'a lu ce que Marthe, la cadette, lui écrivait. Un joli brin de fille d'ailleurs ! Il m'a même montré sa photo ! avec des miches, je te dis pas ! fit Vergé, l'œil égrillard.

– Et qu'est-ce qu'elle lui disait, la Marthe ? demanda Auguste plus curieux des nouvelles du pays que des charmes de l'ingénue.

– Ben, paraît que les camps, ça se remplit en ce moment...

– Comment il le sait ?

– Sa sœur aînée travaille au Vernet comme cantinière pour les gardes mobiles. Actuellement, ils seraient presque trois mille là-bas.

– C'est qui ces types-là ? demanda Auguste.

– Oh ! des juifs et des communistes allemands, des gars des brigades internationales aussi... Des politiques, des gens dangereux à ce qui se dit dans le coin. Paraît que le camp s'étend sur presque cinquante hectares, tu te rends compte ! Mais dedans, on peut pas y rentrer, vu qu'il y a trois rangées de barbelés et que les mobiles veillent, baïonnette au canon. Il y a plusieurs quartiers et les types sont parqués dans des baraques en bois de trente mètres de long. Sa sœur lui a dit qu'ils ont le crâne rasé comme les bagnards. En tout cas, ils ont pas dû avoir chaud cet hiver, sans chauffage ni électricité !

– Et la Croix-Rouge, elle s'occupe pas d'eux ?

– Si, mais ils sont trop nombreux.

– Et leurs familles ?

– Les visites sont interdites.

– C'est bien malheureux, cette guerre, tiens ! fit Auguste en serrant la main de Vergé alors qu'il remontait sur son vélo.

Auguste ouvrit sa lettre. C'était l'écriture de Pierre. Il la déchiffra lentement, s'imprégnant de ces mots simples qui décrivaient le quotidien banal rendu encore plus cher par la séparation. Dans ses moments de cafard, les jours de pluie, quand le ciel suintait l'ennui et la morosité, en fermant les yeux, il les imaginait même, assis le soir sur les chaises basses du cantou.

Auguste avait retrouvé les gestes de jadis, ceux qui occupent les doigts. Quand il ne donnait pas la main à un fermier proche de son cantonnement en échange d'un peu de lard, d'un litre de vin ou de quelques œufs, pour améliorer l'ordinaire de l'intendance, avec des baliveaux de bois noueux, patiemment choisis dans les taillis du voisinage, il sculptait de son robuste couteau, des pommeaux de cannes à l'effigie des hommes politiques que les photos noir et blanc de *Match* étalaient avec complaisance.

Tandis qu'au bord des rivières calmes du nord de la France, les éphémères entamaient le cycle de leur éclosion, l'offensive allemande du 10 mai 1940 et la percée de Sedan surprirent tout le monde. À l'arrière, Auguste était invité par son adjudant à redoubler d'attention dans la surveillance des voies, et le régiment de Louis s'établissait dès le 18 mai sur les berges du canal de l'Ailette, dans l'Aisne, avec l'ordre d'arrêter toutes les attaques ennemies. Ces trois semaines de combats violents jusqu'au 6 juin, où Louis connut pour la première fois l'épreuve du feu, ne l'empêchèrent pas de trouver le moyen d'envoyer des nouvelles à Laroque. Ces lettres, Pierre les avait lues et relues. Louis se voulait rassurant mais ne cachait pas l'âpreté de la lutte. « Ici, nous nous battons comme des lions et les anciens n'auront pas à rougir de nous... Nous ferons honneur à notre devise : Chacals en Algérie et Tigres à Verdun... », écrivait-il entre deux attaques. Cependant, devant la menace d'encerclement, il fallut bientôt décrocher pour se replier en ordre, d'abord sur le front de la Seine puis, refluant devant la poussée allemande, finalement sur la Vienne.

Alors que la déroute tournait à la défaite et à la débandade, Auguste continuait de monter la garde près de son aiguillage. Au bout de quelques jours, livré à lui-même, sans ordre de ses chefs, il se sentait un peu abandonné. Au début, il essayait de respecter les consignes, tenant l'état journalier des trains qu'il apercevait. Mais finalement, il avait renoncé à compter les trains qui passaient, tant ils étaient nombreux et pleins à craquer des flots de l'exode. Un petit matin de juin, vers six heures, en sortant de sa cagna, comme d'habitude, il n'eut que le temps de lever les bras lorsqu'un gros Feldwebel casqué le tint en joue de son Mauser. « Merde ! Je suis fait aux pattes ! » pensa-t-il. L'autre se contenta de le désarmer et, d'un *Raus* sonore, de le pousser devant lui vers le village où une masse disparate de soldats fatigués et d'officiers blêmes était rassemblée sous la garde d'un territorial allemand, bonasse. Auguste était prisonnier. Comme les autres, sommairement fouillé, on le fit passer devant des grandes panières à linge en osier pour se délester de ses cartouchières, de sa baïonnette et de son casque, ne gardant que ses musettes en travers de la poitrine.

C'est par une laconique carte de correspondance que, trois semaines plus tard, Julia et Pierre apprirent qu'Auguste était prisonnier et en route pour un stalag de l'Allemagne profonde. Julia tourna cent fois le petit morceau de carton crème aux armes de la Croix-Rouge entre ses doigts. Il n'y avait pas de doute, hélas. Ces quelques mots remplis d'une écriture maladroite, au crayon gras, en suivant les pointillés des lignes prétracées d'un questionnaire informatif minimal étaient bien de la main de son mari. Quand le facteur lui tendit dans un silence respectueux la petite carte annonciatrice d'un séjour derrière les barbelés, l'émotion fit asseoir Julia sur le rebord du mur qui clôturait le jardinet de devant. Bien sûr depuis plusieurs jours, elle redoutait, sans le laisser paraître, une telle issue. Mais en même temps que ses jambes se mettaient à trembler, elle était soulagée de le savoir vivant. En revanche, elle n'avait aucune nouvelle de son aîné.

Les jours suivants, retrouvant les gestes qu'elle avait eus dans sa jeunesse pour son propre frère fait prisonnier en 1914 par une colonne de uhlans, elle commença minutieusement à préparer un colis, pesant avec soin sur la vieille balance Roberval à plateaux de cuivre l'assortiment de petits paquets, qui pour être acheminés, ne devaient pas dépasser le poids fatidique fixé par l'administration. Il lui fallut envelopper quelques victuailles, un peu de chocolat et de sucre, un cahier d'écolier, un crayon à mine, un jeu de cartes, un paquet de tabac, du papier à rouler RIZLA +, quelques pierres à briquet, le tout bien serré dans du papier de soie obtenu chez une voisine contre des œufs pour gagner de la place et du poids, faire des prodiges de rangement dans une boîte en carton ondulé, et y joindre une paire de chaussettes montantes, un peu de linge de corps. Elle achevait de préparer son colis quand Graulle vint lui annoncer que Louis avait fait téléphoner au bureau du personnel pour dire que, replié sur la Vienne, il était bien en vie. Le soir même, Julia et Pierre entendirent dans le soufflement du poste de TSF le maréchal Pétain annoncer qu'il faisait don de sa personne à la France.

Glacés de surprise sur le moment, cela leur fit espérer un retour rapide. « On ne garde pas les prisonniers quand la paix est signée... », dit Julia pour essayer de se convaincre. Mais malgré la signature de l'armistice, ce mardi 25 juin 1940, comme la guerre continuait quand même, au fil des semaines, les perspectives de retour demeuraient lointaines.

En attendant, il fallait travailler, plus dur encore jour après jour, économiser sou par sou pour dépenser le moins possible et rendre économiquement supportable l'absence d'Auguste. Vers la fin juillet, dans une chaleur étouffante, alors qu'ils étaient toujours sans nouvelles du père et que le régiment de Louis venait au titre des accords d'armistice d'être mis en dépôt à Alger, Magne, à la pause casse-croûte du matin, dit à Pierre :

– T'es au courant pour les prisonniers ?

– Au courant de quoi ?

– La municipalité voudrait attribuer quelques secours à leurs familles, paraît-il, fit Magne, assis dans la cour sur une cage en bois remplie de bobineaux de fil gris, en sortant un morceau de fromage de sa musette.

– Comment ça ? fit Pierre en mâchonnant un morceau de jambon du pays, sec à souhait et dont la graisse jaunâtre avait fondu par un séjour trop prolongé dans l'âtre.

– Tu dois attester que ton père est prisonnier, qu'il habitait bien ici et qu'il ne peut travailler puisqu'il est là-bas maintenant...

– Ils en ont de bonnes. Comment faire ?

– Faut le livret militaire sans doute. Enfin c'est ce que j'ai entendu dire. Faudra te dépêcher ! Les premiers arrivés seront les mieux servis comme toujours !

– Son livret militaire, on l'a pas ! Le père l'a emporté avec lui quand on l'a mobilisé. C'est même la première chose qu'il a pris en partant.

– Cherche si tu n'as pas quelque chose chez toi pour leur prouver qu'il est bien parti là-bas et qu'on l'a fait prisonnier. Des lettres par exemple, les timbres ou le cachet, ça peut faire foi. Enfin, je sais pas moi... mais cherche. C'est trop bête de passer à côté. Vous roulez pas sur l'or avec une paie en moins ! Surtout avec les colis à envoyer là-bas, en Prusse !

Rentré pour midi à la maison, sans attendre le retour de Julia qui ne débaucherait qu'à huit heures du soir,

Pierre, pour tenter d'obtenir cette aide exceptionnelle de la municipalité, entreprit de fouiller la grande armoire qui avait abrité les biens les plus précieux des générations de Sagnol. Le meuble était vénérable. Les planches de chêne massif, bien dressées, étaient l'image du poids des ans qui les affectaient. Les vers, les « cussous », y avaient fait leur œuvre : de petits trous irréguliers y dessinaient des arabesques aériennes. Autour de la serrure à clé tréflée, le frottement des doigts avait laissé une trace de crasse noirâtre, que les antiquaires appelleraient trente ans plus tard la « patine ». Les portes, surtout la gauche, que l'on ouvrait seulement pour prendre les grands draps de fil lourd, couinaient un peu sur leurs charnières. Il fallait les ouvrir toutes grandes pour sortir les tiroirs latéraux et accéder ainsi au compartiment secret qui se dissimulait derrière le montant lustré central. Pierre connaissait ces emplacements discrets des armoires d'alors. De tout temps, ils avaient servis de coffre-fort où l'on abritait, chez les gens du peuple, les papiers de famille les plus précieux, parfois les quelques louis d'or que l'on avait réussi à mettre de côté les années de bonnes récoltes.

Ses doigts agrippèrent d'abord une boîte en fer sombre. Il la connaissait pour être celle où Julia rangeait les maigres bijoux de famille que les Sagnol avaient possédés : les alliances des grands-parents, une bague de fiançailles de pacotille, une paire de boucles d'oreilles en or si mince que le jonc menaçait de se casser, un chapelet en fausse nacre à trois sous, quatre pièces d'argent de cinq francs à l'effigie de Louis-Philippe, une petite croix en or, quelques médailles ternies du temps jadis, souvenir de premières communions, tout cela sur un lit de coton hydrophile, soigneusement enveloppé dans du papier de soie. C'était là le trésor de sa famille. Puis, plongeant la main au fond, il rencontra un paquet serré d'un cordeau de chanvre fin. Quelques lettres d'autrefois, à en juger par l'écriture délavée et les timbres à la semeuse et un petit carnet noir. Sur les enveloppes, Pierre reconnut la graphie laborieuse d'Auguste et le nom de jeune fille de Julia. Comprenant qu'il devait s'agir de leur courte correspondance d'avant leur mariage, par pudeur, il s'abstint de les ouvrir.

Le petit carnet couvert de moleskine noire était simplement fermé par un vieil élastique plat, usé et racorni. Pierre l'ouvrit avec émotion. Peut-être contenait-il un secret qu'Auguste n'avait pas eu le temps de lui dire. Sur la première page toute jaunie, le quadrillage bleu d'origine était passé au point d'être presque invisible. Une main malhabile avait tracé au crayon d'une écriture grossière et appliquée ces simples mots : « Auguste Sagnol – 259ᵉ d'infanterie – 1ᵉʳ Bataillon – 3ᵉ Compagnie – Journal de Campagne 1914-1915. » Puis en dessous la mention : « À faire parvenir SVP à mon père, Léon SAGNOL, métairie de Bordenave par Fougax et Barrineuf (Ariège) en cas de mort. » Pierre eut l'impression d'ouvrir une tombe, la mémoire de quelqu'un qui avait toujours eu la pudeur de parler peu des horreurs qu'une jeunesse paysanne, sans doute dure mais aussi insouciante, n'avait pas préparé à affronter les réalités d'une guerre effroyable. Et les mots montaient à ses lèvres des profondeurs de l'oubli...

> Mercredi 5 août... Mobilisation à Foix. Retrouvé le régiment à la caserne, à côté du Champs-de-Mars. On couche au lycée. Perçu le barda. On reprend l'habitude. Notre drapeau porte les noms des victoires de Marengo, de Friedland, de Fleurus, a dit un lieutenant. Moi, je sais pas où c'est. Suis sorti en ville après. Bu un bon coup au Café des Arts, chez Vergé. Départ en train le 13 août pour Toulouse, puis Cahors, Limoges. Châteauroux... Direction Suippes-sur-Marne. Bu et mangé des fruits à toutes les gares. La bière est à 3

sous le bock... Le 14, avons atteint l'Est. Sommes arrivés ce soir. Marche 30 kilomètres. Étape très dure. Avons marché jusqu'à une heure du matin. Couché dans un bois. Le canon tonne à la frontière. Pris un bain dans une petite rivière. Grande agitation. Les gens sont contents de nous voir. Sommes à 250 mètres des lignes allemandes. Suis très fatigué. Attendons préparation de l'artillerie. Vu passer un grand convoi de blessés. Le 142^e^ a perdu presque 1 000 hommes. Sont surtout blessés aux bras, aux jambes et à la tête. Ils ont perdu le colonel, tous les commandants, six capitaines... Quelle chose horrible cette guerre, mais on va leur faire payer tout ça et le reste aussi. Peut-être notre infanterie va-t-elle donner l'assaut ?

Rencontré Clarac du hameau de Lalaygue... m'a donné des nouvelles du 59^e^ où il s'est engagé en mars. Son régiment a dégusté. Premier combat du 22 août vers Sainte-Menehould... En une après-midi, pertes très lourdes : le colonel, la moitié des officiers et sous-officiers tués... plus de 1200 hommes fauchés par le feu boche, tous ou presque ariégeois... Le lieutenant a dit que nous, le 259^e^, devons attaquer à notre tour bientôt...

Sommes maintenant vers Domrémy, secteur Verdun... D'après le soleil et la carte des chemins de fer qu'a Soulet, un gars de la section, on recule. Les boches, ils sont pourtant devant. J'y comprends rien... On ne sait rien. Les officiers nous disent pas sauf qu'il faut marcher toujours. Sommes tous crevés. Attaque enfin commencée à midi. Terribles journées ! Une balle m'a percé la gamelle sur le barda... ça sifflait de partout. Obligé de se replier dans un petit bois sous les marmites... Les mitrailleuses boches ont couché la moitié des types en deux jours...

« Le sang des morts a rajeuni la France ! » pouvait bien proclamer le président de la République, Paul Deschanel, lors de la ratification du traité de Versailles par le Parlement. Ce n'était pas aux milliers de noms qui ornaient le marbre gris des monuments aux morts qu'il fallait le dire, pensa Pierre. Assurément, tous, jeunes ou moins jeunes, ils auraient préféré vivre, aimer, s'enivrer de bonnes joies. En plus, ça n'avait pas servi à grand-chose ! Naïvement, ils avaient cru à la « der des ders » et, à peine vingt ans plus tard, il avait fallu remettre ça, au point que certains, tel Auguste, jeune soldat de 1914, s'étaient retrouvés mobilisés à nouveau en 1939.

Au fil des pages, l'écriture changeait de couleur, virant au violet. Parfois, Auguste mentionnait quelques détails sur ce pays inconnu si différent de ses montagnes : « Ils connaissent pas le français même. Ils parlent flamand... ça se rapproche de l'allemand paraît-il... Ils parlent vite, on dirait des mécaniques. Sont vaillants, travailleurs... boivent pas beaucoup mais mangent surtout des pommes de terre avec de grandes tranches de pain sans sel, couvertes de beurre. Ils ne rient jamais... » Il donnait aussi quelques indications qui en disaient long sur ce qu'avaient été ces quatre années-là : « La pelle est plus utile que le fusil... j'ai couché dans un lit... Chassé le lapin à la pioche. En ai tué deux et fait bon civet qui change de la soupe froide. »

Auguste avait ainsi noirci les pages toutes cornées du petit carnet noir qu'il portait sur le cœur, de 1914 à 1918, dans la poche de sa chemise de toile grossière, sous la capote, au gré des étapes, au fil des jours d'illusoire repos où il faisait néanmoins l'exercice sous la conduite zélée d'officiers qui ne connaissaient que les vertus de l'assaut à la baïonnette. Ligne après ligne, la tragédie d'une génération massacrée se déchiffrait en mots brefs qui claquaient parfois telles des balles. Pierre en avait les mains presque tremblantes. Auguste, comme tous ceux de sa génération qui avaient eu la chance de rentrer entiers, avait souffert quatre longues années du froid, de la faim et de la soif... Il avait connu cette peur qui tord tout autant le ventre que la mauvaise gnôle, celle qu'on distribuait pour donner du courage avant de monter à l'assaut, les gestes fébriles des hommes quand ils fixent la baïonnette au canon du Lebel, leur regard grave, leurs yeux qui se demandent combien en reviendront... Il avait connu cela, l'azur fracassé du marmitage des shrapnells, le paysage et le temps disparus, comme arrêtés, l'odeur douceâtre et fade de mort, toujours différente, qui identifie à coup sûr la nationalité du corps, français ou allemand, tombé dans les trous d'obus.

Auguste, pour cette guerre, avait-il noté jour après jour, comme en 14, ce qui lui arrivait ? Pierre n'en savait rien. En tout cas, il avait dû noircir moins de pages. D'abord parce que sa nouvelle mobilisation, dans la territoriale cette fois, vu son âge, ne l'exposait pas comme dans les tranchées de la Grande Guerre. Dans ses lettres, il racontait comment il avait occupé son temps entre deux rondes où il ne voyait personne, s'aménageant une cagna confortable pour la mauvaise saison en bordure du dépôt des locomotives dont le passage était sa seule distraction. Ensuite, il y avait eu les longs mois de cette drôle de guerre où il ne s'était rien passé. Il avait bricolé de petits objets, pour s'occuper les doigts car « l'oisiveté était mère de tous les vices », comme son instituteur le lui avait appris dans les leçons de morale qui débutaient chaque jour la classe à la communale.

Pierre était ému de tenir ce petit carnet entre ses doigts. Il y avait là ce qu'Auguste n'avait jamais raconté de la Grande Guerre, la somme de ses peurs et de ses espoirs, conjugués au jour le jour, dans la gadoue qui remplissait les tranchées, de ses angoisses empuanties de l'odeur des cadavres de l'offensive précédente, à peine ensevelis. Parfois le récit, toujours par bribes, sautait quelques jours avant que l'explication ne vienne : « ... Avons fait mouvement vers le secteur 21... marché trois nuits et dormi le jour... Sommes tous crevés. Avons croisé des Sénégalais qui redescendent. Viennent de se faire étriller... Les trois quarts sont blessés ou morts. Le 126e nous relève. Le nouveau secteur est calme. Peut-être trop ! Le capitaine a parlé des bruits d'une offensive... encore une bonne zigouillade à venir ! Quelques coups de 88 au loin. Vu un avion français, passé très bas. Tranchées bien construites mais cantonnements très sales... regrette nos anciennes cagnas... Soupe médiocre et froide. »

Pierre referma le carnet. Cette nouvelle guerre n'avait rien à voir avec la précédente. Il essayait d'imaginer Auguste à présent, là-bas dans son stalag en Poméranie orientale, sans savoir qu'au même instant, lui-même se raccrochait à leur souvenir et à leur image pour supporter la privation de liberté.

Après plus d'un mois de marche par étapes de vingt à trente kilomètres par jour, la longue colonne des vaincus et des malchanceux avait fini par atteindre sa destination pour s'installer tant bien que mal dans l'entassement populeux de baraquements en planches construits à la hâte. Chacun cherchait ses marques, se regroupant tant bien que mal avec ses potes, des « pays » de rencontre, quelques copains d'unité ou de fortune. Après quelques semaines derrière ses barbelés, Auguste avait bien pensé à s'évader. Il en avait parlé un jour à voix basse, en mangeant sa soupe avec un caporal de hussard d'une trentaine d'années, assis à côté de lui, un gars du Gers à l'accent chantant, que languissait un peu son pays.

– La soupe est bien claire ! lui avait dit l'autre en contemplant sa gamelle où un trognon de chou se battait avec un reste de pomme de terre.

– Ça vaut pas celle de la maison en effet, avait répondu Auguste.

– Chez moi, dans la garbure, ta cuillère, elle tient debout toute seule !

– Tu crois qu'on va rester longtemps ? avait fait Auguste.

– Ça dépend si tu as envie de croupir ici ! lui avait répondu l'autre en montrant le portail hérissé de barbelés.

– Tu tenterais le coup, toi ?

– Si j'ai une bonne occasion, peut-être ! avait murmuré à voix basse le hussard, peu désireux de voir son projet ébruité.

Auguste avait longuement regardé la double clôture. La franchir n'était pas facile mais comment ensuite retraverser tout ce pays, sans carte, quand on ne sait même pas très bien où l'on est, quand on n'a pour repères que les étoiles, qu'on ne comprend pas cette langue gutturale qui semble vous crier dessus à chaque phrase. Les trois ou quatre mots qu'il avait appris étaient bien trop limités et son uniforme trop voyant pour ne pas le désigner comme un prisonnier évadé. Et puis, beaucoup de gradés disaient que maintenant, puisque la guerre était terminée en France, on allait sans aucun doute les rapatrier. Alors pourquoi tenter l'aventure ? Les usines avaient besoin des ouvriers et le pays ne pourrait éternellement se passer d'eux. Il suffisait d'attendre quelques jours de plus simplement. C'était la voix de la sagesse, pensait Auguste.

Pierre avait refermé les portes de l'armoire avec respect, comme on ferme un tiroir aux souvenirs qui ne vous appartient pas. Il allait sortir de la cuisine quand ses yeux accrochèrent la carte de la Croix-Rouge envoyée par Auguste et que Julia avait posée sur le buffet, bien en vue, comme si elle attendait le retour de son expéditeur. C'était ça qu'il lui fallait comme preuve ! Se saisissant prestement du carton crème, il partit en courant, oubliant de fermer la porte, pour enfourcher son vélo et pédaler vers la mairie afin de ne pas perdre une minute, se disant que les premiers inscrits seraient aussi les premiers servis dans ce temps d'effacement des solidarités et d'égoïsmes triomphants. Désormais, plus que jamais, il ne faudrait compter que sur soi-même, mais cela n'était pas fait pour effrayer Pierre, habitué par son éducation à faire face à l'adversité et à ne jamais se tenir pour battu.

Et les semaines avaient passé au fil d'un été qui n'en finissait pas. L'Angleterre résistait toujours et les prisonniers n'étaient pas rentrés. Louis était de l'autre côté de la Méditerranée, dans cette armée d'armistice qui, coupée de la métropole, entretenait l'illusion de puissance d'un État vassalisé. Ici à Laroque, dans chaque famille, on s'installait dans ce temps de guerre avec son lot de profits et de malheurs. Les Sagnol échangeaient les légumes du jardin chez l'épicier contre du sucre ou de l'huile, prenant soin de ne pas entamer leurs réserves, gardées pour les jours d'hiver. De temps à autre, en cachette des gardes, Pierre posait une corde dans le Touyre, capturant quelques truites, réchappées de la pollution des teintureries. Cela améliorait un peu l'ordinaire. Dans les rues du village, à la boulangerie, Pierre et Julia croisaient quelques veuves. Certaines étaient éplorées, d'autres, plus jeunes, plus insouciantes, souvent en demi-deuil, s'attiraient des regards réprobateurs et même en aparté des remarques aigres-douces sur leur manque de convenances, quand elles osaient s'afficher au bras d'une conquête un peu trop rapide.

Dans les usines du pays d'Olmes, ce n'était pas le travail qui manquait, c'était plus souvent la matière première qui n'arrivait pas. Avec l'automne, et l'Occupation bien installée, la production s'était réorganisée dans cette zone libre pour faire face à la demande. Les commandes étaient nombreuses. L'Allemagne était bonne cliente et absorbait une grande partie de la production, livraison oblige, au détriment des besoins des Français. Les métiers tournaient bien et la guerre n'avait pas changé la musique qui, d'un atelier de façonnier à l'autre, animait tout le pays, le faisant battre au rythme du cœur des hommes. Aux mêmes heures qu'avant-guerre, on voyait sortir des usines intégrées la meute des ouvriers à vélo, prenant leur élan un pied sur le pédalier avant d'enfourcher leur machine et de s'éloigner en zigzaguant à travers les rues. Le temps semblait le même, et d'aucuns oubliaient l'absence de beaucoup.

Tous les jours, Gaby accompagnait Pierre, à l'aller ou au retour selon l'équipe qu'il venait de faire. Main dans la main, tenant le vélo par le guidon, ils devisaient souvent à voix basse, mêlant sourires complices et baisers volés. Gaby aimait plonger ses yeux au fond des siens, sentir sa main dans ses cheveux. Avec elle, Pierre oubliait tout, les fatigues de la journée, l'absence d'Auguste et de Louis, la cruauté des temps incertains. Un sourire de Gaby et il se sentait prêt à conquérir des montagnes, à forcer le destin. Parfois, profitant d'une humeur plus vagabonde, ils s'installaient de longues minutes sous un orme qui, au fil des jours, se déplumait pour affronter l'hiver. En ces moments-là, dans ses bras, Gaby osait lui parler d'avenir. Toussaint venait à peine d'être passée, les montagnes resplendissaient des derniers feux de l'automne, lorsqu'une après-midi encore marquée d'un tiède soleil, elle l'entreprit, sa main jouant dans la sienne :

– Pourquoi tu t'installes pas ?

– J'ai bien un peu d'argent de côté mais pas assez pour acheter un métier.

– Même d'occasion ?

– Même ! Ça coûte trop cher, tu sais !

– Et si tu empruntais ?

– Emprunter, emprunter ! C'est bien joli mais il faut rembourser ensuite...

– Tu es bien plus travailleur que tous ceux que je connais, assura Gaby.

– Oui, peut-être... Mais en une journée de huit heures, je ne peux pas tisser plus de vingt-cinq mètres à quinze duites !

– Rien ne t'empêche de passer plus d'heures derrière ton métier, à la maison...

– Évidemment ! Mais je ne pourrais pas tisser pendant douze heures d'affilée, dit Pierre.

– Pourquoi ? Qu'est-ce qui te retient ?

– Tu sais bien qu'en ce moment, on a du mal à trouver de la matière première, du fil... Les Allemands prennent tout et les laines d'Australie n'arrivent plus. On n'utilise que des laines du pays, et encore comme ça suffit pas, on les mélange avec du jute et du poil de chien ! Certaines fois, on y ajoute même des cheveux humains ! alors, tu te rends compte, je risque de ne pas avoir assez d'ouvrage pour rembourser...

– Il n'y a pas de solution alors ?

– Pour l'instant, il vaut mieux attendre. Je préfère faire ma pelote et puis, le père va bien rentrer un jour de son stalag. Il ne passera pas sa vie en Poméranie et on sera pas trop de deux, alors, pour faire tourner un métier à plein.

– Et ton frère, Louis ?

– Mon frère, ça m'étonnerait qu'il revienne au pays pour travailler.

– Tu sais Pierre, si tu décides de t'installer, pour ta comptabilité, je t'aiderai, fit Gaby.

– Au début, j'aurai pas les moyens de payer des salariés. Je ne pourrai compter que sur moi-même.

– Une entreprise, ça ne se fait pas tout seul.

– Je sais bien.

– Avec moi, tu n'aurais pas besoin de donner un salaire, poursuivit Gaby en le regardant dans les yeux avec un sourire désarmant de candeur.

– Tu voudrais, tu veux dire... qu'on se marie ? demanda Pierre.

– C'est toi qui me le demandes... fit Gaby.

– J'aimerais bien, en effet, répondit Pierre, mais je voudrais aussi qu'on puisse vivre à deux, au moins, du fruit de mon travail, enfin, du nôtre... Je veux pas qu'on dépende des parents. Hélas, en ce moment, à la maison, il n'y a que ma paye.

– On n'est pas pressés, mon Pierre ! fit Gaby tendrement. La date importe peu ! Je comprends bien que tu voudras attendre que ton père et ton frère soient rentrés...

Pierre l'embrassa avec la passion de l'avenir que l'on enlace. Bien sûr, la guerre pesait lourdement sur leur vie, sur leur bonheur, mais désormais, il savait que son destin était lié au sien par ces quelques mots qui avaient la valeur d'un engagement à ses yeux. Pourtant, au-delà de ce chemin qu'ils commençaient de tracer ensemble, Pierre se sentait toujours taraudé par le serment de Bordenave. Malgré les six années qui s'étaient écoulées depuis l'orage meurtrier, il n'avait pu oublier cette terre qui était la sienne, le monde de cette enfance simple et rugueuse. Certes, il lui avait raconté ce vécu douloureux, ces souvenirs qui fondaient la mémoire de sa vie, mais il n'avait pas osé lui révéler la promesse échangée avec son frère, avant d'être chassés de chez eux, cette promesse dérisoire et solennelle qui avait conditionné tant d'efforts, de sacrifices et de privations.

À un automne lumineux, comme c'est souvent le cas en Ariège, faisant croire à l'été de la Saint-Martin, succéda bientôt, début décembre, un hiver froid et neigeux. Une bise glacée et aigre balaya le pays. Dans les thermomètres, le mercure entama une chute infernale que rien ne semblait pouvoir stopper. Les cache-nez suffisaient à peine à protéger les lèvres des morsures du froid. Le bout des doigts était gourd malgré les gants et mitaines que l'on portait pour travailler. Dans les rues de Laroque comme à Lavelanet, les rares passants se hâtaient en rasant les murs. À l'intérieur des maisons, dès qu'on s'éloignait de la cheminée, on grelottait. Aussi, nombreux étaient ceux qui, le repas expédié, se réfugiaient dans leur lit, un peu plus douillet dans la tiédeur du moine, à l'abri de l'édredon de plume. Faute de ravitaillement et pour cause d'occupation, le charbon était rare et cher. Quand on en trouvait, souvent à prix d'or en plus des tickets, ce n'était que des boulets de mauvaise qualité, qui empuantissaient les poêles, dispensant une suie grasse et malodorante dans les tuyaux, sans chauffer vraiment. Heureusement, ici, la forêt de Bélesta n'était pas loin. Chacun se débrouillait pour y obtenir quelques souches de sapin ou pour glaner un peu de bois mort dans les communaux. Ainsi, dans la fraîcheur du soir, l'air exhalait au gré des sautes du vent l'odeur familière des feux de bois qu'on allume en rentrant du travail.

## 9

## *Les chemins de la liberté*

Et les jours, les semaines et les mois s'écoulèrent, trois années bientôt dans l'attente des temps meilleurs, simplement marqués pour Julia et Pierre par le rythme lent du croisement des rares nouvelles des absents et du départ de ces colis, confectionnés avec amour et force privations, vers cette Poméranie lointaine et inconnue où Auguste croupissait derrière trois rangs de barbelés. Quelques paquets de tabac, une pierre de savon à barbe, un peu de café acheté à prix d'or ou bien troqué contre des œufs, un flacon de gnôle, un chandail neuf tricoté avec de la vraie laine récupérée à l'usine, Julia avait à cœur d'adoucir les conditions de détention de son homme. Sans savoir à quoi s'en tenir exactement, elle devinait la longueur des appels dans la nuit et le brouillard. Assumant en silence le poids de cette longue séparation, elle imaginait parfois le pire, surtout en l'absence de courrier, quand le vent soufflait, lugubre, les jours d'hiver, balayant les crêtes des montagnes proches en perturbant le tirage de la cheminée.

Désormais, les lettres de Louis étaient encore plus irrégulières que celles d'Auguste. Au printemps 1941, il avait quitté l'Algérie où son régiment avait été mis en dépôt. La lettre, un peu sibylline, avait mis du temps à arriver. Pierre avait bien compris à demi-mot ce que

Louis voulait lui faire savoir : animé d'un profond désir de revanche, né des combats de mai-juin 1940, bouillant d'un patriotisme cultivé dans les plis du drapeau, lassé par l'inaction forcée, le désœuvrement et la monotonie de vie du quartier, Louis avait sauté le pas. Profitant de l'opportunité d'un cargo panaméen qui faisait escale dans la rade d'Alger la Blanche en avril, il avait rejoint l'Angleterre pour s'engager dans les Forces françaises libres. Cette nouvelle n'était pas faite pour rassurer Julia, toujours inquiète de son aîné dont elle connaissait le caractère têtu et obstiné. Il ne suffisait pas que son mari, Auguste, soit prisonnier, avait-elle pensé quand Pierre lui avait lu la lettre surchargée de tampons, il fallait maintenant que son fils risque sa vie ! Bien sûr, au fond d'elle-même, elle éprouvait la fierté suprême de celles ayant un des leurs qui fait son devoir. Le combat du fils rachetait ainsi un peu l'enfermement forcé du père.

Naturellement, Pierre et Julia s'étaient bien gardés d'annoncer que Louis était « chez de Gaulle ». Pour tout le monde, il était officiellement de l'autre côté de la Méditerranée. Leurs habitudes de paysans récemment arrivés à Laroque, presque une grande ville par rapport à Bordenave, s'accommodaient bien des nécessités du temps : moins l'on en disait, mieux cela valait. La discrétion et le silence devenaient des vertus cardinales.

Pour le reste, les Sagnol, comme la majorité des Français de la zone libre, s'étaient installés dans la guerre insensiblement, dans ce quotidien banal et répétitif qui conjuguait le travail et la queue chez les commerçants. L'heure était à l'économie, comme le conseillaient les encarts publicitaires du service du ravitaillement qui avaient remplacé, dans les journaux, les réclames pour des produits désormais difficiles, voire impossibles, à trouver, tel ce bon chocolat Banania dont on finissait par oublier le goût. Il fallait tout faire durer, tout récupérer dans l'angoisse de manquer. Les quelques réserves de Julia avaient vite fondu et s'ils n'avaient eu l'hort, bijou de toutes leurs attentions, ainsi que la proximité de la campagne, ils eussent pâti plus encore, à l'image des citadins aux joues creuses et maigres des jours mauvais.

Après l'entrée en guerre de l'URSS et, quelques mois plus tard, des États-Unis marquant la mondialisation du conflit, la guerre s'était rapprochée d'eux en novembre 1942 avec l'invasion de la zone libre par les Allemands. L'après-midi du 12 novembre, Pierre qui sortait juste de l'usine, le vélo à la main, avait vu passer à Laroque-d'Olmes un side-car, un camion plein de soldats et une conduite intérieure noire roulant à vive allure en direction de Lavelanet. Son sang s'était comme glacé dans ses veines et il était prudemment rentré à la maison prévenir Julia. L'occupation commençait pour eux dans l'humidité glacée d'un hiver précoce. Grâce à ses compétences qui le classaient comme indispensable, avec la complicité de son contremaître, Pierre échappa aux réquisitions du STO.

Gaby, depuis ces années de guerre, était reçue chez les Sagnol comme la fille de la maison, celle que Julia n'avait pas eue. Experte en travaux de couture, elle donnait souvent la main à Julia pour, d'un manteau usé et savamment retourné, en faire presque un neuf. Au cantou, assises sur des chaises à haut dossier, au fil des saisons, les deux femmes passaient les dimanches d'hiver, comme en ce mois de janvier 1944, à tirer sur l'aiguille en parlant à voix basse de la vie de tous les jours, dans les craquements feutrés d'une souche de sapin qui se consumait en donnant plus de fumée que de chaleur.

– Il vous reste des pommes de terre ? demanda Julia.

– Oui, mais on ne fera pas la soudure, dit Gaby. On

est nombreux à la maison et les garçons ont bon appétit, vous savez.

– Je vous en ferai passer un peu.

– Ça vous fera pas défaut ? demanda Gaby.

– Nous, on en aura bien assez pour deux qu'on est maintenant ici ! fit Julia.

– Vous trouveriez à les vendre un bon prix, répondit Gaby, faisant allusion au marché noir qui fleurissait partout comme une plante vénéneuse en ces temps de misère.

– Vous savez bien, Gaby, que je trempe pas dans ces combines malhonnêtes. Échanger oui, mais escroquer non !

– C'est vrai que tout ça, c'est sur le dos des pauvres gens ! Mon père vous donnera son tabac comme d'habitude pour votre mari. Ça le réchauffera un peu de fumer la pipe. Il doit pas avoir bien chaud là-bas !

– Oui, paraît que le thermomètre est descendu à moins quinze ! Les poêles à sciure dans les baraquements chauffent mal. Aussi, il a demandé qu'on lui envoie un autre tricot dans sa dernière lettre...

– Ici, c'est quand même moins terrible... et puis, dans un mois, c'est le printemps ! répondit Gaby qui se voulait optimiste.

– Oh, le ciel est pas bien beau, et tant que février n'est pas passé, faut s'attendre à tout, conclut Julia.

Le lendemain, en effet, la neige tombée en abondance dans la nuit avait nappé chaque chose de blanc, étouffant les bruits dans un silence ouaté. Même les oiseaux avaient du mal à trouver leur chemin dans ce monde devenu irréel. Le vent, léger, soulevait de temps à autre, au gré de ses sautes, quelques flocons mal agglomérés à la couche fraîche. Dans le jardin, les branches des arbres laissaient tomber des paquets de neige. Les crêtes environnantes étaient encore noyées dans la masse grisâtre d'un ciel chargé qui n'était pas pressé de s'éclaircir. Pierre ouvrit la porte. La bise vint lui lécher le visage. La musette en travers du corps, engoncé dans sa canadienne, le col de fourrure relevé jusqu'aux oreilles, la casquette vissée sur le crâne, il s'élança vers l'usine avec courage, enfouissant frileusement ses mains au fond des poches, la tête baissée, cherchant l'abri illusoire du cache-nez.

Maintenant ils étaient des dizaines comme lui, à marcher d'un pas rapide pour tenter de se réchauffer dans l'aube froide. Les équipes du matin, en montant, croisaient celles de la nuit qui descendaient, pressées d'aller prendre quelque repos après huit heures de labeur. Dans la neige fraîche, les roues des vélos traçaient des courbes sinueuses au fil des zigzags incertains de leur conducteur qui, dérapant parfois, mettait pied à terre. Personne ne traînait dans la rue en ces heures matinales et glacées. Tous avaient hâte d'arriver à l'atelier ou à la maison pour trouver un peu de tiédeur. L'usine, malgré le bruit assourdissant des métiers qui cognaient à presque cent coups minute, était ainsi un havre d'accueil d'autant plus apprécié qu'on y avait souvent plus chaud qu'à la maison, pénurie de charbon oblige. L'odeur de l'ensimage était encore plus présente que d'habitude. On la sentait même sur les lèvres et elle imprégnait les vêtements par contraste avec la pureté virginale de dehors. En arrivant, Pierre tomba sur Magne qui lui dit :

– Graulle veut te voir...

– Quand ? demanda Pierre.

– De suite, il m'a dit que c'était urgent.

– Tu sais pourquoi ?

– Non, tu le connais, il a rien voulu dire !

– J'ai pas fait de connerie pourtant, murmura Pierre.

– C'est pas forcément pour te tirer les oreilles ! répliqua Magne, l'œil malicieux.

Pierre fit d'un geste d'assentiment et se mit à la recherche du contremaître. Rapidement, il trouva Graulle dans l'atelier voisin, penché sur un métier à tisser arrêté, le ventre ouvert, les cadres relevés, en grande discussion avec le mécanicien de service, un gars d'origine espagnole à qui il expliquait, devant l'ouvrier tisserand, en un sabir gestuel mêlé de mots criés à l'oreille au milieu du bruit cadencé des machines, que la production était perturbée parce que les fils cassaient tout le temps. Mais là où l'un accusait la machine et voyait un réglage mécanique défectueux, l'autre répliquait qu'il y avait à l'évidence mauvaise conduite. La conversation était animée, ponctuée d'exclamations fleuries. Pierre attendit la fin de l'explication, se tenant un peu à l'écart car il ne voulait pas se mêler de ce qui ne le regardait pas. Il avait sa petite idée et la vérité était sans doute à mi-chemin. Pierre connaissait l'ouvrier, le savait peu soigneux de ses affaires et plutôt tire-au-flanc. La mécanique avait bon dos parfois, mais l'entretien se faisait aussi à l'économie. Finalement, le mécanicien plongea sous les entrailles du métier et Graulle, prenant Pierre par le bras, l'entraîna hors de l'atelier et du bruit.

– Vous vouliez me voir, fit Pierre.

– Oui, viens par là... j'ai à te parler !

– Qu'est-ce qu'il y a ? demanda Pierre, un peu inquiet.

– Tu as quel âge maintenant ?

– Je vais bientôt faire vingt-quatre ans. Pourquoi ?

– Tu es un gars sérieux, un bon ouvrier, tu cherches à te perfectionner toujours... Alors voilà, j'ai une proposition à te faire... enfin si ça t'intéresse, bien sûr ! ajouta-t-il alors qu'ils atteignaient l'entrepôt de stockage des bobines de fil.

– Je vous écoute, répondit Pierre, très calme.

– En ce moment, il y a pas mal de travail comme tu t'en es rendu compte. L'usine marche bien et quand on a du fil de qualité, les métiers tournent à plein. Moi, je ne peux pas être partout à la fois. J'ai besoin d'un adjoint, d'un gars à la coule qui connaisse le boulot mieux que les autres, qui soit pas fainéant et qui ait envie de progresser. J'ai l'impression que c'est ton cas. Je me trompe ?

– Vous voulez que je passe contremaître ? demanda Pierre, étonné.

– Oui, contremaître adjoint ! répondit Graulle. Le patron est d'accord. Ça te va ?

– Euh, oui..., balbutia Pierre, encore sous le choc de la surprise.

– Tu prendras en charge le petit atelier, il n'y a que seize métiers à chapeauter. Bien sûr, ta paye suit. Va voir le chef du personnel. Il est au courant, ajouta Graulle avec un clin d'œil.

– Et je commence quand ?

– Tu commences tout de suite !

Pierre lui serra la main, la tête un peu dans les nuages, l'esprit bourdonnant de cette promotion qui sans l'éloigner de ce qu'il aimait, lui donnait plus de responsabilité et d'autorité dans son travail quotidien. Il avait conscience de franchir une étape dans l'échelle sociale et professionnelle qu'il s'était efforcé de grimper pour effacer la blessure de Bordenave. Devenir contremaître était un jalon dans la conquête de sa liberté, un pas vers l'état de façonnier indépendant qui demeurait son idéal. Il avait hâte d'être à ce soir, d'annoncer cette nouvelle à Gaby et à Julia. Un instant, Pierre eut une pensée pour Auguste, là-bas, dans son stalag. Il eût été fier de lui s'il avait été là en cet instant. Et Pierre, redressant la tête dans un geste coutumier qui accentuait sa haute taille et sa distinction naturelle, se dirigea par habitude vers son ancien poste. En passant devant Magne, celui-ci lui lança :

– Alors Pierrot ? Qu'est-ce qu'il t'a dit, le vieux ?

– Je passe contremaître adjoint, répondit simplement Pierre.

– Je le savais, fit Magne.

– Pourquoi tu m'as rien dit ?

– Je préférais que tu aies la surprise... et puis c'était pas à moi ! Je suis pas chef !

Magne lui asséna, pour se faire pardonner, une grande claque dans le dos avant de laisser éclater un grand rire sonore et bon enfant.

Pierre se présenta au petit atelier. Beaucoup d'ouvriers le connaissaient de vue. Aussi, la nouvelle fit rapidement le tour du bâtiment, suscitant son lot de commentaires envieux ou flatteurs dans la lumière crue des lampes qui éclairait les métiers. Toute la première partie de la matinée, Pierre fut sur la brèche. À la pause, pour le casse-croûte de huit heures, Graulle vint le voir alors qu'il s'apprêtait à ouvrir sa musette contenant son en-cas, assis sur un tas de bobines de fil aux trois quarts vides.

– Ça a bien marché ? demanda-t-il en se grattant la tête.

– Oui, fit Pierre. Mais j'ai pas arrêté de courir !

– Normal ! Viens avec moi.

– Je peux déjeuner avant ?

– Oui, mais pas ici ! Désormais, Pierre, il faut que tu tiennes ton rang. Tu peux plus faire comme avant, quand tu n'étais qu'un simple ouvrier, tu comprends, expliqua Graulle d'une voix tranquille. On a pour nous, les contremaîtres, une petite pièce pour ça, avec un coin-cuisine.

– Mais d'ordinaire, avec les copains, murmura Pierre.

– Les copains restent les copains bien sûr, mais à l'extérieur ! Ici, dans l'usine, il faut pas trop se mélanger si tu veux garder ton autorité. Le chef, c'est toi, ne l'oublie jamais ! C'est vers toi que le directeur de la fabrication se tournera si le travail laisse à désirer ! Allez, viens, je t'offre un jus, ajouta Graulle en souriant, la bouche en coin. Enfin presque un vrai café !

Sous la conduite de son mentor, Pierre apprit vite à diriger son petit atelier d'une main experte. À l'évidence, au bout de quelques jours, ses métiers tournaient bien, tombaient moins souvent en panne que ceux des autres, et ses pièces de tissu, étant généralement l'objet de peu de défauts, séjournaient moins chez les rentrayeuses. Ses compétences, son goût du travail bien fait, ce tour de main cultivé par une curiosité toujours aiguë, tout cela faisait la différence. Parmi les autres contremaîtres, ces qualités de sérieux le posèrent vite comme celui qui témoigne d'un solide savoir-faire. Malgré sa jeunesse, il avait l'autorité naturelle de celui qui sait s'imposer par son professionnalisme. Sans en avoir l'air, au quotidien, Graulle l'observait et n'était pas peu fier de son élève. Il avait eu le nez creux en l'engageant quand il n'était qu'un gaffet avant-guerre. Ce petit irait loin, beaucoup plus loin peut être, il en était persuadé.

Après huit semaines d'un hiver si humide que le papier peint avait tendance à moisir dans le placard, sous l'escalier et dans le couloir de la maison des Sagnol, un pâle et timide soleil daigna enfin se montrer, déchirant la chape de grisaille des jours précédents. Aussitôt, en l'espace de quelques jours, en cette mi-mars, les premières jonquilles commencèrent à éclore dans les jardins de Laroque. Bien sûr, ici, elles avaient un peu de retard par rapport à la plaine ariégeoise, vers Pamiers ou Saverdun, là où le climat est plus clément. Par touffes ou alignées en bordure, elles ouvraient leurs corolles charnues, prenant le relais des crocus en une symphonie de jaune qui réchauffait une nature encore endormie.

Raymond Astre finissait de déjeuner quand il entendit frapper à la porte d'entrée. Il se leva, un peu chagriné d'être ainsi dérangé au milieu de son repas, dans la dégustation d'une omelette bien baveuse, juste comme il les aimait. Veuf depuis cinq ans, Raymond Astre offrait à soixante-huit ans l'image d'un paisible ouvrier de l'usine, en retraite, actif dans son jardin par la force d'habitude, amateur de pêche à la ligne, de balades en forêt à la recherche des champignons à la saison. Raymond aimait la montagne et, posé sur une chaise, son sac à dos était toujours prêt à partir. Il n'avait qu'à mettre un peu de vin dans la gourde au cuir bruni, tannée par des années de courses, glisser un bout de pain et de « cambajou », ce jambon sec et odorant au parfum subtil du ? ? ?. Par une prudence, désormais forcée, en ces années d'occupation, il regarda par le « fenestrou » de la souillarde qui pouvait venir ainsi troubler sa quiétude. Il perçut la silhouette d'un homme seul, la quarantaine, bien mis. Sa méfiance un peu atténuée, il se résolut à ouvrir le volet de la cuisine. L'homme qui se dressait devant lui avait, en effet, bonne allure. Il arborait un pardessus sombre bien coupé, un chapeau mou élégant, des chaussures en cuir fin qui sortaient de chez un bon faiseur. Une écharpe blanche lui donnait l'allure distinguée des gens aisés. Celui-là respirait la haute bourgeoisie comme d'autres la classe ouvrière. De taille moyenne, mince, le nez légèrement busqué, on voyait du premier coup d'œil qu'il n'était pas du pays.

– C'est ici le numéro 23 ? demanda l'étranger.

– C'est pourquoi ? répondit Raymond, méfiant.

– Je cherche le propriétaire du numéro 23. C'est bien ici qu'habite M. Astre n'est-ce pas ?

– Oui, il n'y a pas de plaque mais c'est là, fit Astre, qui se garda bien de lui expliquer qu'il avait retiré lui-même les chiffres émaillés en bleu un an auparavant, afin de se donner un peu plus de temps pour fuir, en cas d'une visite inopportune.

– Vous êtes monsieur Astre ?...

– C'est moi-même, en effet, répondit Raymond, toujours prudent devant l'accent parisien du visiteur.

– On... on m'a dit que..., hésita l'homme en marquant un temps, on m'a dit que vous pourriez nous faire passer.

– Vous faire passer ? Où ça ?

– En Andorre.

– Ah bon ? Eh bien, on vous a trompé, monsieur...

– Vraiment ?

– Oui, sans aucun doute. Je suis un paisible retraité, voyez-vous ! Pas un montagnard et encore moins un passeur.

– Pourtant on m'avait dit que vous...

– Qui vous a raconté ça ?

– M. Maury, de Lavelanet.

– Je ne connais pas de M. Maury, hélas...

– Mais c'est lui-même qui m'a dit de venir vous voir !

– Et vous le connaissez bien ce M. Maury ?

– Eh bien, oui ! Enfin... je l'ai rencontré hier après-midi à Lavelanet !

– Et qu'est-ce qu'il vous a dit, au juste ?

– Que vous pouviez me faire passer.

– Et il vous a rien dit d'autre ?

– Ah si ! j'oubliais... Il a dit « que même les palombes vont bientôt passer au col de la Fajolle ».

– Vous pouviez pas le dire plus tôt, répliqua Astre, rassuré. Je vous ai pris pour un mouchard.

– Excusez-moi... je suis confus. Ce n'est pas facile d'arriver ici ! Vous pouvez me faire passer ?

– Vous êtes seul ?

– Oui... enfin non. Il y a ma femme et ma fille.

– Quel âge a votre fille ?

– Treize ans.

– Ah ! fit Astre pensif, vous savez, le passage est difficile... il risque d'y avoir beaucoup de neige ! ajouta-t-il, circonspect devant cette réponse qui compliquait l'aventure.

– Je vous paierai ce qu'il faut, fit l'autre, faisant mine de sortir son portefeuille. Combien voulez-vous ? Votre prix sera le mien.

- Oh, ce n'est pas un problème d'argent. Ici, dans les Pyrénées, en cette saison, les cols ne sont pas très accessibles. La neige tombe surtout au printemps vous voyez, expliqua Astre.

– Il faut que je passe absolument, insista l'homme, qui ajouta un pathétique : Vous comprenez ?

– Vous dites tous pareil.

– C'est une question de vie ou de mort. J'ai de l'argent ! Je ne discuterai pas le prix, insista l'étranger.

– Je ne prends rien pour moi, ce que vous donnez va à l'organisation ! Maury a dû vous le dire.

– Oui,... mais on m'a dit qu'il y en a d'autres qui...

– Qui sont moins honnêtes et qui plument le client quand ils ne les livrent pas aux boches. Je sais ça... monsieur... Monsieur comment au fait ?

– Dubois... Monsieur Dubois !

– Eh bien ! Monsieur Dubois, fit Astre sans être dupe un instant de cette identité, ça ne sera pas facile. Mais si Maury vous envoie... on peut essayer. Vous logez où ?

– Nous sommes descendus à l'hôtel.

– Alors, pas la peine d'y rester trop longtemps pour vous faire repérer. Rendez-vous demain matin, à neuf heures, à l'entrée du village des Chaubets. Vous savez où c'est ?

– Je trouverai.

– Il y a un tas de grumes à côté de la route. Je serai derrière pour vous attendre. Habillez-vous bien, avec des vêtements chauds et, surtout, prenez autre chose que ça aux pieds, il va falloir marcher, conclut Raymond en désignant les chaussures de cuir fin.

– Merci... Merci beaucoup !

– Vous me remercierez de l'autre côté, dit Astre en lui serrant la main.

Raymond le regarda s'éloigner. Il tira sa montre de gousset de son gilet. Il était presque midi et demi. Il avait juste le temps de finir de déjeuner avant de prévenir Pierre qu'ils auraient un client demain. Il n'allait pas tarder à rentrer avec l'équipe du matin, comme au temps où il était encore simple ouvrier tisserand. À lui de voir le père Graulle, son ancien contremaître, pour excuser celui qu'il appelait toujours le petit, bien qu'il soit maintenant passé contremaître adjoint. S'il y avait un contrôle de la police, il suffirait de prétendre qu'on l'avait envoyé pendant quelques jours voir le travail d'un façonnier afin de justifier son absence. Il savait bien qu'il ne lui refuserait pas ce service, fermant les yeux sur ces départs ponctuels pour une bonne cause, sans avoir à lui donner de détails sur l'opération.

Il ajustait à peine sa serviette autour du cou quand il entendit le « ding » du timbre du vélo que Pierre faisait toujours tinter en arrivant. Les Sagnol et lui étaient devenus voisins trois ans plus tôt, au lendemain de cette « étrange défaite » de mai 1940 quand il avait pris sa retraite de l'usine et quitté le petit logement qu'on lui louait juste à côté. Il s'était installé dans cette maisonnette, qui jouxtait la leur. Elle était fraîchement libérée par le décès de Marcel Vidal, et ses enfants, travaillant à Toulouse à l'ONIA, la lui avaient baillée. Serviable, bon voisin, issu de cette race de travailleurs fière de son savoir-faire, il n'avait pas tardé à entretenir de bonnes relations avec eux. Raymond Astre, par ses conseils et son expérience d'homme mûr remplaçait, pour Pierre, un peu Auguste, prisonnier dans son stalag. Ils en étaient venus naturellement à une complicité d'hommes partageant les mêmes sentiments face à l'occupant.

Pierre n'était pas en retard. La pendule venait à peine de sonner la demie. Il devait avoir faim après sa journée de travail, pensa Astre. Lui aussi, quand il travaillait à l'usine, était pressé de passer à table. Il fallait le prévenir, mais il irait le voir plus longuement ce soir, discuter de l'itinéraire qu'ils prendraient demain matin pour tromper la surveillance des patrouilles des *Gebirgjäger* qui, depuis la fin de la zone « nono », avaient remplacé les douaniers français plus débonnaires.

La voie suivie était dans sa globalité toujours la même. Seuls les détails changeaient dans un jeu de cache-cache avec les gardes-frontières allemands. Pierre connaissait bien le chemin pour l'avoir souvent fait avec Raymond Astre. S'il ne craignait pas de s'y lancer seul, il était souvent accompagné par un berger de Montségur, Jean Delteil, un rude gaillard taciturne qui portait avec aisance les charges les plus lourdes.

– Hé Pierre ! cria Astre.

– Qu'est-ce qu'il y a ?

– Entre donc ! j'ai à te parler, poursuivit Astre qui ne tenait pas à ce que tout le monde entende leur conversation.

– C'est que je vais déjeuner !

– Ça attendra cinq minutes. Écoute, demain, on a trois colis.

– Tu crois qu'on pourra passer ?

– Hé ! Il a pas neigé depuis quinze jours au moins. Jusqu'à la cabane en dessous du pic de Lauzate, ça doit être bon...

– Et après ?

– Faut essayer. Si on attend trop, ça risque de tomber et de nous coincer pour un bon mois ou deux !

– Bon, soit ! Alors je fais quoi ?

– Justement, cette après-midi, quand tu auras fait ta

sieste, d'un coup de vélo, tu iras prévenir Delteil. On aura bien besoin de lui ! Il y a une femme et une gamine. En plus, lui, il te dira s'il risque d'y avoir trop de neige là-haut...

– Hum, il peut pas voir le col pourtant...

– Non, mais la montagne de la Frau monte presque à deux mille mètres et c'est la même orientation. Ça nous donnera une idée de ce qui nous attend. Moi, je préviens les relais pour le ravitaillement, mon copain le gendarme de Savignac et je me charge du reste. Allez, va déjeuner maintenant ! Je passerai te voir plus tard...

Astre connaissait la montagne comme sa poche, rompu par presque cinquante ans de courses, d'un côté de la frontière comme de l'autre, pour satisfaire sa passion de la pêche à la truite dans les lacs. Avant sa retraite, il n'hésitait pas d'ailleurs à prendre quelques jours de congé, arrachés à coup d'heures supplémentaires, pour assouvir ce besoin d'évasion et d'air pur, cette quête éternelle du sauvage qui le conduisait à capturer des farios noires dès que les neiges, après le 15 mai, permettaient d'accéder à ces paradis montagnards. Mais en vieillissant, même s'il conservait un bon jarret, il avait perdu un peu de la résistance de ses vertes années. Aussi, au printemps 1942, quand sa connaissance montagnarde avait été sollicitée pour faire passer des pilotes alliés abattus au-dessus de la France, avait-il trouvé judicieux de s'adjoindre le concours de son voisin Pierre Sagnol, avec lequel il avait noué une relation de confiance. Les deux hommes se connaissaient bien et, souvent, à la belle saison, Raymond Astre l'avait entraîné dans des courses lointaines auxquelles Gaby participait parfois quand ce n'était pas dangereux et qu'il faisait beau. Il lui avait enseigné sur le terrain les raccourcis qu'il lui avait montrés la veille, en hachures noir et blanc, sur la carte d'état-major achetée avant la guerre de 1914. Pierre avait pris goût à ces courses folles où l'on jouait au chat et à la souris avec les douaniers.

Après Bélesta, Pierre et ses passagers montaient par Fougax et Barrineuf à travers les gorges de la Frau. Il empruntait alors le trajet qu'ils avaient suivi le jour où l'orage avait fait basculer leur vie. Les chemins de la liberté ne passaient pas très loin de la ferme de Bordenave. Mais, depuis quelques mois, la grande maison était bien silencieuse... Elle était inoccupée depuis la Toussaint dernière. Le pharmacien Trocard, celui-là même qui les avait chassés en 1934, avait jeté dehors le métayer qui les avait remplacés à l'époque. Ah ! Bordenave... Pierre éprouvait toujours un pincement au cœur aux abords de ces lieux familiers. Les massifs de buis vert, accrochés aux parois de calcaire blanc, s'étaient juste quelque peu étoffés depuis ces années, et les frênes, les ramures déplumées en cette saison, lançaient toujours leurs silhouettes vers le ciel, telle une prière pour des jours meilleurs. Pierre savait maintenant qu'on ne guérit jamais de son enfance.

De là, avec la complicité bienveillante d'un paysan de Comus qui les convoyait dans une calèche rescapée du siècle dernier, ils redescendaient par le col de la Chioula pour faire étape au-dessus de Vaychis dans une série de granges désertes en cette saison. Le lendemain, ils coupaient la vallée de l'Ariège à la hauteur de Savignac-les-Ormeaux pour éviter la zone interdite d'Ax-les-Thermes et attaquaient alors la partie la plus risquée. Par le col de Belh et celui de Terre-Nègre, ils gagnaient l'étang de Fontargente à deux mille cinq cent quatre-vingt-quinze mètres. Là, juste derrière le lac, au milieu d'un chaos pierreux de rochers stériles, était la frontière. Passé ce point, c'était l'Espagne, la liberté pour les fuyards souvent épuisés, mal chaussés, peu aguerris à la montagne et transis de froid. Le chemin descendait presque en pente douce vers Soldeu et une auberge, à un kilomètre et demi de là, tendait même des bras tentateurs. Il fallait pourtant avoir la sagesse de l'éviter, car, bien que située en territoire espagnol, les douaniers allemands y prenaient souvent le café. Cette absence de prudence avait coûté cher à quelques impudents qui se croyaient déjà sauvés.

Le lendemain matin, dans l'aube blanchâtre et froide qui peinait à se lever, Raymond et Pierre, à l'abri d'un tas de grumes, virent arriver à pied Dubois et les siens, vêtus comme des gens de la ville. Tout au plus avait-il troqué son costume pour un pantalon de ski et des chaussures de montagne. De taille plutôt petite et d'aspect fluet, la femme, d'un blond délicat, était encore jeune. Légèrement maquillée, elle avait les traits réguliers, les mains fines aux ongles soigneusement manucurés. Ces mains-là n'avaient pas dû beaucoup faire la vaisselle. Du premier coup d'œil, on percevait chez elle cette distinction naturelle des bonnes familles. Pierre les examina attentivement. De bons bourgeois, sans aucun doute. Mais, comme il avait l'habitude de voir à longueur de journée des pièces de tissu, il fut soudain frappé par un détail. Sur le manteau de la jeune femme, à la hauteur de la poitrine, à gauche, il y avait une trace de couture. Comme si on avait décousu quelque chose que l'on ne tenait pas à montrer... La remarque lui trotta dans la tête, puis, en un éclair, l'évidence se fit jour. C'était des juifs ! La petite dame avait décousu son étoile jaune ! Pierre en éprouva un frisson d'émotion mêlé de sollicitude. Les présentations furent brèves. Inutile de se faire repérer en stationnant là.

– Allons-y ! fit Astre en désignant les bicyclettes qui étaient camouflées sous quelques branches de sapins.

– Je passe devant, ajouta Pierre en enfourchant sa machine.

– Au fait, vous savez vous en servir ? demanda Raymond, pris d'un doute devant leur style plus habitué aux limousines qu'à la petite reine.

– Oui... oui, assura timidement celui qui disait s'appeler Dubois.

Raymond Astre, comme d'habitude, s'était débrouillé pour se faire prêter les trois vélos que le chauffeur du camion de la scierie de Fougax avait déposés la veille et qu'il reprendrait ce soir au hameau de L'Espine, là où il habitait, non loin de l'entrée de la gorge de la Frau. Jusque-là, il n'y avait pas grand risque et les gendarmes de Bélesta fermaient plutôt les yeux. Après, ils pouvaient encore essayer de passer pour d'innocents randonneurs, et les patrouilles étaient rares, mais, dès qu'ils atteindraient Savignac et le ruisseau de Najar, coulant dans un talweg étroit et encaissé, leur groupe serait naturellement plus suspect. Il fallait jouer alors avec la chance, ruser, avoir l'œil aux aguets, savoir déceler la présence des boches avant qu'ils ne vous aperçoivent pour faire prudemment demi-tour et changer d'itinéraire.

Pierre, en se retournant dans un virage, observa du coin de l'œil les trois silhouettes qui se déhanchaient. Pendant ces années de guerre, les corps s'étaient, par force, faits à moins de confort mais leurs passagers n'étaient guère habitués à l'effort physique. Ils peinaient sur une route sans grande déclivité, là où eux pédalaient avec aisance et souplesse. Leurs vélos étaient déséquilibrés par des valises de cuir fin qui ne laissaient guère de doute sur leur standing. Le passage risquait d'être plus difficile qu'avec les aviateurs anglais ou les réfractaires au STO qu'ils convoyaient d'ordinaire. La petite, un peu maigrichonne, était encore celle qui avançait le mieux mais, à l'évidence, ceux-là étaient plus à l'aise dans les salons, un verre de porto, à la main, à écouter, l'air inspiré, leurs enfants écorcher dès l'âge de cinq ans, la *Lettre à Élise.*

La suite de leur voyage confirma son pressentiment. Fatigués par la longue marche d'approche de la zone interdite, mal reposés après une nuit courte, passée aux granges de Cardeillou à plus de onze cents mètres d'altitude, où Raymond Astre devait l'attendre au retour, leurs trois passagers abordèrent le deuxième jour la partie la plus difficile dans de mauvaises conditions. La femme avançait péniblement, boitant malgré son courage, les pieds meurtris d'ampoules. Le matin, avant de s'élancer dans la montagne glacée, il avait fallu les percer d'une aiguille chauffée à la flamme grasse d'un briquet à essence. Elle n'avait même pas crié mais Pierre avait vu qu'elle se mordait les lèvres jusqu'au sang. Raymond leur avait conseillé d'alléger leur « équipement ». Mais ils n'avaient pas voulu abandonner une partie de leurs précieux bagages et c'est donc chargés de plus de quinze kilos, les valises de cuir fin à la main, qu'ils avaient remonté le ruisseau de Najar, en suivant un sentier muletier qui en d'autres temps eût été bucolique.

Les quelques granges qui parsemaient la vallée étroite pouvaient se révéler un piège. Pas question de s'y reposer et encore moins d'y faire de feu. C'était le meilleur moyen de s'attirer un contrôle inopiné, une arrestation, un probable séjour au sinistre château de Lauquié, siège de la Gestapo de Foix, c'est-à-dire un billet pour l'Allemagne et qui sait sûrement bien pire. Bientôt, la neige fit son apparition, par plaques, dans les creux de terrain. Passé les « Jasettes », ce faux plat humide où le ruisseau serpente mollement, ils étaient à découvert. Les boches pouvaient alors facilement les repérer à la jumelle d'autant que leurs silhouettes se découpaient bien nettement désormais sur la fine couche de poudreuse qui parsemait uniformément le sol. C'était une question de chance.

Maintenant ils avaient dépassé le Prat-Rodon et, à mille huit cents mètres d'altitude, la neige devenant plus épaisse, ils progressaient lentement, enfonçant leurs pieds d'une bonne vingtaine de centimètres dans la couche molle. Un vent glacé balayait le talweg en descendant des crêtes proches. Les éboulis enneigés, plus nombreux à l'approche du col del Belh, se révélaient redoutables.

– Je n'en peux plus, murmura la femme en se laissant tomber sur un rocher à demi capuchonné de blanc.

– Il faut continuer, maman ! dit la petite en tentant de l'aider à se relever.

– Allez-y vous autres, lança-t-elle à son mari.

– Je t'en prie, Florence ! fit Dubois en se penchant vers sa femme.

– Laisse-moi là !... je suis épuisée ! répondit-elle, le souffle court.

– Il ne faut pas rester là. Avancez ! Avancez ! cria Delteil qui fermait la marche, en arrivant à leur hauteur.

– Non, j'ai trop mal ! dit la femme en désignant ses pieds.

– Ils peuvent venir à tout moment ! Il faut continuer, madame ! ajouta Pierre qui était revenu sur ses pas.

– C'est loin encore ? demanda Dubois, inquiet.

– Non, juste derrière la crête, répondit Pierre, leur mentant pour leur redonner confiance.

– Tu vois, on n'est pas très loin, ma chérie, fit Dubois, tentant de la convaincre.

– Laissez votre bagage, conseilla Pierre.

– Non jamais, dit l'homme, serrant sa petite valise contre lui.

– On peut pas rester là, insista Pierre.

– C'est au-dessus de mes forces, monsieur, fit-elle d'une voix faible.

– Bon, alors autant retourner dans la vallée, répondit Delteil.

– Pas possible, on est trop loin de Savignac. Elle y arrivera pas ! fit Pierre en aparté à Delteil. Pars avec le type et la gosse ! Tu connais le chemin, Jean ! Attendez-nous à Soldeu. On vous rejoindra !

– C'est trop risqué, tu t'en sortiras pas tout seul, Pierre ! Regarde, en plus le temps se gâte ! Tu vas te perdre si le brouillard se lève !

– Non, on va se reposer un peu et, dans une heure ou deux, on arrive ! Prends les bagages plutôt.

– Bon, consentit Delteil, mais toi, tiens... prends ça, ajouta-t-il en lui tendant un gros pistolet automatique tout noir.

– D'où tu sors ça ? demanda Pierre, surpris, en regardant le Browning.

– Un aviateur polonais me l'a laissé lors du dernier passage. En Espagne, il n'en avait pas besoin et ça peut toujours servir en cas de mauvaise rencontre.

– Non, garde-le ! Je préfère pas que les boches me trouvent avec. Allez, vas-y maintenant, répliqua Pierre avec autorité en donnant un grande tape sur l'épaule de Jean Delteil.

Malgré son assurance Pierre les regarda s'éloigner avec un petit pincement au cœur. Tirant sa passagère un peu à l'écart, il l'installa du mieux qu'il put à l'abri d'un rocher offrant un semblant de protection à la bise. Il l'enveloppa de sa grande cape de bure épaisse, ne gardant sur ses épaules que sa canadienne Le vent forcissait, entraînant des masses de nuages de plus en plus compacts qui bouchaient peu à peu le col. Pierre était conscient des risques encourus. Il fallait certes qu'elle se repose, mais s'ils tardaient trop, dans la bourrasque qui s'annonçait, ils risquaient de ne plus pouvoir passer. La jeune femme tremblait de froid. Pierre sortit de sa poche intérieure une fiole d'eau-de-vie de prunes et la lui tendit. Elle toussa sous la brûlure rêche de l'alcool qui lui emportait le gosier et lui faisait presque jaillir les larmes.

– Ça va aller ?

– J'ai froid aux pieds, répondit Florence Dubois.

– Enlevez vos chaussures et laissez-vous faire, lui ordonna Pierre.

Florence Dubois avait des pieds délicats, à l'image de sa personne Pierre les frictionna d'une poignée de neige fraîche, puis, se penchant vers elle, il entrouvrit sa canadienne et les réchauffa contre son ventre dans la chaleur de la peau de mouton. C'était la première fois qu'il sentait des pieds de femme contre lui et, pour chasser le trouble qui l'envahissait, il imagina que c'était ceux de Gaby. Florence Dubois reprenait des forces. Petit à petit, un peu de couleur lui revint au joues. Ils restèrent ainsi presque deux heures, recroquevillés l'un contre l'autre, dans le vent qui mugissait, tentant d'échapper à la morsure du froid vif. De temps en temps, Pierre levait la tête vers le sommet de la passe, cachant son anxiété de voir surgir la silhouette d'un *Gebirgjäger*. Il fut soulagé quand elle accepta de repartir. Le ciel était de plus en plus bas et quand ils passèrent le col de Terre-Nègre, quelques flocons commencèrent à tomber dru. Ici, le chemin redescendait un peu, mais les traces du groupe qui les avait précédés s'estompaient vite. Ils abordaient la partie la plus délicate du passage, la plus risquée, et Florence Dubois, s'enfonçant dans la poudreuse de plus en plus épaisse, boitillait, soutenue par Pierre qui avait passé son bras autour de ses épaules frêles.

Ils venaient juste de dépasser la barre rocheuse du Malpas, remontant vers l'étang de Fontargente en suivant un ruisseau qu'on devinait à peine, quand Pierre aperçut deux silhouettes sombres presque devant lui. Mû par l'instinct, en une fraction de seconde, il sauta dans le ravin, entraînant Florence Dubois avec lui dans sa chute salvatrice. Dans son roulé-boulé, il entendit deux coups de feu qui résonnèrent en un lugubre écho dans la montagne et se retrouva très vite une vingtaine de mètres plus bas, à l'abri d'un rocher, fariné de poudreuse fraîche. Le souffle court, le cœur battant, Pierre ne se faisait pas trop d'illusions. Ils ne pourraient pas leur échapper durablement ! Ils allaient venir ! Son destin allait s'arrêter là, dans le silence infini d'une montagne glacée. La bouche sèche, il guettait l'apparition du canon des Mauser quand deux autres coup de feu claquèrent, très proches, un peu plus haut. Pierre leva la tête, sans oser bouger davantage.

– Ho... Ho... Pierre !... Tu es là ?... Y a plus de risque !...

En un instant, Pierre reconnut la voix rauque et familière de Delteil. Il se relevait juste au moment où l'autre arriva, le pistolet au poing, lui expliquant ce qui s'était passé.

Parvenu à la frontière et inquiet de ne pas les voir arriver, Delteil était revenu sur ses pas à leur rencontre. Il avait faillit tomber sur les Allemands mais ceux-ci ne l'avaient pas vu. Alors, tel un Sioux, il les avait suivis pas à pas sans se faire repérer. Placé un peu plus haut, à l'abri d'un rocher, il avait vu Pierre et Mme Dubois sauter dans le ravin. Sortant de sa cachette, pendant que les Allemands rechargeaient leur armes, il les avait abattus froidement au pistolet par-derrière, sans coup férir. Maintenant, il ne fallait pas traîner. Un tel tintamarre n'allait pas passer inaperçu et il pouvait y avoir d'autres patrouilles.

– Qu'est-ce qu'on en fait ? demanda Pierre un peu plus haut, ébranlé, en regardant les cadavres des deux Allemands.

– Sortons-les juste du passage ! répondit Delteil, et il les poussa du pied vers le ravin où ils glissèrent sur quelques mètres.

– On va les trouver, fit Pierre.

– T'en fais pas, la neige les recouvrira bientôt... et avec ce qui se prépare, ajouta-t-il en regardant le ciel, ils sont pas près de les découvrir !

Ils se hâtèrent vers la frontière toute proche alors que la neige tombait de plus en plus dru. On n'y voyait pas à quinze mètres quand ils franchirent enfin la ligne de crêtes marquant la limite de l'Andorre pour descendre vers la vallée de Soldeu et l'aube de la liberté. Cachés derrière un gros rocher, Dubois et sa fille attendaient. Dubois serra longuement sa femme dans ses bras, la couvrant de baisers désordonnés, tandis que la gamine répétait « Maman... Maman », tout à la joie de retrouver sa mère qu'elle avait crue perdue. Le vent mugissait, lugubre, faisant tourbillonner les flocons comme mille et une abeilles blanches. Pierre et Delteil descendirent avec eux dans la vallée andorrane, en suivant le Riu del Manegor Vers mille huit cents mètres, à l'approche du Vall d'Incles, un arbre réapparut, comme un signe de la vie qui renaissait. Ils passèrent sans s'arrêter devant l'auberge pour atteindre la Casa Miguel, leur point de contact, une maison sûre, un peu plus loin. Pour cette partie-là, ils étaient sauvés. Mais au-delà de l'Andorre, le danger subsistait, même s'il semblait moins présent. Il restait encore aux Dubois à traverser l'Espagne et à éviter les sinistres geôles de Miranda. Au moment de se séparer de leurs passeurs, Dubois prit Pierre à part et lui dit :

– Je n'oublierai jamais ce que vous avez fait, monsieur... Monsieur comment au fait ?

– Sagnol... Pierre Sagnol !

– Eh bien, j'espère vous retrouver un jour, monsieur Sagnol, et si nous survivons à cette guerre, je souhaite pouvoir vous prouver ma reconnaissance. Ma femme vous doit la vie et je ne l'oublierai pas. Je suis connu sur la place de Paris comme diamantaire, déclara Dubois, très ému.

– Diamantaire ? répéta Pierre, un peu incrédule.

– Oui, je m'appelle Grumbacht de mon vrai nom et j'habite place des Vosges... Vous me retrouverez facilement, sinon, c'est moi qui vous ferai chercher ! ajouta-t-il en souriant.

Puis, il lui serra longuement la main avant de disparaître derrière un bosquet tandis que Pierre et Delteil rebroussaient chemin pour rentrer en France dans une tempête qui eut tôt fait d'effacer leurs traces. Leur retour fut difficile, digne d'une épopée napoléonienne. Malgré leur connaissance de la montagne, dans l'enfer blanc qui s'était abattu sur les crêtes, ils faillirent se perdre à deux reprises, confondant les repères au point de s'égarer dans des éboulis redoutables. Ce fut un vrai soulagement lorsqu'ils parvinrent à l'entrée de la vallée de Savignac. De l'autre côté, au Cardeillou, Raymond Astre avait rongé son frein, le cœur pétri d'angoisse en regardant le ciel se boucher. En les voyant arriver, il poussa un soupir de soulagement, mais s'inquiéta du meurtre des deux Allemands. Il ne fallait pas que ça s'ébruite et ici les nouvelles se colportaient si vite...

Astre ne croyait pas si bien dire. La tempête calmée, les Allemands, avec des chiens, s'étaient mis à la recherche de la patrouille disparue. Ils avaient fini par trouver les cadavres gelés à dix mètres du chemin. Le crime était signé. Pierre et Delteil étaient juste rentrés depuis deux semaines que la rumeur, rampante, courait déjà le pays avec insistance. « Des passeurs auraient tué deux boches ! » Si peu osaient s'en féliciter, même à demi-mot, quelques bavards, sous le manteau, avançaient des noms avec imprudence. Des agents de la Gestapo traînaient dans les cafés de Lavelanet, à l'affût du moindre ragot. Les Allemands avaient renforcé les contrôles et l'inquiétude était montée d'un cran.

La nuit était tombée depuis belle lurette quand une silhouette, malgré le black-out, se glissa dans la rue où habitait Pierre. Julia venait juste de se coucher. Deux coups résonnèrent au volet en bois. Ils étaient si discrets que Julia les entendit à peine. À cette heure tardive, elle se contenta juste d'entrebâiller la croisée de la chambre. Un mince rayon de lumière filtra. Elle perçut une ombre. La forme sortit de la pénombre en s'approchant du volet pour murmurer à voix basse : « Madame Sagnol... madame Sagnol... c'est moi ! » Julia reconnut alors Dumas, le brigadier de gendarmerie. Il était en civil et dissimulait ses cheveux ras sous un chapeau de feutre à large bord. Sa présence à cette heure tardive était inhabituelle.

– Que voulez-vous ? demande Julia.

– Dites à votre Pierre qu'il parte vite...

– Mais, pourquoi ? Que voulez-vous dire ?

– Il a été dénoncé.

– Mais pourquoi ?

– Pour les deux boches tués dans la montagne.

– Mais il n'y est pour rien, assura Julia à qui Pierre n'avait rien dit.

– Ils doivent l'arrêter demain matin à la première heure !

– Je ne comprends pas, fit Julia qui réfléchissait à toute vitesse.

– Écoutez-moi. Une lettre est arrivée par le courrier du soir à la brigade. La Gestapo était là. On a pas pu la cacher et ils l'ont lue. Le chef leur a payé un bon coup à boire pour les retarder, mais ils ont décidé d'y aller demain matin... alors, il faut faire vite ! Prévenez Pierre de foutre le camp ! Ils ont demandé qu'on les accompagne et on voudrait pas lui passer les bracelets, à votre fils... Vous comprenez ?

– Qui l'a vendu ?

– Je peux pas vous le dire..., répondit Dumas, embarrassé.

– Votre chef sait que vous êtes venu ?

– Oui, c'est lui qui m'envoie.

– Bon d'accord..., acquiesça Julia avant d'ajouter : Et le dénonciateur ?

– On va s'en occuper. Faites-nous confiance ! C'est pas parce qu'on porte l'uniforme qu'on est un mauvais Français, vous savez. Je suis fils d'ouvrier, moi aussi... Allez, je me sauve... Prévenez-le !

Quand Julia referma le volet, la peur lui tordait le ventre. Ses mains tremblaient et elle se sentait toute pâle. Elle connaissait peu Dumas, le plus souvent, elle n'avait fait que le croiser sur la place, les jours de marché, quand il venait reluquer les marchandises, accompagnant les agents du contrôle économique pour leur prêter main-forte, le cas échéant, comme la loi l'exigeait. Quelle confiance fallait-il accorder à cette visite ? Elle ne savait que penser. Dumas ne passait pas pour un tendre, mais il fallait parer à toute éventualité. Pierre devait vite se cacher. Elle alla le réveiller, lui prépara un bagage léger, un solide casse-croûte.

Pendant qu'il s'habillait. Pierre réfléchissait vite. Il fallait disparaître. Pas question de se dissimuler au fond du jardin. Les Allemands risquaient de tout fouiller et de le trouver. Inutile de dire à Julia où il se cacherait pour l'instant. Moins elle en saurait, moins elle en dirait. Il l'embrassa, sauta sur son vélo et disparut dans la nuit. En pédalant dans les rues de Laroque endormie, Pierre eut une idée. La peur lui donnait des ailes. Il y avait un endroit où il pouvait se réfugier... un endroit sûr, un endroit où il était comme chez lui...

Bordenave !

# 10

## *Le chant des métiers*

Dumas n'avait pas menti. À sept heures trente, bien que ce fût dimanche, deux gendarmes de Lavelanet, dont le chef de brigade, accompagnant deux types en manteau de cuir vert olive débarquèrent chez les Sagnol. Parlant le français avec une légère pointe d'accent, les inconnus avaient néanmoins un profil inquiétant : l'un était grand, maigre, le visage en lame de couteau, un mufle de fouine et le teint blafard, l'autre, petit, gras, avec de petits yeux vifs animés d'un regard porcin. Tandis que les gendarmes, complices obligés et gênés, faisaient semblant de tout fouiller, Julia dut répondre à une succession de questions insidieuses et souvent à double sens. Elle leur opposa le visage peu bavard d'une paysanne obtuse qui comprend mal le français, obligeant même le brigadier à traduire certaines interrogations en patois. Après leur départ, encore toute tremblante, elle se servit, malgré l'heure matinale et le manque d'habitude, une large rasade d'eau-de-vie de prunes pour se redonner du courage. Elle s'assura bien qu'ils n'étaient plus dans les parages et, les joues et la gorge en feu, elle posa son tablier et courut chez Gaby pour la prévenir.

Gaby n'hésita pas longtemps sur l'endroit où Pierre avait pu trouver refuge. Elle savait l'importance qu'avait la ferme dans les souvenirs de son promis. Elle prépara des vivres pour une bonne huitaine et enfourcha son vélo pour l'y rejoindre.

Pierre resta caché à Bordenave plusieurs semaines, cultivant la discrétion jusqu'aux beaux jours, ravitaillé régulièrement par Gaby qui, au-delà des provisions, lui amenait des nouvelles fraîches et un peu de tendresse, partagée furtivement dans la crainte d'un visiteur importun. Les habitants des hameaux de L'Espine ou de La Palanque repérèrent bien un peu de fumée dans le secteur, mais en ces temps troublés nul ne s'avisa de pousser plus loin les investigations sur cette soulane reculée. Malgré tout, dans sa « tûte », comme il disait lui-même, Pierre s'ennuyait un peu et rongeait son frein dans ce manque d'action à l'heure où le pays basculait peu à peu dans la Résistance.

– Ici, tu ne risques rien, lui disait Gaby.

– Je veux pas rester là pendant que d'autres se battent ! répliquait-il.

Bien renseigné par Raymond Astre dont la maison servait de boîte aux lettres à la Résistance, Pierre rejoignit de nuit, par des sentiers à sangliers, en juin 1944, le maquis de Picaussel qui, depuis le mois d'avril, se formait dans la forêt profonde pour devenir rapidement un camp retranché.

Le 10 juillet, habillé d'une tenue disparate, il participa comme ses trois cent cinquante camarades à la réception d'un important parachutage. Dans le vrombissement des bombardiers, le ciel s'était rempli de corolles bleu-blanc-rouge qui apportaient les armes de la liberté. Il était temps. Début août, accrochés par des troupes de la 11$^{e}$ Panzer Division, ils durent tous se replier tandis que les Allemands, de rage, brûlaient tout.

Désormais son destin, comme celui de Louis et d'Auguste, était lié à la guerre. Engagé dans le 80$^{e}$ RI pour la durée de la guerre, Pierre combattit vaillamment en

Alsace et en Allemagne, tandis que Louis, dont il avait maintenant des nouvelles régulières, s'illustrait dans l'armée d'Italie.

Pendant tous ces mois, chaque jour Julia fit un détour par l'église pour prier à la sortie de l'usine. Malgré la déchristianisation qui frappait beaucoup de familles ouvrières depuis le début du siècle, Julia était restée dans l'espérance du Seigneur, vieux reste d'une culture paysanne où le curé était le guide spirituel. Là, dans la pénombre humide d'encens et d'eau bénite, elle trouvait la ressource pour assumer seule, depuis le départ de Pierre, la charge du foyer. Certes, Gaby était là, mais elle ne pouvait remplacer les absents. Plus la victoire approchait et plus la peur mêlée d'angoisse l'assaillait. Ils avaient tous fait un si long chemin depuis leur départ de Bordenave, ils avaient tant connu d'épreuves ! Julia avait envie de paix tout comme Gaby était dans l'espérance d'un bonheur à construire. Louis, absent depuis le début du conflit, avait eu pourtant une courte permission consécutive à une blessure légère en janvier 1945. Arborant des galons d'adjudant tout neufs et bardé de décorations, Julia l'avait retrouvé mûri, mais changé.

– Ils vont bientôt revenir, lui répéta encore cette fois pour l'encourager Milou Loubet, le facteur, en lui tendant une lettre sortie de la grosse boîte en bois noir qui lui servait de sacoche et où les chiens hargneux posaient parfois les pattes tout en aboyant.

– Hé oui ! L'Allemagne est à genoux, elle a perdu la guerre... même les prisonniers commencent à rentrer ! renchérit par-dessus la murette séparant les deux pavillons, Raymond Astre, son voisin, en s'arrêtant de planter ses pommes de terre.

– Peut-être, fit Julia, dubitative, il y a longtemps que j'ai regardé sur le calendrier des PTT ! Mon Auguste, en Allemagne, il est pas à l'ouest !... C'est pas les Américains qui le délivreront... Il a du chemin à faire pour rentrer ici !

– Bah ! Les Russes, c'est encore mieux, répondit Loubet qui passait pour avoir des idées communistes.

– En tout cas, ça vient pas bien vite, dit Julia en s'essuyant les mains au grand tablier qu'elle portait éternellement par-dessus sa robe.

– Regarde Julia, on est déjà en mars... C'est une question de jours, maintenant... assura Raymond.

Pour se calmer, Julia se lança alors dans ses grands rangements, mais jeta en fait peu de choses, sous le vieux prétexte conservateur que ça peut servir.

Auguste, finalement libéré de son stalag quelques jours après, ne retrouva pourtant la maison, l'« oustal » familial, qu'en juin, après la victoire, lorsque les Russes avaient bien voulu le laisser partir. Il avait maigri et ses joues s'étaient creusées des sillons de cinq années de privations. Pierre, désormais du côté de Mayence, en occupation en Allemagne, restait au début de l'été 1945, toujours dans l'attente de sa démobilisation qui n'intervint qu'à la fin août.

Il était 17 heures 43, ce 12 septembre, quand le train omnibus de Toulouse stoppa en gare de Foix sous la verrière aux vitres opaques. Les essieux martyrisés émirent un son plaintif. Pour Pierre, c'était plus que le train du retour à la vie civile, c'était le train de la liberté. Il sauta sur le quai et aperçut au loin, à la hauteur de la grosse horloge au cadran rond, la crinière flamboyante de Gaby qui ondulait avec des reflets cuivrés de vendanges proches. Il avait hâte de la retrouver, de la serrer dans ses bras après presque une année de séparation. Les lettres ne remplaçaient pas les étreintes et les moments de tendresse. Par un curieux hasard, lui qui était parti le dernier de la maison, en 1944, était aussi le dernier à y revenir...

Sur le quai, il se sentait un peu gauche dans le costume civil gris que les services de l'habillement lui avaient fourni en échange de son battle-dress. La coupe étriquée et veillotte de l'ensemble deux-pièces le gênait aux entournures et, rien qu'au premier toucher, il avait senti la qualité douteuse. Tissé dans ces années de guerre où l'on utilisait ce qu'on avait sous la main, même des cheveux de femmes, il ne fallait pas en attendre un usage prolongé. La teinture qui l'avait apprêté avait rapidement perdu de son éclat et des auréoles blanchâtres apparaissaient sous les bras, une décoloration précoce due à la transpiration. Pour aller l'accueillir, Gaby avait tenu à se mettre sur son trente et un. Elle arborait un ensemble en cotonnade fleurie taillé dans un coupon d'essai de la saison précédente que Julia avait réussi à se procurer sans tickets. L'habileté de Gaby, son coup de ciseau créatif, avait transformé l'imprimé en une robe et un boléro élégants qui lui allaient à merveille.

– Gaby ! Gaby ! cria Pierre en courant vers elle.

Il la pressa longuement contre lui, la faisant décoller dans un tourbillon de joie. À travers le parfum de ses cheveux, il renouait avec le temps du bonheur, son pays, les siens, ses espoirs et ses rêves d'être un jour tisserand façonnier. Il avait hâte de reprendre sa place chez Fonquernie, de retrouver Graulle, la chaleureuse amitié de Magne, de humer l'odeur de l'ensimage dans la chaleur moite des ateliers, d'entendre le chant des métiers saxons battre au rythme du cœur des hommes. Pierre avait toujours la conviction que s'il travaillait d'arrache-pied, il arriverait un jour, bientôt, à mettre assez d'argent de côté pour acheter deux ou trois métiers et s'installer à son compte.

Auguste, lui, avait déjà renoué avec le chemin de l'usine. Depuis le début de l'été, les vapeurs de l'étuve imprégnaient ses narines purifiées par cinq années de captivité en Poméranie. Il avait repris sa place aux apprêts, calmement, comme s'il avait quitté la veille ce monde de labeur, fermant une parenthèse ouverte par la défaite. À la maison, Julia lui avait simplement tendu la clé pour remonter la grande comtoise.

Avec la fin de la guerre, c'étaient les pages d'une triste période qui se tournaient enfin. Un dimanche de juillet, sur la route de Bélesta, partis sur un tandem acheté quelques jours plus tôt, Auguste et Julia avaient appris par un cousin très éloigné ayant de la parenté à Toulouse que leur ancien propriétaire, le pharmacien Trocard, celui qui les avait chassés de Bordenave, avait mal tourné dans ces années sombres. Féroce partisan du régime de Vichy et du Maréchal qu'il jugeait parfois trop mous, il avait applaudi des deux mains au discours de Laval souhaitant la victoire de l'Allemagne. Dès lors, il avait fait la traque aux mauvais Français, transformant son officine en une annexe du Commissariat aux questions juives. Engagé dans la milice en novembre 1943, il avait été capturé, en train d'ôter son uniforme, par des patriotes, à la Libération, du côté de Montauban. Condamné sans autre forme de procès, on l'avait fusillé contre un mur et son cadavre avait traîné quelques jours, la tête dans le caniveau, la bouche déformée d'un hideux rictus, avant qu'une âme charitable, pleine d'une foi simple dans l'homme, quoi qu'il fasse, ne se décidât à lui donner la sépulture chrétienne qu'il avait refusée, parfois lui-même, aux prétendus terroristes. Sa femme, échappant au tragique ballet des tondues des premiers jours d'une justice expéditive, avait été condamnée à cinq ans d'indignité nationale par une cour de justice quelques mois plus tard.

Gaby à son bras, Pierre prit le chemin de Laroque-d'Olmes, prêt à construire l'avenir. Il ne traîna pas longtemps à se prélasser à la maison. Dès le lendemain, après une grasse matinée exceptionnelle, il ne put s'empêcher d'aller renifler l'air de l'usine, de s'imprégner à nouveau de la douceur câline des laines vierges du pays. Graulle l'étreignit dans une accolade affectueuse, comme on accueille le retour d'un fils. Le patron lui-même se montra chaleureux en lui disant :

– Tu as toujours ta place ici, Sagnol, elle t'attend.

– Je vous remercie, monsieur...

– Tu sais, on a du travail pour toi. Tu veux commencer quand ?

– Demain, si vous le souhaitez.

– Alors, à demain. On a besoin de bons ouvriers, de gens vaillants et compétents. La demande est forte en ce moment.

– Vous pouvez compter sur moi, fit Pierre en souriant.

Les jours suivants, Pierre montra à tous qu'il n'avait pas perdu la main et qu'un an d'absence ne lui avait rien fait oublier de ses talents. Il était toujours aussi habile à faire un nœud, à décrypter les cartons de composition des motifs, à marier les fils. Son autorité s'était affirmée par sa conduite à la Libération. Il faisait partie de ceux qui n'avaient pas hésité à payer de leur personne pour une France libre, juste, fraternelle et indépendante. Du coup, une solidarité nouvelle le liait par l'engagement suprême et le don de soi à la Patrie à ceux qui, comme lui, avaient pris les armes. Mais la gloire sèche vite aux murs de l'Histoire et ceux qui n'avaient pas eu son courage n'avaient qu'une hâte : faire oublier leur frilosité couarde par un excès de zèle, quitte à dénigrer l'action des héros d'hier. Pierre se moquait de tout cela. Maintenant que la guerre était finie, Gaby voulait, en effet, concrétiser son bonheur et cette pensée meublait dès lors son horizon.

– On pourrait se marier en décembre, juste avant Noël, lui murmura-t-elle un soir alors qu'il la ramenait chez elle.

– En décembre ? C'est pas un bon mois pour les noces, fit Pierre

– Tu veux plus ?

– Si, c'est pas ça...

– C'est quoi alors ?

– Gaby, en décembre il fait froid. On va avoir bien du mal à se faire confectionner des costumes et des pardessus neufs avec les tickets qu'on traîne encore !

– On se débrouillera bien, fit Gaby, balayant ses doutes d'un baiser.

– Et comment tu feras pour ta robe ?

– Elle est presque prête ! avoua-t-elle en rougissant.

– Alors, il n'y a pas de raison d'attendre ! conclut Pierre en l'embrassant sur le front.

La petite église de Laroque était bien remplie cette après-midi-là, le 22 décembre 1945, pour accueillir ceux qui avaient voulu s'associer au bonheur de Gaby et de Pierre. Ils étaient tous présents, les amis, les proches, les camarades, les voisins, les collègues... Magne, Graulle, tous ceux que les Sagnol et les Surre connaissaient. Deux ou trois familles étaient même descendues de Fougax et de L'Espine, en souvenir du temps de Bordenave.

Dans leurs habits du dimanche, sous un frais soleil qui baignait les montagnes proches d'une candeur presque printanière après une semaine de mauvais temps, faisant ressortir la fine couche de neige tombée la veille, tous, les souliers bien cirés, en pardessus ou gabardine, avaient attendu l'arrivée de la mariée pour l'ovationner comme il se doit. Gaby arborait une robe courte en organdi blanc. Elle était magnifique, le visage adouci par une voilette fixée sur un chapeau d'où s'échappait sagement l'opulente masse de sa crinière rousse. Chacun avait fait un effort de toilette malgré les restrictions qui pesaient sur la vie quotidienne. Faisant fi des rigueurs de l'hiver, tous voulaient enterrer les affres de la guerre. Dans l'ensemble des costumes noirs, gris ou bleu marine, on distinguait l'uniforme de Louis qui avait décidé de poursuivre une carrière militaire comme il l'avait annoncé à Pierre.

– Tu pourrais trouver du travail dans le civil, lui avait suggéré son cadet.

– Je ne sais rien faire d'autre, avait répondu Louis.

– Tu pourrais apprendre. Je suis sûr que tu trouverais de l'embauche !

– Tu me vois derrière un métier !

– Et si je crée mon entreprise ?

– Ça te démange, hein ?

– Oui, de plus en plus, répondit Pierre.

– Mon vieux, alors je vais te dire... encore faudrait-il qu'elle soit assez grande et prospère pour t'encombrer d'un poids mort comme moi ! avait plaisanté Louis.

– Et tu comptes y rester, dans l'armée ?

– Pourquoi pas ! C'est un peu ma famille aussi.

– Et nous alors ?

– Vous, c'est pas pareil, vous êtes ici... tous les jours le travail, ça serait la routine pour moi...

– C'est sûr que si tu vas dans les colonies, surtout avec ce qui se passe en Indochine en ce moment, t'auras plus de « rambail » ! En tout cas, c'est pas bien le moment de faire le zouave !

– Justement, ne le dis pas à la mère, mais je me suis porté volontaire pour un séjour là-bas...

– T'as pas assez de médailles, il te faut aussi quatre planches ! marmonna Pierre en secouant la tête, montrant sa désapprobation devant ce chemin qu'il ne comprenait pas, lui qui ne pensait qu'à créer son atelier.

Le mariage passé, Gaby était simplement venue s'installer chez les Sagnol dont la maison était plus vaste que la sienne, peuplée d'une fratrie nombreuse. Après les fêtes de fin d'année, janvier entama sa litanie des jours de froidure. Il y avait huit mois maintenant que la guerre était achevée. Deux jours auparavant, le 20 janvier 1946, le général de Gaulle avait claqué la porte du gouvernement provisoire pour ne pas cautionner ce « régime des partis » qui lui rappelait trop les travers et les dérives de la IIIe République. Ce soir-là, sur la table de la cuisine, Pierre comptait ses économies patiemment accumulées. Il avait sorti de l'armoire à linge la vieille boîte à sucre où il entassait avec soin les billets en liasses attachées par une épingle. Assise au cantou, comme tous les soirs de veillées depuis son mariage deux mois auparavant, Gaby cousait en devisant à voix basse avec Julia tandis qu'Auguste, l'oreille collée au Sonora, écoutait à la radio les commentaires des radioreporters.

– Tu ne devrais pas garder tout cet argent à la maison, lança Gaby à Pierre. Ce n'est pas prudent par les temps qui courent.

– Au moins, je vois ce que j'ai.

– Tout le monde ou presque a un compte de nos jours, ajouta Gaby que les cours du soir de comptabilité avaient familiarisée avec les jeux d'écriture.

– J'en ouvrirai un quand je créerai l'entreprise, fit Pierre.

– De toute façon, tu y seras bien obligé vis-à-vis des fournisseurs et des clients.

– Rassure-toi, Gaby, je ne vais pas garder tout ça bien longtemps. J'ai presque de quoi acheter deux métiers d'occasion !

– Deux métiers, murmura Julia.

– C'est pas trop ? En général, un artisan se contente d'un seul, fit remarquer Auguste.

– Ce que je cherche surtout, c'est un local pour m'installer maintenant, avec assez de place pour l'ourdissoir, le stock matière et les produits, continua Pierre.

– C'est si difficile que ça ? demanda Gaby.

– J'ai beau me renseigner, je ne trouve rien en ce moment ou alors, c'est trop cher comme loyer, fit Pierre en rangeant les billets dans la boîte.

– Et tu veux acheter quoi ? questionna Auguste en délaissant le Sonora.

– Des métiers rapides, confessa Pierre.

– Pourquoi pas des Chenner, des saxons ?

– Parce que tout le monde en a dans le pays. Regarde dans toutes les maisons, tu vois que ça !

– C'est qu'ils ont fait leurs preuves, et question rapidité, ils tapent à presque cent coups minute !

– Tu sais bien qu'on les pousse rarement au maximum.

– C'est parce qu'on veut pas de casse.

– Les miens, il faut qu'ils tournent un maximum pour que je réussisse.

– La vitesse ne fait pas tout.

– Je dois produire des articles différents, plus et mieux que les autres. Il faut que j'arrive à prendre des marchés, même si je dois travailler de nuit. Avec la reconstruction, on a beaucoup de demande. C'est le moment ou jamais de s'installer !

– Tu n'y arriveras pas tout seul ! répondit Auguste.

– Vous me donnerez bien la main ?

– Évidemment, mais ça suffira pas. Ta mère et moi, on travaille déjà. On peut pas faire deux journées !

– J'embaucherai un tâcheron pour les coups de bourre ou bien je demanderai à Magne s'il veut faire quelques heures. De toute façon, dit Pierre en fermant le couvercle de la boîte qui lui servait de coffre-fort, c'est décidé, la semaine prochaine, je prends deux jours de congé pour monter à Mazamet. C'est bien le diable si là-bas je ne trouve pas ce qu'il me faut. Le représentant me redescendra en voiture au retour. Ça m'évitera de payer le train...

Auguste hocha la tête. Il savait que Pierre, devenu un

homme dans ces années de guerre, était à même de diriger son affaire. À voix basse, Gaby chuchota à Julia quelque chose qui lui fit froncer les sourcils et dire : « Ah bon ! Tu en es sûre ? » En sortant de l'usine, juste après Noël, une quinzaine plus tôt, Gaby avait surpris Pierre au volant d'une voiture. Bien qu'il ne lui eût rien dit, elle avait compris qu'il prenait des leçons de conduite avec la complicité de Graulle sur la camionnette de l'usine. Son projet d'installation devait lui trotter dans la tête et, comme il comptait bien voir ses rêves passer au stade des réalités, il mettait tous les atouts de son côté pour s'en donner les moyens. Gaby avait décidé d'attendre qu'il le dise de lui-même.

À la veille du départ pour Mazamet, le jeudi en fin d'après-midi, une Hispano noire aux pare-chocs rutilants de chromes, un modèle luxueux d'avant-guerre, glissa dans les rues de Laroque au son onctueux de son moteur six cylindres. Le conducteur, un homme distingué, s'arrêta plusieurs fois pour demander son chemin à des habitants rendus circonspects et prudents par les années d'occupation. Finalement, il stoppa devant la maison des Sagnol. Le moteur arrêté, il descendit lentement, comme s'il cherchait à renouer avec des souvenirs, à retrouver des repères. Pierre l'observa un moment par la fenêtre de la cuisine, derrière le rideau encore tacheté des chiures de mouches de l'été défunt de la Libération. Vêtu d'un pardessus anthracite qui sortait du meilleur faiseur et chapeauté d'un élégant Borsalino gris sombre, l'homme avait les manières soignées des gens bien nés, de ceux qui appartiennent à la meilleure société. Pierre, intrigué, sortit sur le pas de la porte. C'est là que l'autre le vit et le héla :

– Monsieur Sagnol ?

– Oui, c'est moi, répondit Pierre en détaillant l'individu dont le visage lui rappelait vaguement quelqu'un dans l'océan de ses souvenirs.

– Vous ne vous souvenez pas de moi ? fit l'autre.

– Ma foi, non...

– Je vous avais dit pourtant que je reviendrais. Ma femme et moi n'avons pas oublié...

– Monsieur Dubois ! laissa échapper Pierre, la mémoire ravivée d'un seul coup.

– Grumbacht, Roger Grumbacht... maintenant. À nouveau ! rectifia l'homme en soulevant légèrement son chapeau.

L'homme avait les joues plus remplumées que trois ans auparavant. Pierre le fit entrer dans la maison. Il s'assit sans façon à la table de la cuisine, promenant un regard circulaire sur l'horizon quotidien des Sagnol. Il contempla la pendule, en écouta le tic-tac lent et profond, assurant qu'il y en avait une semblable chez sa grand-mère en Alsace qui faisait son émerveillement de petit garçon. Ce n'était plus l'homme fébrile et inquiet de jadis. Il avait l'air apaisé et ses yeux brillaient d'une malicieuse sérénité. Quand il ôta ses gants, Pierre distingua, dans la lumière blafarde que la quarante watts dispensait dans le jour qui déclinait déjà, une énorme chevalière en or parée de diamants à son auriculaire gauche. Il la portait sans ostentation, croisant ses mains aux doigts bien manucurés avec l'aisance naturelle des gens du monde.

– J'ai un peu hésité sur la rue en arrivant, fit-il.

– C'est vrai que vous n'êtes venu qu'une fois, répondit Pierre.

– Oui, et je n'avais pas trop l'esprit à visiter la région. Aujourd'hui, ce n'est pas pareil !

– La guerre est finie, dit Gaby.

– Oui, mais grâce à votre mari, je peux prendre mon temps, me promener librement sans me retourner pour voir si je ne suis pas suivi, oser regarder en face ceux qui viennent vers moi sans baisser la tête. Aujourd'hui, je n'ai plus peur et je ne tremble pas quand je croise un gendarme ou un policier. Sans vous et l'autre passeur, dont je ne me rappelle plus le nom, je ne sais pas où ma femme, ma fille et moi serions à présent. Vous auriez pu nous abandonner dans la tempête, nous perdre dans la montagne ou nous livrer aux Allemands... Et, au contraire, vous avez pris tous les risques pour nous sauver, nous, que vous ne connaissiez même pas...

– C'était juste mon devoir, répondit Pierre, modeste.

– Vous l'auriez fait si vous aviez su que nous sommes juifs ?

– Je l'avais compris à la marque décousue sur le manteau de votre femme. Il y avait un fil qui était resté accroché là où on avait cousu l'étoile... Par contre, je me suis demandé longtemps ce que vous transportiez dans vos valises. Ça avait l'air de vous tenir à cœur !

– Vous n'avez pas deviné quand je vous ai dit ma profession ? demanda Grumbacht.

– Non, fit Pierre qui ne se souvenait plus très bien.

– Je suis diamantaire et je transportais tout le stock...

– Vous voulez dire que vos valises ?... fit Gaby.

– Étaient en effet bourrées de diamants, du brut comme du taillé, dit Grumbacht en souriant.

– Ça alors, laissa tomber Julia qui, sans rien dire, assise sur sa chaise à haut dossier, au cantou, n'avait pas perdu une miette de la conversation.

– Oui, il y en avait même pour une très, très grosse somme, une véritable petite fortune, tout ce que nous avions au magasin et à l'atelier, bref un bon motif pour pousser quelqu'un dans le ravin ou l'assassiner sans témoins.

– L'honnêteté, ça ne s'apprend pas, dit Auguste en haussant les épaules.

– C'est justement pour ça que j'ai voulu vous retrouver On m'a dit que vous étiez ouvrier tisserand en usine

– Oui, en effet, mais je vais bientôt m'installer à mon compte. D'ailleurs, je pars demain voir des métiers à Mazamet, répondit Pierre.

– Vous comptez en acquérir combien de métiers ? demanda Grumbacht.

– Mes économies me permettent d'envisager l'achat de deux métiers d'occasion.

– Vous avez la place d'en mettre plus ?

– Si j'avais les métiers, je vous jure que je trouverais de quoi les caser, quitte à en mettre un dans la cuisine ! répliqua Pierre, déterminé.

– Combien pouvez-vous en faire fonctionner ? questionna Grumbacht.

– En conduire... ça dépend combien on est à travailler dessus... de la main-d'œuvre dont on dispose.

– Ah, je vois ! fit Grumbacht en souriant. Si vous voulez, demain nous irons les voir ensemble à Mazamet, vos métiers...

– Mais, c'est-à-dire que..., fit Pierre, surpris par cette proposition.

– Je sais ce que vous pensez. C'est vrai que je n'y connais rien, mais je sais négocier ! Et puis, j'en profiterai pour prospecter quelques clients moi-même...

Trois mois plus tard, alors que le printemps éclatait en une cacophonie de chants d'oiseaux occupés à nourrir leurs premières couvées, tandis que mai faisait fleurir les boutons-d'or dans les prés et déplier les crosses charnues des fougères sur le bord des fossés, et que les troupeaux se préparaient à gagner les estives par les sentiers millénaires de la transhumance, la vie des Sagnol avait changé. Pierre était rentré à Laroque la tête pleine de projets et d'ambition, en proie à une espérance qu'il avait hâte de partager avec Gaby et ses parents. Il n'était pas revenu avec deux métiers comme il l'avait prévu mais avec quatre ! Pierre avait bien trouvé ce qu'il désirait là-bas, même un petit ourdissoir pour mettre les fils en nappe et tendre la chaîne. Il était satisfait de son achat de métiers à barillet de marque française Nuyts. Ces machines, qui tournaient à cent-cinquante coups minute, conviendraient bien pour d'autres articles que l'on avait l'habitude de fabriquer dans le pays. Ils lui ouvriraient la voie de la réussite et du succès. Pierre avait fait affaire à un prix d'autant plus raisonnable que Grumbacht s'était révélé un négociateur habile, voire retors, devant qui le patron de la petite entreprise mazamétaine avait préféré capituler. Mais la transaction à peine terminée, Grumbacht, de son propre chef, à la surprise de Pierre, avait acheté deux autres métiers pour lui-même.

– Qu'est-ce que vous voulez en faire ? Le textile vous intéresse maintenant ? avait demandé Pierre.

– Le textile, pas vraiment vous voyez !... mais vous oui !

– C'est-à-dire ?

– Eh bien, ces deux métiers, vous allez les installer chez vous, dans votre atelier, à côté des deux vôtres, avait poursuivi Grumbacht.

– Mais pour quoi faire ?

– Pour travailler avec, cher monsieur...

– Pour travailler pour vous ?

– Que non, mon Dieu ! Je ne saurais quoi faire des pièces de drap que vous tisseriez...

– Mais pourquoi alors ? Ils ne sont pas miens.

– Je le sais. Disons que je vous les prête... gratuitement !

– Mais pourquoi ? Il n'y a pas de raison.

– Je paye toujours mes dettes, monsieur Sagnol. Je pourrais vous les donner, ces métiers... ma famille et moi, nous vous devons la vie ! La somme qu'ils représentent n'est que peu de chose à côté. Mais je sais que vous ne les accepteriez pas si je vous en faisais cadeau. Alors, disons plutôt que vous les avez en locaterie perpétuelle, que vous en avez la jouissance et l'usage exclusif. Les fruits du travail qu'ils vous permettront d'effectuer représenteront un tout petit peu de ce que je vous dois éternellement.

Pierre accepta l'offre de Grumbacht. Mais, d'ici à ce que les métiers lui soient livrés cinq semaines plus tard, il fallait se mettre en quête d'un local. Il finit par dénicher dans le hameau voisin de Saint-Peyre une vaste grange, pourvue d'un étage servant de fenil, aérée par quatre fenêtres basses et flanquée d'une remise propre. La construction était imposante, bâtie en pierre du pays, montée d'un crépi maigre à la chaux et couverte de ces tuiles canals qui ont tendance à glisser du faîtage, comme sur les rails de l'Histoire et du Temps. Il y avait même dans un coin, séparé par une cloison en planches, un bout de chambre qui avait dû servir à loger le valet autrefois. C'est Magne qui l'avait mis sur le coup, grâce à un cousin lointain. La baraque appartenait à une paysanne âgée qui avait perdu son mari pendant la guerre et dont les enfants, devenus citadins à Toulouse, se désintéressaient. Il le loua pour un prix modique par rapport à la surface, selon un bail en trois-six-neuf.

À trente mètres de là, un poteau électrique permettait l'indispensable raccordement au réseau. Pour rendre le local utilisable à des fins industrielles, il suffisait de faire un peu de ménage, chasser les araignées qui l'avaient colonisé depuis quelques années et, surtout, en cimenter le sol pour installer les quatre métiers, l'ourdissoir et manœuvrer ainsi facilement les ensouples et les grands bacs à fils. L'ancienne cagna du valet de ferme, blanchie d'un coup de chaux, servirait de bureau avec du mobilier de récupération. Mais ces aménagements n'étaient rien au regard du bonheur qu'il avait par avance de s'installer, d'être bientôt à son compte. Pierre était confiant. Il se savait adroit, apprécié pour la qualité soignée de ses produits. Il connaissait bien le métier de tisserand et le travail ne lui faisait pas peur, même s'il ne fallait pas compter ses heures pour livrer dans les délais. Il ne demandait que de l'ouvrage, des commandes et assez d'approvisionnements pour satisfaire ses clients. Après quelques heures d'entraînement, il venait de passer avec succès le « Permis de conduire des automobiles », et ce petit carton rose, délivré par la Direction de la circulation des transports et du commerce lui ouvrait les portes de l'avenir.

L'après-midi, en sortant de l'usine, après un brin de sieste, réparatrice d'une journée commencée à quatre heures du matin, Pierre, Auguste, Julia et même Gaby, qui se savait enceinte depuis un mois, gagnaient le chantier jusqu'à la nuit tombée. Pierre, qui s'était fait livrer deux camions de sable et de graviers, tout frais sortis de l'Hers, avait conclu un marché avec un entrepreneur en maçonnerie de Lavelanet, un Italien arrivé dans les années trente, fuyant le fascisme. En échange du prêt d'une bétonneuse cinq heures par jour, il livrerait à l'Italien une dizaine de mètres de tissu pour habiller sa nombreuse famille et satisfaire les récriminations d'une *mamma* forte en gueule. Après trois semaines d'un intense labeur, ils avaient fini par transformer l'ancienne grange en un atelier presque convenable. Leur suprême récompense fut d'apposer sur la façade une planche en bois ripolinée de neuf où on pouvait lire en grosses lettres majuscules rouges sur fond blanc : TISSAGES DU TOUYRE.

– Ça a de l'allure, dit Gaby en se reculant alors qu'Auguste et Pierre achevaient de visser l'enseigne sur le linteau.

– Ce qu'il faut, c'est surtout que les clients la voient de loin, lui répondit Pierre juché sur l'échelle.

Deux jours plus tard, les métiers arrivèrent, l'un après l'autre, en caisses, démontés. Pierre savait que pour l'installation il pouvait compter sur des aides solides. François Magne, d'abord, dont la jovialité légendaire balayait les soucis et les tracas du quotidien. Sa voix tonitruante aux accents méditerranéens, sa forte corpulence en faisaient un bulldozer à renverser des montagnes. Il lui avait tout appris du métier, il l'avait formé, et sa chaleureuse bonne humeur inondait le chantier d'une ardeur contagieuse. Le père Jourda, ensuite, le contremaître qui les avait accueillis à leur arrivée dans ce monde du textile, douze ans plus tôt en 1934, était lui aussi venu donner la main. Il venait juste de prendre sa retraite à soixante-six ans, après cinquante années passées dans les ateliers à écouter le chant des métiers. Toujours calme et mesuré, contrastant avec Magne par l'économie de ses mots, la mécanique n'avait guère de secrets pour lui dès lors qu'il s'agissait de tordre ou de triturer du fil. Avec l'âge, il s'était simplement voûté un peu plus et sa maigreur naturelle le faisait maintenant ressembler à une chauve-souris. Auguste, enfin, son père qui, sans avoir sa formation professionnelle, avait fini par apprendre sur le tas les rudiments du métier. Pierre savait aussi que, ponctuellement, d'autres anciens camarades ne refuseraient pas un coup de main, solidarité ouvrière oblige.

Tandis que Gaby prenait en main la destinée comptable de la petite entreprise, Pierre accomplit les démarches pour s'inscrire au registre des métiers. Artisan déclaré comme façonnier en tissage, il travaillerait au tarif industriel agréé par le syndicat de Lavelanet, selon des prix fixés par une commission de donneurs d'ordre et de tisserands que tous, dans le pays, s'efforçaient de respecter. Soucieux de ne pas faire trop appel aux banques par une atavique prudence paysanne, Pierre se mit en quête de donneurs d'ouvrage. Il en trouva sur place, mais aussi à Mazamet par l'intermédiaire de l'entreprise qui lui avait vendu ses métiers. Les premières commandes commençaient à affluer. Maintenant, il fallait démarrer l'activité. Il ne pouvait plus se contenter d'aller à l'atelier en sortant de l'usine, après une courte sieste, vers les trois heures de l'après-midi. C'était le moment de quitter l'entreprise Fonquernie qui lui avait permis de devenir ce qu'il était.

– Je vais vous regretter comme contremaître, mais j'aurai sûrement du travail à vous donner comme façonnier, lui dit le patron en lui serrant la main.

– Du travail, tu en auras. C'est pas ce qui manque de nos jours... Ah, si j'avais ton âge, peut-être que moi aussi je tenterais l'aventure, ajouta Graulle, avec quelques regrets dans la voix.

Les journées des mois suivants furent denses pour les Sagnol. Quatorze heures par jour, de six heures du matin à huit heures du soir, Pierre était à l'œuvre, dans l'univers bruyant de l'atelier. Il ne s'interrompait que pour casser brièvement la croûte dans le petit bureau adjacent lorsque Gaby lui apportait la gamelle encore tiède, vers une heure, en profitant de sa pause-déjeuner. Elle continuait, en effet, à travailler à l'usine pour assurer des rentrées régulières d'argent frais au ménage. Alors, pendant qu'Auguste ou Magne selon les jours, surveillait la marche de l'ouvrage, Pierre dévorait distraitement le ragoût ou la « moungetade », ce cassoulet qui tient bien le ventre, en lisant des revues techniques ou en s'informant sur les tendances du marché. Très vite, il ne put faire face tout seul car l'abondance des commandes croissait avec une disponibilité en fil de plus en plus grande, reconstruction oblige. Dès lors, il fallait repenser l'entreprise, s'adapter pour mieux répondre aux besoins.

Pour organiser sa production et faire tourner le tissage, Pierre décida de fonctionner en deux équipes. Il avait donc très vite embauché un ouvrier à temps plein, Robert Mico, un ancien de chez Dumons. Le teint jaunâtre comme les mégots qu'il avait toujours coincés à la commissure des lèvres, Robert était natif de Montferrier. Ouvrier compétent et opiniâtre, son seul défaut était d'être doté d'un caractère entier, ce qui lui avait fait changer déjà plusieurs fois de patron. Mais Pierre savait le prendre et les deux hommes s'entendaient bien, partageant le même amour du travail bien fait. Pierre complétait l'étalement de la charge horaire en ayant recours ponctuellement aussi aux services de Ramon Moreno, un vaillant Espagnol réfugié de la guerre civile, farouche antifasciste, qui s'exprimait en un pittoresque sabir mâtiné d'un accent rocailleux à couper au couteau. Entre tous, circulait un sentiment d'estime propre aux compagnons de travail.

De temps à autre, chez les Sagnol, Milou Loubet apportait une lettre chargée de timbres exotiques. Louis donnait de brèves nouvelles de cette Indochine lointaine où, seul Blanc parmi une section de tirailleurs algériens, il gardait un poste perdu au milieu d'une nature hostile pour garantir l'ouverture de la Route coloniale numéro 4.

L'été venait à peine de finir, faisant oublier par un peu d'air plus frais descendant des montagnes les vagues de chaleur qui avaient rendu le travail pénible en juillet-août, quand une après-midi de septembre 1946, une Peugeot 202 stoppa devant l'atelier de Pierre Sagnol. Il leva la tête. Par la fenêtre, il reconnut la silhouette du père Graulle, toujours aussi maigre et décharnée, avec ses épaules en portemanteau. Avec l'âge, son crâne s'était dégarni, mais le regard, derrière les lunettes d'acier, restait toujours noir et vif comme par le passé. Il était accompagné d'un homme d'une quarantaine d'années, au teint clair, de belle prestance que Pierre ne connaissait pas et qui ne semblait pas être du pays. Ils entrèrent dans l'atelier et l'inconnu jeta un regard circulaire de connaisseur aux métiers qui tournaient. Les deux hommes se tenaient un peu à l'écart des machines, vers le petit bureau pour mieux se faire entendre.

– Salut Pierre, je t'amène de la visite, fit Graulle.

– Bonjour père Graulle !

– Té, je te présente monsieur Berg, des tissages de Roubaix.

– Enchanté, répondit Pierre en lui serrant la main.

– C'est le patron qui lui a conseillé d'aller te voir et m'a demandé de te l'amener.

– Ah !

– Tes affaires vont bien, on m'a dit, lança Graulle.

– Ça peut aller, en effet. La demande est forte et c'est la quantité qui prime sur la qualité en ce moment, répondit Pierre en arrêtant le métier.

– Tu sembles avoir bien réussi depuis ton installation, dis-moi ? interrogea Graulle.

– Oh, ça n'a pas été facile. On travaille beaucoup sans plaindre nos heures !

– Monsieur Berg a quelque chose à te proposer.

– Si on vous confiait huit métiers en plus des vôtres ? intervint Berg.

– Huit métiers ?

– Oui, qu'est-ce que tu en dis ? demanda Graulle.

– Huit métiers, répéta Pierre, soudain songeur.

– Oui... huit ! Ça t'en ferait douze... Ça te fait trop ?

– Non, j'ai pas dit ça, mais huit, ça fait des postes de travail en plus !

– Vous avez la place de les installer ici, non ?

– Et mon stock de fil, j'en fais quoi ? demanda Pierre en désignant un monceau de bobineaux de fils multicolores qui s'entassaient dans de grandes panières carrées.

– C'est pas un problème majeur ! fit Berg.

– C'est vous qui le dites ! On voit bien que vous ignorez qu'on trouve pas de place même à Lavelanet pour créer un atelier, répondit Pierre.

– La mère Pujol cherche à louer la remise en face, assura Graulle en confidence. Tu pourras y mettre ton stock-matière. Tu n'auras que la rue à traverser !

– C'est pas seulement un problème de place, concéda Pierre.

– Alors, qu'est-ce qui te retient ? Il t'offre la possibilité de t'agrandir sans bourse délier !

– Oui, bien sûr, fit Pierre.

– Tu veux rester façonnier et indépendant des usines intégrées, non ? insista Graulle pour le convaincre.

– C'est vrai que j'ai toujours voulu être mon propre patron mais...

– Eh bien, quoi ! Tu auras douze métiers à diriger. Une vraie entreprise de directeur de tissage !

– J'y arriverai pas tout seul... vous savez bien qu'il faut que j'embauche, alors ! Mon ouvrier et moi, on suffira pas !

– Et ta femme ?

– Ma femme, Gaby, elle met bien la main à la pâte, mais elle a aussi à s'occuper des papiers et de la comptabilité. Elle ne peut m'aider davantage... et puis, elle attend un bébé, laissa tomber Pierre.

– Félicitations, je ne savais pas. C'est pour quand ?

– Décembre prochain...

– Tu n'as pas les tiens pour te donner la main ?

– Si, mon père et ma mère sont bien là, mais, même s'ils se débrouillent, ils sont pas du métier ! Je dois être derrière tout le temps. Et vous savez bien qu'un tisserand ne conduit que quatre métiers maximum !

– Ceux-là, c'est des Schwabe, dit Berg.

– Des Schwabe ?

– Oui, des nouveaux ! Selon les articles, un artisan peut en conduire jusqu'à huit tout seul...

– Oh, je connais cet argument ! Ça, c'est ce que disent tous les représentants quand ils vendent des machines aux patrons. Il leur font toujours remarquer l'économie de main-d'œuvre et le gain de productivité !

– Venez les voir tourner, vous comprendrez ! répondit Berg.

– Et qu'est-ce qu'ils ont de particulier par rapport aux autres ?

– Ils sont automatiques, à quatre couleurs impaires, répondit Berg.

– Ah bon ?

– Oui, dès qu'une bobine est finie, la navette s'arrête et elle gagne comme qui dirait une voie de garage.

– Une voie de garage ?

– Il y a deux boîtes, à droite et à gauche. Une autre monte du chargeur et la remplace.

– Et comment savoir si c'est la bonne couleur ?

– Pour ça, chaque navette a une plaque différente selon la couleur. Il y a un tâteur électrique qui fait le tri. Vous avez compris ?

– Oui...

– Dès que la nouvelle navette est en place, le métier redémarre tout seul. Vous voyez, c'est simple et rapide !

– Et à quelle vitesse ils tournent ?

– À cent vingt coups minute...

– Mazette ! s'exclama Pierre.

– Ah, ça change des bons vieux saxons !... C'est sûr ! Mais tu seras gagnant quant à l'ouvrage, ajouta Graulle.

– Ils sont pas plus fragiles, dites-moi ?

– Ah ! faut faire attention, bien sûr. Mais si vous n'étiez pas un bon tisserand, je ne les proposerais pas, poursuivit l'autre, un rien flatteur. Et puis, vous savez, il y a pas mal de gars qui aimeraient bien, je pense, les avoir, ces bécanes.

– On aime surtout que ça tombe pas en panne tout le temps, maugréa Pierre.

– Mais toi, tu conduis bien déjà des métiers rapides, c'est bien deux Nuyts à barillet, dit « revolver », que je vois là... Et ils tapent bien à cent-cinquante coups minute, non ?

– Oui, en effet, admit Pierre.

– Alors, c'est d'accord ? Je peux vous faire confiance ? s'enquit Berg.

– Vous me tentez, concéda Pierre en se grattant la tête.

– Ne craignez rien, assura Graulle, lui, il saura s'en sortir, pas vrai Pierre ?

– Soit ! j'accepte, finit par dire Pierre, conscient que certaines décisions devaient se prendre vite et qu'un chef d'entreprise se doit d'être un décideur.

– À la bonne heure ! répondit Berg en lui serrant la main.

Quand Pierre rentra, la nuit tombée, à la maison, dans cet oustal partagé avec ses parents en attendant de s'installer seul avec Gaby dès qu'ils auraient trouvé une maison, une excitation intense et secrète le faisait vibrer d'un joie profonde. Il avait hâte de partager avec les siens cette nouvelle qui allait le propulser un peu plus dans le monde des entrepreneurs. Le bonheur lui ouvrait les bras, la réussite était là, à portée de main. Il suffisait de travailler, d'avoir du cœur à l'ouvrage et les pieds sur terre, il pourrait prétendre vivre heureux. Le jeune apprenti avait fait du chemin. Avec toutes ces années, le petit paysan s'était effacé devant l'ouvrier tisserand qui s'était transformé lui-même en un artisan tisseur. Pourtant il n'avait rien oublié de ce passé, de cette jeunesse laborieuse, du temps de Bordenave. C'était là le terreau de ses ambitions. Il y puisait ses racines, sa capacité à être ce qu'il était aujourd'hui, ses forces pour ce demain qu'il voulait construire pour ne plus le subir.

# *Épilogue*

Ce 24 avril 1949, en début d'après-midi, une traction, une belle quinze noire, ralentit à l'entrée de la rue et, comme un paquebot courant sur son erre, finit par s'arrêter devant la porte de la petite maison blanche aux volets verts. Un homme d'une cinquantaine d'années en descendit lentement, serrant un maroquin de cuir fauve sous son bras. Il était enfin arrivé. C'était bien là le numéro 21, il ne s'était pas trompé, le nom était sur la boîte aux lettres. La maison était modeste, mais proprement tenue. Le jardin, devant, avec ses allées bien tracées, s'ornait de fleurs. Ça sentait bon la classe ouvrière qui réussit. Cet Auguste Sagnol qu'il venait voir habitait là, mais il avait mis quatre heures pour arriver. Décidément, les routes de ces Pyrénées n'étaient pas bien fameuses. Heureusement qu'il y avait cette autre affaire avec un gros industriel de Lavelanet, sans quoi, il n'aurait jamais fait ce chemin. Il huma l'air, perçut une odeur familière de bois mêlé d'ensimage qui lui rappela celle qui parsemait les rues de Nay en Béarn où était son étude. Il agita la petite clochette qui pendait au bout d'un fil de fer avant de pousser le portillon.

– Monsieur Sagnol ? demanda-t-il à l'homme bien bâti qui ouvrit la porte.

– Oui c'est moi... fit Auguste.

– Je suis maître Pons, notaire. Puis-je entrer pour vous entretenir d'une affaire qui vous concerne ainsi que votre famille ? dit-il courtoisement d'une voix mesurée.

– Une affaire qui me concerne ? Eh bien, entrez ! fit Auguste, surpris.

– Merci.

– Mon fils, ma femme, ma belle-fille, présenta Auguste.

– Ma visite, monsieur Sagnol, tout comme ma mission, n'est pas ordinaire et il ne m'a pas souvent été donné l'occasion d'en accomplir de semblable, commença-t-il, après avoir ôté son chapeau noir révélant un crâne chauve et brillant balayé de quelques fils d'argent.

– Asseyez-vous. Je vous écoute, dit Auguste en l'introduisant dans la cuisine.

– Voilà... Je vais essayer de résumer la situation. Vous avez occupé jadis une ferme au lieu-dit Bordenave.

– Oui, en effet, mes parents, comme mes grands-parents y étaient métayers... c'est d'ailleurs là que je suis né.

– Ce bien appartenait à Léon Trocard, pharmacien à Toulouse, qui le tenait lui-même de son père... et je vous fais grâce des origines de propriétés antérieures que j'ai pu établir, mais d'après les pièces en ma possession, la famille Trocard avait acquis cette ferme dite de Bordenave à l'époque de la Révolution française.

– C'est aussi ce que je crois savoir vaguement.

– Vous, monsieur Sagnol et votre famille, vous avez quitté cette propriété en 1934 pour vous établir alors à Laroque, poursuivit le notaire.

– C'est exact, Trocard nous a mis dehors avant le terme et un autre métayer nous a remplacés pour un bail de neuf ans. Depuis, je crois savoir qu'elle est inoccupée...

– Cette expulsion était pourtant des plus irrégulières.

Vous n'auriez pas dû vous laisser faire. Il n'en avait pas le droit, selon l'acte passé lors de l'acquisition de cette ferme.

– Je ne le savais pas, dit Auguste.

– Mais enfin passons et venons-en à ce qui m'amène ! Monsieur Trocard, comme vous avez dû l'apprendre, a tragiquement disparu dans les heures sombres de la Libération et son épouse Sophie, née Bordes, est devenue alors son héritière en l'absence de tout enfant vivant.

– Mais ils avaient un fils, un peu plus âgé que moi, si je ne me trompe, fit Pierre.

– Oui Léon-Joseph qui est né en 1919. Hélas, il a choisi le mauvais camp ! Il s'est engagé volontaire dans la LVF puis a rejoint la division Charlemagne des Waffen SS et a trouvé la mort sur le front russe dans les premiers jours du printemps 1945.

– Je ne savais pas, fit Pierre.

– Tout comme vous ignorez sûrement la clause particulière du contrat qui liait la famille Sagnol à Bordenave...

– Quelle clause ? demanda Gaby.

– En l'absence d'héritier en ligne directe de la famille Trocard, la propriété appelée Bordenave devait revenir aux occupants titulaires du bail de locaterie perpétuelle, déjà usufruitiers des lieux au moment de l'achat, et qui ne pouvaient en aucun cas être mis dehors sans leur consentement écrit, annulant par là les dispositions du contrat. Cela figure en toutes lettres dans l'acte établi par maître Anglade, notaire impérial, en 1815 et dont deux copies ont été faites pour chacune des deux parties, à savoir, votre famille et celle des Trocard. Cet acte n'a jamais été dénoncé et demeure valable en tant que disposition contractuelle.

– J'ignorais ces détails. Je n'ai jamais vu ce papier et mes parents ne m'en ont pas parlé, dit Auguste.

– Sans doute n'en avaient-ils pas connaissance tout comme les Trocard devaient aussi l'ignorer. En tout état de cause, Mme Trocard est décédée l'an passé et sa succession est devenue vacante. De ce fait, nous nous trouvons dans ce cas de figure, l'expulsion de 1934 étant illégale. Vous vous trouvez donc *ipso facto* héritiers. Si vous deviez refuser ces dispositions, le bien en question tomberait alors aux mains de l'État comme il est de règle d'habitude pour tous biens.

Auguste, Julia, Pierre et Gaby, assis autour de la table de la cuisine, écoutaient, abasourdis, les mains sagement posées sur le bois usé de la vénérable table de Bordenave. Le présent semblait ricocher sur les souvenirs du passé et l'Histoire, atteinte par un hoquet imprévu, bégayait en un écho lointain. Les Sagnol se regardaient sans bien réaliser : Bordenave ! Bordenave ! Des bouffées de nostalgie remontaient du puits de leur mémoire, mêlant leurs parfums fanés au décor qu'ils s'étaient construit depuis. Le temps de Bordenave, ils l'avaient rangé dans leur esprit comme le linge ancien dans l'armoire de famille. Gaby se leva en entendant pleurer Jacques son fils, dans la pièce voisine. Le notaire accepta de bonne grâce la tasse de café que lui proposa Julia et resta encore un bon quart d'heure à leur expliquer les suites de la procédure. Quand il partit, raccompagné par Auguste, encore sous le coup de la nouvelle et de l'émotion qui lui avaient étreint le cœur en le faisant se replonger dans les sources du passé, Pierre se tourna vers Gaby et lui dit :

– Viens, Gaby ! Prends un gilet et viens.

– Je peux pas laisser le petit, il vient juste de se réveiller !

– Ma mère te le gardera bien.

– Mais pour quoi faire ?

– Viens, je te dis ! lui intima Pierre.

– Mais où ? demanda encore Gaby.

– Là où sont pour moi les sources de l'espérance. Là, où un jour, avec Louis mon frère, nous avons fait la promesse de revenir ! Là, où je veux voir mon fils courir comme nous avons couru étant enfants ! À Bordenave !

La saisissant par la main, il l'entraîna dehors, vers la vieille Citroën B2 qu'il venait d'acquérir quelques mois auparavant et qui constituait une véritable révolution familiale pour les Sagnol, habitués à se déplacer à pied depuis des millénaires et seulement à vélo depuis dix ans. Et, tandis que le paysage des Pyrénées ariégeoises défilait, que les cheveux de Gaby volaient au vent par la vitre ouverte, Pierre sentait un bonheur profond le submerger. Même si sa vie était ailleurs désormais, dans ce monde du textile où il avait su se faire une place, il allait retrouver sa terre, ses racines, ce qui lui avait permis de garder vivant en lui des années durant, un brin d'espérance pour se construire et se projeter dans l'avenir.

DU MÊME AUTEUR

*Aux Éditions Albin Michel*

LE TEMPS EN HÉRITAGE, 2002.

LE CHEMIN DE PEYREBLANQUE, 2003.

LA VIE EN PLUS, 2005.

LE FORGERON DE LA LIBERTÉ, 2006.

*Composition Nord Compo*
*Impression Bussière, août 2007*
*Éditions Albin Michel*
*22, rue Huyghens, 75014 Paris*
*www.albin-michel.fr*
*ISBN 978-2-226-17667-7*
*N° d'édition : 25565. – N° d'impression : 072712/4.*
*Dépôt légal : janvier 2007.*
*Imprimé en France.*